漫時光

小豆蔻

上卷

不止是顆菜 著

高寶書版集團

目錄
CONTENTS

第一章　上元

時序隆冬，上京雪似鵝毛，冬夜冷風繞著迴廊簷角的燈籠打著旋兒，五更天裡，外頭便隱約顯出銀白一片。

靖安侯府，照水院內，綠梅枝頭新雪撲簌。

先前擾人清夢的梆子聲漸行漸遠，府內僕婦丫鬟們的急促碎步，又在這寂靜夜色裡顯出聲兒來。

不一會兒，正屋門外傳來「篤篤」兩聲叩響，有人輕喚：「小小姐。」是在侯夫人身邊伺候的張媽媽。

素心正布著早膳，見自家小姐坐著沒應聲，便給立在小姐身後的綠萼遞了個眼神。綠萼會意，放下手中角梳，步子輕巧地去了外頭明間迎人。

約莫是值守丫頭開的門，綠萼到明間時，張媽媽正領著錦繡坊的婆子還有一溜兒持匣的小丫頭魚貫而入。

隔著朦朧燭火，靖安侯府二等丫鬟那襲淡綠裙擺，在門邊漾出了整齊劃一的弧度。

「張媽媽。」綠萼伶俐，笑盈盈見禮。

張媽媽嗔了一眼，忙伸手扶，又往屏風那頭望了望。她也就那麼一望，綠萼在這兒迎她，那就是小小姐不會出來的意思了。

她與綠萼還算相熟，寒暄兩句，便引了錦繡坊的婆子上前，介紹這回為入宮赴宴新製的衣裳頭面。

「……候夫人送來的皮子，油亮光滑又潔白無瑕，本就是難得的上等佳品，聽說還是秋獮時的御賜之物，沒做好更是大罪過，這不，可把咱家掌櫃的愁壞了！思來想去，咱家掌櫃的還是親自去請了張娘子掌針。綠萼姑娘您也知道，張娘子嫁人之後尋常不動針線，為著請她掌針，掌櫃的可花了好一番功夫呢。您瞧瞧，這繡樣，這針腳。」

錦繡坊的婆子一邊介紹，後頭小丫鬟一邊將熨燙規整的銀狐斗篷送往綠萼跟前，由她掌眼。

綠萼湊近，仔細打量會兒，目光微露讚賞：「是滿繡，銀緞也配得極好，沒糟踐這皮子。」

她裡裡外外檢查了遍，確認無誤後滿意道：「這回宮宴來得突然，挑燈趕製也如此精緻，你們掌櫃的有心了。」

婆子忙笑著謙虛一番，心下終於安定。

這綠萼姑娘伺候的小祖宗乃靖安侯嫡幼女——明檀，自幼便是金尊玉貴，千寵萬愛，見多了好東西，也就挑剔得緊，尋常物什要得她身邊的綠萼點頭都不容易。

偏巧這小祖宗於他們東家有恩，今兒天還未亮，掌櫃的就遣她來送靖安侯府的衣什，還特地叮囑，小小姐那兒，她得親自走一趟。得了綠萼這句「有心」，她總算能回去好生交差，睡個安穩覺了。

照水院這邊，綠萼收了衣什，塞足豐厚荷包，將張媽媽一行客客氣氣送出垂花門。

風荷院那邊，另一行送衣裳頭面的婆子丫鬟慢了腳程，卻是才剛進到正屋。

同在侯夫人身邊伺候的黃媽媽行了禮，笑著向寄居在侯府的表姑娘沈畫介紹衣裳首飾。

沈畫聽著，掃了端屜裡的錦緞華服、寶石簪釵一眼，末了柔順福禮，輕聲道：「有勞黃媽媽走這一趟了，阿畫謝過夫人。」隨即朝貼身婢女遞了遞眼色。

婢女會意，小步上前，塞了個繡樣精緻的荷包給黃媽媽。

荷包精緻，內裡卻沒多少賞錢。出了風荷院，黃媽媽便攏著衣袖掂出了虛實。

她倒也不在乎這一星半點的打賞，只不過剛巧遇上從照水院出來的張媽媽一行，她與張媽媽不甚對付。

「早就聽說去小小姐那兒辦差賞錢豐厚，竟是真的。改天出府，就可以買前兒在攬翠閣看上的胭脂了。」張媽媽身後，一個剛升二等，頭回進照水院的圓臉小丫頭正和身旁同伴議論。

黃媽媽身後的高個兒丫頭聽了，忍不住輕嗤：「尋常打賞罷了，妳去買胭脂的時候，可別說是咱們侯府的人，沒得讓人以為，靖安侯府出來的都這般沒見過世面。」

圓臉小丫頭短短半載就從三等升至二等，嘴上功夫不容小覷，她忙作驚訝狀：「這般打賞也不過尋常，表姑娘給的賞錢莫不是能買下間胭脂鋪子了？」

「妳！」

「好了，別跟她一般見識。」有人拉住高個兒丫頭，「咱們都是夫人院裡的人，出來辦差只講究一個順當，旁的有什麼要緊。」

高個兒被勸下些火氣，又順著這話想到關鍵之處，不氣反笑：「是啊，辦差可不就是講究順當，闔府上下，怕是沒有比去表姑娘那兒辦差更為順當的了。」

她未將小小姐那兒差事之繁瑣說出口，小圓臉就當不知，也不應聲。

高個兒丫頭又道：「說來也是難得，表姑娘溫柔貌美，才情俱佳，待下人還這般和善。」

「我瞧著更難得的，是有位好哥哥。」黃媽媽身後另有丫頭插話。

高個兒丫頭附和：「就是，有沈小將軍在，表姑娘的前程想來必不會差。」

小圓臉笑了：「兩位姐姐這關心的，夫人和小小姐才是咱們正經主子，表姑娘前程如何，那是表姑娘的造化，可和兩位姐姐扯不上什麼關係。」

高個兒想都沒想便嘴快回嗆：「表姑娘寄居侯府，得了前程侯府也面上有光，如何不能關心？說不準今兒一過，人家就要飛上枝頭，往昌玉街挪了呢。」

倏忽冷風穿廊而過，剛剛還熱鬧的東花園遊廊忽然安靜下來——

上京無人不知，昌玉街只有一座府宅。

裡頭住的那位，在大顯可不是誰都能提的存在。

原本當沒聽到這些爭嘴的兩位媽媽驀然停下步子，回頭厲聲斥道：「都胡唚些什麼！昌玉街那位也是妳們能編排的？誰給妳們的膽子在這瞎嚼舌根！」

丫頭們嚇一跳，知道說錯了話，一個個屏著氣，腦袋恨不得垂至腳尖兒。方才提到昌玉街的丫頭更是嚇白了臉，手中的檀木端屜抖得一晃一晃。

「……有人提到昌玉街，兩位媽媽就發了好大的火。跟過東花園，奴婢怕被發現，便不敢再跟了。」

風荷院裡，沈晝立在正屋窗前，聽貼身婢女彙報尾隨偷聽所得。聽完，她唇角往上翹了一翹，望著照水院的方向，眼底浮現一絲與平日溫婉不甚相符的輕蔑。

「所以本小姐是不溫柔不貎美，才情不如她，待妳們也不夠和善。哦，本小姐的哥哥也沒有沈小將軍那般英勇善戰，前程不夠好。」照水院，明檀托腮坐在桌邊，慢條斯理復述。

銀生茶香柔和清淡，隱在擺開的早膳香氣中，似有若無。那張如凝脂玉般白皙清透的面龐，隱在沸水煮茶升起的嫋嫋白霧後，有些瞧不分明。

「那起子嘴碎的渾話小姐可別放在心上，小姐的容貌性情，在上京閨秀中可是數得著的出挑！」

綠萼阻攔不及，由著回話的小丫頭一五一十說了全套，這會兒只得轉開話題補救。「對了小姐，夫人送來的東西奴婢都看過了，今兒入宮，就穿這身如何？」

綠萼在照水院專事衣物，對衣裳首飾的搭配很有幾分見地。不一會兒，她就從玉簪上特地暗刻的閨名「檀」字，說到那件白狐銀緞滿繡斗篷。

一樣樣說完都沒見回音，綠萼忍不住抬眼偷瞥：「小姐？」她的聲音裡多了幾分小心翼翼。

伺候用膳的素心盛了碗白粥放到明檀面前，也幫著提醒：「小姐，可要瞧瞧衣裳。」

明檀掃了綠萼手中的端屜一眼：「就這身吧，穿什麼不都一樣。」她又換了隻手托腮，空出來的手有一搭沒一搭擺弄著粥碗裡的瓷勺。

五更剛起，她身上穿著梨花白花枝暗繡寢衣，外披柔軟狐氅，如瀑青絲垂落腰間，有一綹碎髮不安分地搭在清瘦臉頰上。

也不知道她在想什麼，鴉羽般的眼睫不時顫動，似在應和碗壁上映出的搖曳燭火，瞧著倒有幾分美人如玉的楚楚情致。

可惜，美人這會兒胃口不好，一碗白粥熱氣散盡也沒動兩下。

見她這般模樣，一向話少的素心都忍不住勸：「白粥養胃，小姐還是再用些吧，今兒您還要進宮呢。」

宮宴規矩大，不比在家用膳舒心，素心也是好意。可不提還好，一提進宮，明檀就更覺著心裡頭堵得慌。

往常上元並無宮宴，這回特設宮宴到底為何，勳貴人家心知肚明。偏宮裡還要遮掩，連她這種早已有了婚約的也要一併赴宴。

要是尋常，湊湊熱鬧未嘗不可，可她如今滿腦子都是她那未婚夫婿和他表妹通了首尾，還早就有了私生子的爛事！

雖然這事被瞞得死死的，連她的貼身丫鬟都不知曉，但那私生子已滿兩歲，活蹦亂跳會喊爹爹，不管最終婚事如何，都必將成為她明家小小姐遭未婚夫婿背棄的鐵證。

想到這樁往日人人稱羨她也頗為自得的婚事，多半將以毫無體面可言的方式收場，明檀一會兒覺得炭盆裡的銀絲炭燒得她五臟六腑冒火，一會兒又覺得沒了熱氣的白粥從嗓子眼一路涼到了心底。

「不吃了。」她心煩意亂，擱下瓷勺，起身往內室走。

素心望著她的背影嘆了口氣，沒再多勸，指揮著小丫頭們撤下這桌幾乎未動的早膳。

「小姐這幾日是怎麼了，若是嫌那些丫頭背地裡說話不中聽，稟了夫人將人打發便是，不至於連衣裳都不看了吧。」

她們家小姐最是在意衣著打扮，回回出門都必須從頭髮絲兒精緻到鞋底花紋，也無怪乎綠萼狐疑，湊近素心小聲咬耳朵。

素心也不知曉：「昨兒值夜我問了聲，小姐不說，許是想靜一靜。行了，我去廚房煨碗雞絲粥，進宮前小姐總要墊墊肚子，妳也不許去煩小姐。」

素心年紀稍長又細緻沉穩，最得明檀看重。綠萼扁了扁嘴，不敢反駁，絞著腰間絲條目送素心出門。

可待素心的身影隱沒在垂花門外，她立馬回身，輕手輕腳摸進內室。

照水院的內室布置得雅奢精緻，大至雕花臥榻，小至雪銀束鉤，樣樣都能說出一番曲折來歷，不同時節不同天氣的薰香亦有別樣講究。

今日裡頭薰著淺淡梨香，似有若無的，清甜微冷。明檀坐在妝檯前，仍是半支著腦袋，一副打不起精神的懶怠模樣。

「小姐，奴婢繼續為您梳髮吧？」綠萼湊上前，小心翼翼問了句。

明檀沒應聲，她便當作默認，邊執起角梳為明檀梳髮，邊自以為貼心地排憂解難道：「小姐可是在煩表姑娘今日也要進宮？放心吧小姐，那位爺什麼身分，怎麼會看上表姑娘。就算看上了，以表姑娘的家世，做側妃都很勉強，怎麼能和小姐您比，小姐以後可是正正經經的國公府世子夫人。」

明檀：「……」

「再說了，咱們世子爺儀表堂堂文采出眾，滿京城誰不羨慕您和世子爺金童玉女，天生一對！」

這一句綠萼壓得極低，可那與有榮焉般的語氣，在明檀聽來簡直如針刺耳。

誰要和那沒臉沒皮的天生一對？他也配！

她怕這丫頭再說兩句能把自個兒氣吐血，閉了閉眼，抬手示意停下：「鏡子拿來。」

綠萼不知道自己說錯了什麼，好在腦子轉得快，忙取下小銅鏡，還懂事地轉了口風，站在一旁盛讚明檀的沉魚落雁之貌。

明檀細細端詳著鏡中之人，沒有接話。只是從那漸往上揚的唇角中，不難看出她對綠萼的誇讚深以為然。

——綠萼這丫頭言行跳脫還時常扎她心窩，可有一句說得沒錯：對著這麼一張臉，光是白飯都可以多用幾碗。

攬鏡自照半刻，她那天大的火氣莫名緩歇下去，滿腦子只剩一個念頭：本小姐怎麼這麼好看！

欣賞美貌所帶來的好心情一直持續到出府入宮。

二門外，車馬早已備齊。明檀捧著暖手爐姍姍現身時，侯夫人裴氏與表姑娘沈畫已在車內端坐。

見明檀解下斗篷，垂首鑽入馬車，裴氏眼底浮現些許笑意：「阿檀，快上來。」

待明檀坐定，她溫聲關切：「斗篷怎麼解了？天冷，仔細凍著。」

「車裡暖和，這會兒不解，待會兒下車就該冷了。」明檀笑得眼睛彎彎，乖覺地回握住裴氏，「叫母親好等，原是我的罪過。」

裴氏輕嗔了她一眼：「什麼罪過不罪過的，今兒上元，可別說這話！」

「是，女兒知錯——」明檀往裴氏懷裡靠了靠，還拖長尾音撒了個嬌。

裴氏無奈地點了點她的額頭：「妳呀，慣會賣乖！」

坐在對面的沈畫見了這幕，掩唇淺笑道：「舅母與表妹母女情深，真是叫阿畫好生羨慕。」

裴氏不由得含笑看了沈畫一眼。

自古以來，續弦難當。明檀是先夫人嫡出之女，後頭還有強勢外家撐腰。裴氏剛嫁入侯府那幾年，惟恐旁人給她安上一個「刻薄失母孤女」的罪名，看顧明檀比看顧自家侯爺還要精細。

這些年來她未有所出，本該擔心侯府主母之位不穩，可因她與明檀關係親厚，在上京貴夫人裡得了個「賢慈」的好名聲，這侯府主母倒是做得穩穩當當。

因著這番緣由，再加上裴氏自個兒也頗好聲名，有心者稍加留意便知，誇她旁的都不如誇她與明檀感情深厚來得討巧。

這會兒裴氏心裡被奉承得極為熨帖，只不過明檀卻因沈畫出聲，心情急轉直下——無他，沈畫寄居侯府這半年，明檀與她兩人表面上相安無事，背地裡卻沒少互別苗頭。

這會兒聽到沈畫那把柔婉的嗓音，明檀就止不住想起自個兒那樁糟心的婚事還有府裡丫頭傳的那些閒話。

那些閒話傳得甚為離譜，但她也不敢肯定毫無可能。

畢竟昌玉街那位常年在外征伐，怕是沒見過幾個美人。這些不通文墨的武將又慣愛附庸風雅，恨不得納一屋子才女來證明自己並非莽夫——她爹便是最好例子，外任還不忘帶上柳姨娘吟詩作對。

要是沈畫入了昌玉街飛上枝頭，她卻因未婚夫背棄黃了婚事，那她明家小小姐豈不成了上京城裡最大的笑話？

眼瞧著還沒怎麼，那些小丫頭便能如此編排，若此事成真，不鉸了頭髮去做姑子，這上京恐怕都沒她明家阿檀的立足之地了！

車鼓聲在耳邊嗡嗡作響，明檀越想越氣，甚至還有些心口發堵。馬車「吁」一聲停在啟宣門外時，她仍陷在煩悶情緒中難以自拔。

官眷進宮，車馬侍婢都是不可隨入的。裴氏遞了誥命的牌子，由宮中嬤嬤查驗過是否攜有利器，才有內侍來引她們前往今日設宴的雍園。

大顯立朝以來，除采選外，身無誥命的女眷極少入宮，這般設宴廣邀更是頭一回。

紅牆覆雪的深宮肅穆威嚴，每向前一步，那威壓似乎便重一分，令人難以喘歇，以至於前往雍園的一路靜寂非常，旁的聲音都聽不著，只餘短靴踩在薄雪上發出的輕微咯吱聲響。

眾人專心前行，無人注意，附近高處的暖閣開了扇窗——

「……東州那邊由綏北路接管倒是好事，你也能在京城休息一陣。對了阿緒，你今年也……二十有一了吧？不如趁著這段時日將婚事定下，成家立業傳宗接代可是大事。正好今兒雍園那邊，皇后特地將適齡的官家女眷都邀進宮，看上哪家閨秀便和朕說，只要身家清白，品行端莊，自有朕為你賜婚。」

從入暖閣起，成康帝就在七攀八扯，一路從北地戰事說到東州大捷，總算是頗為自然地將話題引到了「成婚」一事之上。

正當他打算再加把勁勸些什麼，立在一旁的章皇后掩唇咳了聲，邊望窗外，邊湊近輕聲道：「這一行女眷中，左邊穿銀白斗篷的小姑娘，臣妾瞧著規矩十分不錯。」

成康帝被打斷，下意識半瞇起眼，往窗外望去。

半晌，他點了點頭：「皇后眼光果然不差。」他吩咐內侍，「去打聽打聽，那是誰家姑娘。」

「是。」內侍應了差，躬身後退。

成康帝又轉頭，看向身側的黑衣男子：「阿緒，你也瞧一眼？終歸是為你選妃，總要合你心意才是。」

和著這道將落未落的話音，一陣夾著霜雪的冷風透窗而入，暗繡坐蟒雲紋的黑色錦服被吹起一側衣角，那人負手靜立於窗前，垂眸掃了眼，又不帶情緒地移開視線。

說一眼，還真就一眼。

成康帝半晌無言。

好在他早已習慣身側之人的愛搭不理，倒沒覺得有多不敬，只暫時沒再與此人搭話，邊等內侍回稟，邊轉頭和章皇后低聲絮叨。

就這一會兒功夫，章皇后打量著明檀的背影，心下是越發滿意。

這些小姑娘大多都是頭回入宮，家中雖然教足了規矩，然皇城之威，極少有人不懼。心中有懼，就難免畏手畏腳，侷促小氣。

一路瞧了這麼多姑娘，惟眼下這位舉止最為端方，一行一進從容雅致，很是賞心悅目。

稍許，內侍回了暖閣，躬身答話：「回陛下，回娘娘，此一行為靖安侯夫人，靖安侯府四小姐，還有寄居在靖安侯府的，沈小將軍的妹妹。」

「沈玉的妹妹？」成康帝挑眉。

內侍忙答：「沈小將軍的妹妹是著織金羽緞斗篷那位，皇后娘娘問的那位，是靖安侯府四小姐。」

靖安侯府，這門第還算般配。章皇后正想到這兒，內侍又補充道：「靖安侯府四小姐，已與令國公世子定有婚約。」

「已有婚約？」章皇后頓了頓，「這可真是……」

令國公府乃大顯老牌勳貴，她也不好將「可惜」二字掛在嘴邊，只不過面上不無遺憾。

成康帝：「已有婚約，倒不好拆人姻緣。」

他話裡透著惋惜，心下卻不以為然，因為當他聽到「靖安侯府」之時，就已將這位侯府四小姐排除在外。

稍頓片刻，他指了指遠處已然模糊的背影：「朕瞧著沈玉的妹妹也很是不錯，沈家身分低了些，不過做個側妃也還使得。」

章皇后對擇選妾室並無興趣，垂眸整了整袖口，沒應這聲。

成康帝轉頭問：「阿緒，你覺得如何？你不是對沈玉頗為賞識麼？」

「不如何，陛下若覺得不錯，不妨納入後宮。」

這道聲音不高不低。

壓了幾分淡淡不耐。

周圍內侍不知怎的，聽得心驚腿軟，暖閣內明明燒著地龍，大家卻不由自主發著抖，低低地埋著腦袋。

暖閣發生的一切，赴宴官眷一無所知。入了雍園，眾人被領往長明殿，依次列席。

靖安侯府的席位正好挨著長明殿的殿門，再往後的，便只能在殿外吹冷風了。

沈畫隨著裴氏入座，心下有些不明。

她來京半載，深知靖安侯府門第顯赫，在京中有不俗地位，可為何今日宮中設宴，位置卻如此之遠？

沈畫不明，明檀卻清楚得很。

上京這種顯貴雲集之地，一個侯爵其實當不得什麼，靖安侯府如今這般鮮花著錦，多半還是因為，她父親靖安侯乃手握實權、戍守邊關的封疆大吏。

宮宴列席以爵為先，排在他們侯府上頭的國公府就有十數家，再算上皇族宗室，能在殿內列席已是格外優待。

此刻長明殿內人多卻靜，明檀落座後，似不經意般往前頭令國公府的位置掃了一眼。

不掃還好，這一眼掃完，她心中又是無名火起。

令國公府這是以為無人知其醜事還是不把她明家阿檀放在眼裡，竟堂而皇之將那有了首尾的表妹帶了過來！她們以為這是什麼場合，是想著帶人過來在她面前混個眼熟以後好和睦相處共侍一夫嗎！

裴氏察覺明檀神色有異，輕喚了聲：「阿檀，怎麼了？」

令國公府所瞞之事裴氏還不知曉，明檀收回目光，勉強應了聲「無事」，強迫自己壓下心火，規矩端坐，再未多望分毫。

令國公府那邊先前無人察覺明檀視線，這會兒發現靖安侯府女眷已到，忍不住遠遠打量過來。

令國公夫人也在這打量之列，且邊打量邊有幾分自得。

明家阿檀在上京閨秀中素有一等一的好名聲，家世相貌、規矩琴藝，樣樣拔尖。性子也是宜動宜靜，既能討夫婿喜歡，又端得住大場面，很是難得。幸而這親定得早，不然必是一家有女百家求了。

只是她那不省心的兒子——

想到這，她往後瞥了一眼，剛巧瞥見女子嬌嬌怯怯地扶了扶茶碗，心中不由得嘆：雖是自家外甥女，可上不得檯面的，終究是上不得檯面。

也不知此事還能瞞上多久，靖安侯任期已滿，回京述職之時，兩家婚事便要提上日程。若想順順當當將明家阿檀娶進門，這事她還得早做打算。

殿內眾人各懷心思，擺在明面上的卻是如出一轍的恭謹安靜。

這份安靜一直持續到前頭內侍尖著嗓音喊：「皇后娘娘駕到——」眾人才斂下心思起身，朝著皇后的方向齊行跪禮，「參見皇后娘娘，皇后娘娘萬福金安！」

「起。」章皇后的聲音頗為溫和，似含了三分笑意，「今兒上元，請諸位入宮不過是想熱鬧熱鬧，大家坐，不必拘禮。」

話是這般說著，可真敢不拘禮一屁股坐下的人還沒能活著進這長明殿，眾人齊齊福身應了聲「是」，才規矩落座。

宮中設宴之序向來繁瑣，章皇后雖免了些不必要的虛禮，但一道道流程走下來，以供分食的佳餚已涼得澈底。

一眾命婦貴女皆是象徵性地用上一兩口，時刻保持靜雅端莊的模樣。

殿內絲竹靡靡，舞姬身姿曼妙。前頭的宗親女眷不時與章皇后閒話京中趣事，偶有輕快笑聲往後傳來，氣氛也算鬆緩得宜。

宴至中途，有內侍急走至章皇后身邊傳話。也不知傳了什麼，章皇后吩咐幾句，便有人麻溜地在上首新添了兩個位子。

眾人雖未直視，可心底都門兒清，這食不知味的宮宴，總算要進入正題了。

果不其然，這念頭剛起，就有內侍一迭迭地高聲往後遞話：「皇上駕到——」

明檀兀自想著與令國公府的婚事，忽聞此聲，忙收起雜念，隨其他人一起朝前行禮。

殿中山呼萬歲，於空曠處似有迴響。待餘聲平，上首才傳來一聲溫和又不失威嚴的「平身」。

明檀邊起身邊意外：聖上的聲音，竟比想像中要年輕不少。那定北王乃聖上堂弟，豈不是更為年輕？

等到坐定，又聽章皇后出聲鋪話道：「月前東州大捷，實乃我大顯之喜。恰巧今日，陛下在弘安殿內延請群臣，為定北王慶功。本宮想著，我等雖為女子，也該敬一敬大顯的好兒郎才是，所以特特將皇上與定北王從弘安殿那邊請了過來。」

約莫靜了一瞬，有人起頭，前邊的應和誇讚之聲便此起彼伏，不絕於耳。

明檀自知京中貴女行事講究含蓄委婉，卻不想宮中行事之含蓄，更要多繞上九九八十一彎，明明就是相看王妃，偏要打什麼敬贊的名頭。

她離得遠，再加上不可窺視龍顏，上首三人在她眼角餘光中都是模模糊糊一團顏色。

正當她想著，這定北王殿下莫不是個啞巴，這般敬酒恭維竟未發一言，對面就冷不丁響起一道熟悉的嬌媚女聲：「久聞殿下束髮之齡便率三千精兵擋三萬北域蠻族，為大顯立下赫赫奇功，臣女仰慕殿下多年，今日得見，實乃三生有幸，臣女願為殿下獻上一曲〈瀟湘水雲〉……」

是承恩侯嫡次女，顧九柔。

承恩侯府倒是向來不畏人言，前頭出了御史當朝怒斥狐媚惑主的嫡長女玉貴妃，如今還惦記上了定北王府的王妃之位。

一番仰慕之詞說下來，已是舞樂具備。顧九柔盈盈叩拜，最後謙虛道：「臣女不才，獻醜了。」

明檀自幼習琴，師承名家，有人想在她面前施展琴藝，她自有幾分好奇，對方將如何豔驚四座。

可惜她沒有這般耳福，前頭嬌媚話音甫落，上首身著黑色錦衣的男子便冷淡打斷：「知道醜，就別獻了。」

殿內有那麼一瞬，靜得落針可聞。

明檀恍惚間以為自己聽錯了，雖說定北王殿下深得聖心且重權在握，但顧九柔好歹也是承恩侯嫡女，這般說話未免太過狂悖無禮。

偏偏過了很久，殿中唯有資格駁斥的兩人都未置一言。

章皇后不出聲還算是情有可原，畢竟顧九柔的嫡姐玉貴妃沒少在後宮給她添堵。可一向待玉貴妃恩寵有加的成康帝連句敷衍的圓場都沒打，只是自顧自飲酒，彷彿眼下之事與他沒有半分干係。

直到那身黑色錦衣離開，殿內仍寂靜無聲，內侍也只是躬身相送，無人敢攔。

赴宴之前，所有人都沒想到，這場宮宴竟會這般草草收場。

出宮之時還未及酉末，天色將昏未昏，御街正華燈初上。

明檀踩著轎凳準備上車，忽然聽到身後有人喊：「阿檀！」

她回頭，待看清來人，不由得展笑。

白敏敏喊完這聲本要立時上前，可撞上明檀不經意間回眸一笑，身後正簇簇燃明的瀲灩燈火彷彿霎時沉寂失色。

皓齒明眸如盈盈秋水，淡眉彎唇又如款款星月。有美人兮，不外乎如是。

白敏敏看得在原地呆了片刻，還是靠貼身婢女提醒才回過神來。

白敏敏乃昌國公府長房嫡女，明檀的嫡親表姐。因年歲相仿，自幼親近，是從小玩到大的閨中好友。

先前在長明殿，昌國公府與靖安侯府的席位同在左列，兩人沒能打上照面。這會兒出了宮，白敏敏便迫不及待找了過來。

她上前親親熱熱地拉住明檀，又伶俐地朝裴氏行了個禮：「敏敏給姑母請安。」

她的性子心直口快，不愛繞彎，請完安便直抒來意：「姑母，今兒上元，我特地托兄長在聽雨樓訂了臨江雅座，想邀阿檀與我一同去賞花燈，姑母將阿檀借我幾個時辰可好？」

白敏敏的正經姑母是明檀的已故生母白氏，依她這般身分性情，肯主動喚裴氏一聲

「姑母」，無疑是對裴氏「賢慈」名聲的最好肯定。

裴氏心裡別提多舒坦了，哪還有什麼不答應的，笑著說了通體面話，又遣隨從陪同，還細細與綠萼囑託交代了番，讓她務必照顧好自家小姐。

不得不承認，裴氏是個聰明人。白敏敏隻字未提沈畫，她也就適時忘了身為侯府主母該有的處處周全，沒說什麼讓沈畫跟著一起去熱鬧熱鬧之類的多餘閒話。

待白敏敏攜明檀離開，裴氏也不覺尷尬，只當無事發生般，笑盈盈與沈畫說起今兒府中準備的各色圓子。

前往聽雨樓途中，白敏敏感嘆會兒裴氏如何如何會做人，又順著話頭抱怨起自家新嫂協理中饋後，定了多少繁瑣規矩，她的日子又過得如何艱難。

明檀一心想向白敏敏打聽正事，可這上元佳節，路上車馬喧闐，熱鬧得緊，不太方便說話。她只好耐住性子，等著到聽雨樓後再細細盤詢。

聽雨樓是京城最為出名的茶樓，茶點好，臨江的景致更好。

每至早春暮秋，細雨霏霏，江上泛起薄霧，煙波浩渺憑欄聽雨之景趣，深受上京文人雅士追捧喜愛。

另外每年上元，官船都會於顯江之上燃放煙火，顯江兩岸亦有「一夜魚龍舞[1]」的燈火盛景。

聽雨樓位置絕佳，是觀此火樹銀花之盛的最好去處，憑他哪般達官顯貴，都需提前數月才有望訂到這上元夜的臨江雅座。

白敏敏訂的雅座在三樓，地方不大，卻布置得十分精巧，觀景位置也算上佳。但要說最佳，還得數她們旁邊那間居中的暖閣。

小廝引著白敏敏與明檀上樓時，那間居中的暖閣裡頭，已有四人圍桌而坐，正在閒話飲酒。

坐在近門位子的男子衣著華貴，通身上下皆非凡品。當然，最為招搖的還是他腰間那枚刻有「章」字的羊脂白玉。

「章」乃皇后母族之姓，對京城世家稍有瞭解的，都知有此玉者，只能是當今皇后胞弟，章懷玉。

這會兒章懷玉隨意坐在桌邊，手中把玩著酒杯，邊斜揶身側的黑衣男子邊調侃道：「殿下，這回長明殿宮宴的動靜可是不小，人家千金小姐一腔情意錯付，聽聞是一路哭

1「一夜魚龍舞」出自《青玉案．元夕》辛棄疾。

哭啼啼出宮的啊。」

黑衣男子連眼皮都沒抬，倒是坐他對面的陸停沉著聲問了句：「是顧進忠的女兒？」

顧進忠是承恩侯的名諱。

章懷玉挑眉，點了點頭。

陸停眸中閃過一抹厲色：「還有她哭哭啼啼的時候。」隨即端起酒杯，一飲而盡。

比起章懷玉的花枝招展和陸停的狠厲四溢，一身月白雲紋錦衣的舒景然，顯然更具翩翩濁世佳公子的溫潤氣質。

舒景然轉了轉玉扳指，又笑著搖頭道：「其實落人面子事小，只不過行了此舉，定北王殿下囂張跋扈目中無人的傳聞，想必不到明日便能傳得街頭巷尾人人皆知。屆時想再尋門好姻緣，京中閨秀怕是……」

這話音未落，外頭便傳來輕微「吱呀」聲響，小廝模模糊糊的聲音隨之響起：「二位小姐，裡邊請。」

似乎是旁邊雅間來了人，舒景然止了話頭，其他幾人也默契地不再出聲。

「阿檀，快坐呀。茶點我早讓他們預備好了，都是妳愛吃的。哦對了，剛剛說到哪兒來著？」

白敏敏是個能說的，一路未停話，從自家煩心事一氣兒說到了雍園那場宮宴。

「宮宴，對就是宮宴。你們家丫頭也真是夠能碎嘴的，沈畫哪能攀得上定北王府啊，她哥沈玉受定北王賞識，但也沒有賞識下屬就將下屬妹妹娶回去做王妃的道理吧，更何況顧九柔都被當場下了臉。說起這個，顧九柔倒是真敢，陛下、娘娘都在呢，直言傾慕不說，還要當眾獻曲，怎麼想的。」

「顧九柔行事頗為大膽，可那位定北王殿下未免太過無禮囂張。」與白敏敏在一塊，明檀向來放鬆，再加上有綠萼在外邊守著，她托腮，無甚顧忌地嫌棄道：「一介武夫狂悖粗俗，我瞧著不是什麼良善之人。」

章懷玉：「……」

陸停：「……」

舒景然：「……」

「粗俗武夫」本人也下意識頓了下。

明檀毫無所覺，優雅地品了口茶，終於想起正事：「對了，妳這兩日可探得舅舅有何打算？」

白敏敏一直覺著自己忘了什麼要緊事，這會兒明檀主動問起她才反應過來：「噢，沒呢。那日妳也瞧見了，我爹那架勢，恨不得提把菜刀就去令國公府砍人，可被周先生勸了通，這幾日倒很能沉得住氣，我尋思著大約是想等妳父親回京再行商議。」

明檀聞言，秀眉微蹙。

她之所以知曉她那未婚夫婿的醃臢事，還是因著前些時日她去昌國公府給老祖宗請安，被白敏敏拽去書房偷找話本。

本來已經找到話本，不想偷溜之時，舅舅白敬元及閘客周先生一同進了書房，且甫一進門便大發雷霆，砸了方上好端硯，還帶著令國公府祖宗十八代一齊臭罵，絲毫不給她們拒聽牆角的機會。

「正室未迎進門就和表妹私通還有了私生子，這種狗屁倒灶的爛事也就他們梁家做得出來！小王八蛋翻了個身還真當自己皇親國戚了，要不是這親事定得早，就他們梁家那臭屌扶不上新牆的樣兒等八輩子也搆不上阿檀！他是當靖安侯府滅了還是昌國公府滅了？真是豈有此理！」

當時明檀與白敏敏都驚呆了，躲在原地半晌都未動彈。

等緩過神，白敬元和周先生又和陣風似的捲離了書房。

其實當下反應過來，白敏敏便氣得要去找她爹白敬元，讓他立時上令國公府為明檀討回公道。

然正如周先生所勸，此事不甚光彩，鬧大於雙方無益。且明檀父親已在回京述職途中，舅家貿然出面恐有越俎代庖之嫌。

先前一時忘了這事還不覺得，這會兒想起來，白敏敏仍是氣憤難當。她一口氣吃了三塊點心，和她爹一樣臭罵令國公府一頓，又拍了拍桌子和明檀打包票道：「這事全然是他梁家有錯，人品如此不堪豈能為妳良配！阿檀妳不必憂心，有我爹在，這樁婚事必定能解！」

「我自然知曉此人不堪為配，只不過解除婚約……」

明檀沒往下說，可白敏敏與隔壁之人都很明白，這世道對女子尤為苛刻，無論是何緣由，解除婚約必然於女方名聲有損。

明檀頓了頓，不知想到什麼，忽然支著下巴湊近，試探著問了句：「敏敏，妳說到時若解了婚約……我該如何表現，才能顯得清白剛烈一些？」

「……」

「清白剛烈？」

白敏敏放下手中點心，仔細回想了下。

「我記得李家五姑娘被退婚時，她親上夫家斷髮明志。還有城東的方家三姑娘，她未婚夫婿在大婚之前為青樓女子贖身，因其有孕還以良妾之禮納進了門，方家三姑娘得知此事，一根白綾懸於房梁，上吊自盡了。」

「……」

「倒也不必如此剛烈。」

「噗——咳咳！」聽到這，章懷玉沒能憋住笑意，噴了口酒，還被嗆得咳出了聲。

不等他緩過勁兒，眼前忽然晃了一下，隨後便感覺頸間一麻，喉嚨發堵，想要張口說話，卻什麼聲音都發不出了。

啞穴！

在場幾人雖都習武，但能做到這般出手無痕的，除了他身側這位令北域蠻族聞風喪膽的大顯戰神——定北王江緒，根本不作他想。

章懷玉瞪圓了眼，拿起摺扇指著江緒，一臉控訴。

江緒倒是不避不讓，只是抬起眼皮，靜靜地看著他。

那雙眼中似是沉了一湖冰水，無波無瀾，漆黑而冷淡。章懷玉也不知為何，莫名感覺背脊一寒，下一秒便慫噠噠地放下摺扇。

窗外兩岸花燈倒映在江水之上，波光粼粼瀲灩。暖閣重陷寂靜，唯有桌上的摺扇吊墜透著燭光，長穗輕晃。

「敏敏，妳剛剛聽到什麼聲音了嗎？」明檀遲疑地問了聲。

「聲音，什麼聲音？」白敏敏一臉茫然。

明檀環顧四周，默了半晌，又搖頭道：「好像有人咳嗽，可能是我聽錯了。」

其實聽雨樓已算是注意隔聲，隔壁暖閣都是習武之人，外頭動靜自然耳聽無餘。可若不是今夜開窗觀景，以明檀的耳力，大約聽不到半分。

許是心生防備，又許是要事已經說完，兩人之後聊的都是閨閣話題，沒什麼要緊。

正戌時分，官船停至顯江中央，準備燃放焰火。

白敏敏早早守在窗邊，明檀也放下平日在外時刻注意的端莊矜持，提著裙擺踩上窗邊小階，雙手扶著窗沿，忍不住往外探頭探腦。

京城的上元夜總是熱鬧輝煌，正所謂「奇術異能，歌舞百戲，鱗鱗相切[2]」。

顯江兩岸，燈火徹夜通明，百姓圍聚以待煙火，碼頭還飄出盞盞祈福河燈，遠遠望去，一派盛世繁華景象。

在兩岸百姓的歡呼聲中，官船焰火終是簇簇升空，岸邊亦有富戶人家燃焰相和，一時間，整片夜空被絢爛光彩照映得恍若白晝。

明檀與白敏敏出身世家，見過不少好東西，但到底是心性天真的少女，此刻皆是屏息

2「奇術異能，歌舞百戲，鱗鱗相切。」出自《東京夢華錄》卷之六。

瞬眼，片刻不肯錯眨。

「真好看。」明檀捧著臉看向夜空，輕聲低嘆。

白敏敏點頭，歡快道：「我最喜歡剛剛那個兔子形狀的，好可愛！」

「我喜歡那種不時灑下的金色煙火，聲音細碎，極是悅耳，像……快瞧，又來了！」

少女柔軟雀躍的嗓音不僅引得同伴認真張望，也引得隔壁暖閣的幾人不自覺看往窗外。

江緒沒動，仍在斟酒自飲，可他的位置正對著窗，仰頭時，夜幕中那場如夢似幻的金色小雨正好盡收眼底。

他眸光微閃，玉液淌過喉腔，未曾覺得辛辣。

煙火極美，卻也短暫。夜空恢復沉寂之時，明檀站在窗邊，半晌沒回過神，甚至有些莫名惆悵。

好在時辰還不算晚，白敏敏想去南御河街湊趣兒，極力慫恿她一同前往，她那點惆悵很快便被白敏敏所描繪的花車遊街、花燈琳琅景象驅散得一乾二淨。

在此之前，明檀從未在元夕燈夜逛過南御河街，這條沿河長街熱鬧非凡，也魚龍混雜，每年上元常有女子、小兒在這地界出事，顯貴人家都不愛讓自家姑娘踏足。

兩人小心遮了面紗，下馬車時，眼前燈火熠熠，喧囂鬱鬱，熱鬧得讓明檀恍神一瞬。

白敏敏連著幾年都偷溜過來，倒不覺稀奇。她四處看了看，不知發現什麼，忽然「欸」了一聲。

「怎麼了？」明檀問。

「沒什麼，我好像看見舒二公子了。」白敏敏往前張望著，神色有些好奇。

舒二公子舒景然乃右相之子，風度翩翩，文采斐然，京城女子傾慕他的不在少數。

聽聞今年春闈他也下場，坊間都說以舒二公子才華品貌，合該是今科探花郎的不二人選。

明檀曾在舒家壽宴上遠遠與他打過半回照面，確實是芝蘭玉樹般的溫潤貴公子，若是沒有令國公府那門子糟心親事，想來與舒家議親也是不差。說來，她退婚是遲早之事，如何再尋門好親，也該預先思量起來了。

明檀正走著神，白敏敏又驚奇道：「我沒看錯，阿檀妳瞧，那不是陸殿帥嗎？陸殿帥在，與他一道的必是舒二公子了！」

明檀順著白敏敏的視線望去，前頭佩劍男子身材高大，左額一道不深不淺的傷疤俐落停在眉尾，正是以手段狠厲聞名上京的殿前副都指揮使，陸停。

陸停、舒景然還有章懷玉三人交好，是眾所周知之事。不等明檀看清與陸停一道的舒景然，白敏敏就迫不及待地拉著她往前尋人。

「欸……小姐！」身後婢女反應過來，忙跟著追。

兩人步子很快，然街上遊人如織，不過一錯眼的功夫，先前還在那處的人就已了無蹤影。

沒能近距離得見美男，白敏敏不免有些遺憾。不過她玩性大，很快便被臨河支起的各色小攤吸引。

一會兒要買甜糕，一會兒又要買炒栗子，買來的小玩意拎在手裡，買來的吃食還非要撩開面紗往明檀嘴裡塞。

明檀於吃穿上素來精細講究，這些個街邊零嘴是萬萬不敢下嚥，你塞我躲的，兩人笑鬧成一團，倒很是得趣。

「怎麼樣，這南御河街可比彩棚大相國寺什麼的好玩多了吧？」在碼頭邊放完河燈，白敏敏得意地向明檀邀功。

明檀正要應聲，忽然有人在前方揚了揚摺扇，喊：「檀妹妹！」

明檀一時以為自己出現了幻聽。

那人很快上前，用行動證明她沒有。

「檀妹妹，這位是……敏妹妹？」

來人長相俊美，穿一身用料上乘紋樣精緻的玉白錦氅，束淺金髮冠，端的是十足貴公子模樣。

白敏敏看清是誰之後，特別想上前踹他一腳，沒好氣道：「誰是你妹妹！」

令國公府與靖安侯府定了親，但與昌國公府無甚往來，白敏敏不認，這聲「敏妹妹」就確實過於親近。來人不爭，忙欠身拱手，以示唐突歉意。

白敏敏知道今兒不是撕破臉的時候，卻仍難解氣，還想在言語上刺他一刺。倒是明檀拉了拉她，努力讓自己保持著心平氣和，問：「世子，你如何認出是我？」

他輕笑，搖著摺扇溫聲道：「檀妹妹乃熠熠明珠，縱然輕紗遮面，也不掩光彩。」

明檀面上不顯，心裡卻恨不得一巴掌搧過去叫他講人話。

說來奇怪，從前她看這未婚夫梁子宣，一表人才溫潤有禮，與舒二相比雖稍遜風儀，卻也是不可多得的上選良婿。

可現下再看，她只覺得前些年自個兒的眼睛怕是換被盲瞎了，大冷天的搖什麼扇子！言語還這般輕浮無狀！油膩！造作！

許是隱約感受到明檀的情緒不對，梁子宣又笑著解釋：「其實我是看到檀妹妹髮間這支照水簪，檀妹妹似乎很喜歡這支簪子。」

明檀沒接茬。

梁子宣稍頓，為掩尷尬又順著話頭自說自話。

只不過今日不知怎的，不管他說什麼，明檀都無動於衷，白家那位更是時不時用眼刀子剜他，莫非那事……

不，不可能。那事一直瞞得嚴絲合縫，明家與白家怎會知曉。

如若知曉，昌國公那護短心切還一點就著的性子，又怎會安安靜靜不找他令國公府麻煩？

想到這，梁子宣稍稍心定。可他後知後覺感受到，先前母親的那番交代有多重要。

他是喜歡表妹柔弱可人，但也一直將明檀認定為未過門的妻子，且明檀背後的明家與白家，是他將來仕途上的極大助力，這門親事萬不可丟。

思及此處，之前與母親相談時，那點「何至於此」的不以為意終於落擺。他不動聲色地背過手，摺扇輕敲手腕。與此同時，彷若無事般另尋話題，繼續單方面地與明檀相聊。

明檀正等著綠萼和護衛找來，好藉口回府擺脫梁子宣的糾纏，等了好一會兒，在她終於瞥見綠萼的身影之時，遠處人群中忽然一陣騷動。

「抓賊啊！」

「前面那個！別跑！」

明檀循聲望去，還沒看清，那騷亂人群中有兩道身影往這處碼頭莽衝，未及反應，便感覺一股推力襲來——

「阿檀！」

「小姐！」

伴隨白敏敏和不遠處綠萼驚呼的，是毫無預兆的「噗通」一聲落水！

梁子宣反應極快，喊了聲「檀妹妹」，就神色焦急地脫下外衣要去救人。

綠萼上前，見是未來姑爺，六神無主間像抓住了救命稻草，連忙點頭催促：「世子，快救救我家小姐！」

白敏敏下意識拉住梁子宣，急喊了聲：「不許去！」

她再怎麼愛玩愛鬧，也是大戶小姐出身，沒人比她更明白，梁子宣這一救，明檀的下半輩子就完了！

「妳想看著她死嗎？」梁子宣質問，緊接著不顧阻攔甩開白敏敏。

噗通！又是一聲落水聲。

白敏敏瞬間感覺手腳冰涼。她最瞭解明檀，若讓她在眾目睽睽之下被梁子宣所救，還不如讓她淹死在這顯江裡來得痛快！

她死死盯著江面，強迫自己冷靜下來，安排趕來的護衛婢女：「你們給我攔住來看熱鬧的人，誰都不准靠近！你們兩個下去拉開梁世子。還有你們，是不是會水？也下去，把阿檀帶上來！這邊只怕撐不了多久，綠萼，妳現在立馬回去，多帶些護衛過來幫忙攔人！」

「是！」

還未開春，江水涼得有些刺骨，再加上迎面吹來的凜冽江風，梁子宣下水不過片刻，便發現救人沒有他想像中那般輕鬆容易，而且別說救了，他連明檀在哪都沒看到。

不只梁子宣沒有看到，白敏敏安排的護衛與婢女下水搜尋半晌，竟也全然未見身影。這處碼頭水不算深，照理說不可能在這麼短的時間內毫無聲息地淹死人，但是他們的的確確，連明檀的半片衣影都未瞧見。

耗了約有半個時辰，圍觀者被強行攔在碼頭之外，只知有人落水，緣何不明。有些閒漢見這攔人的陣仗，猜是大家小姐，摩拳擦掌鬧著要下水，指不準機緣來了，還能賴上門好親事。

眼瞧著就要攔不住了，白敏敏心中又是焦急又是絕望，只恨自己出了來逛南御河街的餿主意，明檀要是出了事，她白敏敏萬死難辭其咎！

恰在這危急關頭，護衛攔住的人群外，忽有綠衫姑娘朝白敏敏揚了揚手帕：「表小姐，您怎麼還在這，可真是讓奴婢好找！我家小姐今兒親手煮了圓子，正等著您過府嚐嚐呢！」

綠衫女子特地揚高了聲音。

這聲音聽起來溫和清澈，頗為熟悉。

白敏敏回頭，怔了一瞬。

那竟是……明檀身邊最為得用的管事丫鬟，素心？

她怎麼會在這？還有，她剛剛說什麼？她……她家小姐？

素心上前，有條不紊地對白敏敏行了禮，又將自家小姐邀她過府嚐圓子的說辭重複了遍。

瞧見白敏敏身後已被凍得不行，正讓護衛們架著送上來的梁子宣，素心略微驚訝地問道：「梁世子這是落水了？」

白敏敏對現下狀況有些反應不過來，不知道該應些什麼。

直到她瞥見後頭趕回來，還喘不過氣的綠萼朝她不停搖手，比著「沒事」的口型，才忽然像打通任督二脈般明白了什麼。

她忙接話道：「對，對。梁世子落水，本……本小姐路過剛好遇見，就遣護衛下水救他。」

「嗨，原來是個男的啊。」

「一個大男人落水還要救，跌份兒！」

「圍這麼嚴實，至於麼。」

「散了散了，還以為是官家小姐呢！」

圍觀者百無聊賴地揮了揮手，很快作散。

梁子宣被凍得渾身哆嗦，沒法兒說話，眼神中卻充滿了不敢置信。

剛落水時，明檀與梁子宣的感受無異，只覺得江水冰寒刺骨，難以忍耐。她嗆了兩口，掙扎咳嗽好一會兒，才反應過來到底發生什麼事。

她被人撞到落水了！

深宅大院裡，因賴嫁賴娶所發生的「意外」數不勝數。弄髒衣裳換衣時共處一室，落水被救有了肌膚之親，這兩種最是尋常不過。

裴氏自小便教她在外該如何提防這些取巧陰私，還在去別莊避暑時專門請了女先生教她鳧水。

因著平日根本用不上，她又素來是能坐軟轎絕不沾地的嬌貴性子，岸上之人都不知道，她竟是會水的。

可惜時機不對，明檀還沒來得及告訴他們，梁子宣就已脫掉外衣往下跳。

情急之下，她只好沉入江中，想著繞開梁子宣，從碼頭另外一側上岸。

這般匆忙應對已算機敏，怎奈江水太冷，她平日不是什麼好動之人，在水中游了沒一會兒，腿腳處傳來一陣突如其來的痠疼。

痠疼一抽一抽的，並著江水的冷冽刺骨，如針扎一般，讓她眼前只剩一片白光，沒法兒再往前游。

那一瞬間，明檀腦海中閃過很多念頭。

一會兒想著「讓梁子宣救還不如就死在這，也算是保全了名節」，一會兒又想著「算了還是求救好了，死在這兒屍體發泡腫脹，簡直就是辜負了本小姐還未來得及名動上京的花容月貌」，正當她不再猶豫決定浮出水面呼救之時，忽然有根黑色束帶毫無預兆地直穿入水，在她腰上迅速繞了一圈，隨後收緊，將她拉至岸邊，拋在離碼頭有段距離的僻靜蘆葦叢上。

束帶那端的力道迅速而俐落，毫無憐香惜玉之意。明檀被扔得頭暈眼花，模糊間只瞥見從她腰間抽離的黑色束帶末梢。

依著她養尊處優十數載的經驗判斷，那根束帶的用料必非凡品，上頭暗紋精緻繁複，用的似乎是玄金絲線，劈絲極細，濃重夜色下仍泛著淺淡光澤。

不等她循著束帶看清立在那處的人，就有外袍落下，蓋住她的身體，也掩住她的視線。

「然後呢？」白敏敏忙追問。

「然後，就有人將我扛了回來。」明檀靠在床邊，推開辛辣的驅寒姜湯，接過婢女遞來的暖手爐，回憶道：「中途我哆嗦著問了好幾次，問他們是誰，準備帶我去哪兒，可那人都不出聲，將我放在侯府後門就帶著外袍一起消失了。」

「他們？不只一人？」

「出手救我的和送我回來的肯定不是同一人，衣料差別很大，而且送我回來的那人很像在按吩咐行事，像是……隨從護衛。」

白敏敏消化會兒，還是有很多疑問：「等等，所以從頭到尾妳都沒說自己是靖安侯府的人，人家卻準確地將妳送回了侯府？」

「嗯，這也正是我覺得奇怪的地方。」明檀倚著引枕坐起了些，「要說目的不純，回府後我仔細檢查過了，沒有丟失任何貼身之物。」

有所圖者，必取憑信。沒取……

「那確實是很奇怪。」白敏敏皺眉思索，喃喃了句。

「好了，先不提這個。」明檀想起眼下更為重要之事，「梁子宣那邊現在如何？」

「他能如何，妳都遣了素心過去，我還會傻到接不上茬嗎？當然是按頭他落了水，我路過讓隨從救了他啊。妳放心，我已經讓人送他回令國公府了。」

聽白敏敏這麼說，明檀那顆懸著的心總算落定。大庭廣眾之下的說辭是梁子宣落水，那不管事後如何，也只能是梁子宣落水。

畢竟明面上，兩府之間的姻親關係十分牢固，她這未過門的世子夫人出事，於令國公府而言也算不上增光添彩，若不想與靖安侯府撕破臉皮還落不著好，他們只有默認這一說法。

說來，今兒這事她總覺得哪裡透著蹊蹺。當時鬧著抓賊才有人一前一後衝了過來，但相比於被撞，她感覺自己更像被人推了一把才遭此罪。

想到這，她道：「敏敏，妳回去找人幫我查一查今日撞我的那兩人。」

「妳懷疑落水不是意外？」

「就是不知道，我才想好好查一查。」

白敏敏點頭，爽快應下。瞧見明檀小臉面無血色，她幫明檀掖了掖被角，順勢從婢女手中接過驅寒湯：「妳先別操心這些，來，把薑湯喝了。」

味道太沖，明檀不想喝。

白敏敏也是執拗性子，不依不饒往她嘴裡塞，還碎碎念叨：「喝了喝了，不為妳自己想想是不是還得為我想想，妳要是不喝薑湯，回頭得了風寒臥榻不起，那可都是我的罪過，我爹什麼牛脾氣妳還不知道，妳就忍心看著我被罰跪祠堂？回頭跪出個三長兩短我怕是只能……」

明檀被念得腦仁生疼，索性接過瓷碗，閉著眼一口氣咽了下去。

白敏敏一臉滿意，見計時的香印已燃大半，她起身拍了拍手：「既如此，妳好好休息。時辰也不早了，我就先回府了。素心、綠萼，好好照顧妳們家小姐。」

素心、綠萼齊齊應是，恭敬地將白敏敏送出照水院。

經過這通折騰，明檀身子骨有些受不住，確實需要好好休息。她沒再講究入睡前那些繁瑣護養，只在臉上敷了些蜜露，雙手浸了會兒新鮮羊奶。

半夜微雨，濃雲遮蔽圓月。明檀蓋著錦被沉沉入睡，靖安侯府也陷在密雨傾斜的昏燈靜謐之中。

大理寺獄，沿階而下的地牢幽曠昏暗，油燈十步一盞，仍掩不住陰森冷寂。

寺丞走在前頭，躬身引道：「王爺、舒二公子，這邊請。」

舒景然向來清貴雅致，第一次來獄中，周遭的壓抑和腐壞氣息讓他極為不適。他看了江緒一眼，想來是征戰沙場刀口舔血的日子要糟糕百倍，如此這般竟也能神色漠然負手前行。他嘆了口氣，忙捂鼻跟上。

審訊處，牆上懸掛的刑具泛著幽幽冷光，待審之人已被獄卒綁上刑架。大約是還未上刑，此人形容狼狽，細看卻毫髮無傷。

寺丞為江緒拉開圈椅，恭敬請他入座。

江緒也沒讓，撩開下擺徑直落座，指尖輕點扶手，沒什麼表情，看著暗處刑架。

「王……王爺。」刑架上的人看清來者，恐懼之意湧上心頭，「王爺為何，為何捉小臣來此？小臣冤枉！」

「冤枉。」江緒直視著他，「你盡可再等上一等，等承恩侯也下了獄，一併向他喊冤。」

承恩侯！

刑架上的人血液一瞬凝固。

其實早在他回府途中無端被捕，還無人向他解釋為何捉捕開始，他便隱隱有所預感，但他一直不願也不敢往那上頭想，畢竟若真與承恩侯有關，於他便是滅頂之災。

「小臣雖然與侯爺有所往來，但、但……」

「張吉，本王念你是個聰明人，才保你現在仍是全鬚全尾，你確定要跟本王兜圈子麼。」

江緒起身，緩步走至近前，偏頭看他。

大約是在地牢的緣故，他身上征伐殺戮的淡淡戾氣擴散開來，帶著極重的威壓之勢。聲音不高，卻無端讓人發冷。

張吉張了張嘴，被壓得失聲片刻。

他知這是清算的開始，也知江緒來此目的，死寂般的沉默隨著地牢腥腐之氣蔓延開來。

好半晌，他猶豫著蠕動嘴唇，還是不死心地想為自己爭取些什麼：「我手中，確實有些王爺用得上的東西，若王爺答應我一個條件，我便……啊——！」他話未說完便突地痛呼出聲。

舒景然一怔，才發現牆上帶有倒鉤的施刑利刃不知何時已經避開要害扎入張吉的腰腹，鮮血正汩汩外流，張吉那身白衣迅速染紅，黏稠血液滴滴答答地落在髒暗地板上。

「你有什麼資格同本王談條件？」江緒傾身，附在張吉耳邊，漫不經心地問。

他執柄之手未鬆，倒鉤貼著血肉，往裡寸寸推送，反覆輾轉。

張吉痛得面無血色，額上冒著豆大汗珠。到底是沒怎麼吃過苦頭的人，半刻不到便白眼一翻昏死過去。

江緒站直，任由獄卒用冷水將張吉潑醒。

刑牆邊火爐燃起，烙鐵燒得發紅，張吉剛恢復神智，便見獄卒舉著烙鐵朝他逼近，不容喊停，那烙鐵直直烙在方才傷處。

又是一陣撕心裂肺的痛叫。

獄中刑具百般，張吉才經了兩遭就尿起了褲子，腥臊之氣四溢。他後悔先頭沒喝敬酒，嘶啞著嗓子喊叫：「王爺！王爺我說！承恩侯強占田莊私開鹽礦！證據在城郊，我在九里坡置的私宅！埋在後院杏樹下面！」

子時，地牢門開。

出了大理寺獄，舒景然終於呼出口濁氣。許是下過一場小雨，他感覺今夜上京的氣息分外潔淨。

只是回想起剛剛在地牢中，江緒眼都不眨將倒鉤刑刃刺入張吉腰腹，還一寸寸往裡轉旋的畫面，他總覺得今晚必會噩夢連連。

不過話說回來，定北王殿下本就是出了名的狠戾無情。想當初戶部侍郎貪墨軍餉延誤軍機，他自修羅場中浴血而歸，不應詔不入宮，第一件事便是直取貪官項上人頭。其夫人自知無命苟活，為保全家中絕色雙姝，讓雙胞女兒自請為奴，侍奉在側。那般傾城容色，照理來說是個男人就會意動，且保下兩個女子，對他來說勾勾指頭便能做准。他卻不為所動，依律抄家，滅門斬首，一個未留。

所以，「先前在江邊，你為何出手救明家小姐，還讓暗衛將人送回了侯府，憐香惜玉……可不像是啟之你會做的事。」

他還以為江緒這趟回京轉了性，生了惻隱之心，地牢裡走一遭，他才發現是自己想多了。

憶及在聽雨樓中無意聽來的壁角，他又笑：「難不成你對那位明家小姐，一見傾心？」

江緒垂著眼眸，扯了扯唇，邊慢條斯理擦著手上血漬，邊不急不緩道：「不愧是名動上京的舒二公子，真是溫柔多情。」

第二章 婚事

成康五年的上元終是在熱鬧喧囂中有驚無險地過去了，年味兒也隨著漸止的冬雪悄然消散。

將明檀撞入水中的兩人還沒查到眉目，好在令國公府識趣，直接認下了梁子宣落水的說法，還讓梁子宣在府中躺了幾日，全了這個說辭。

裴氏不知內情，只覺得令國公府處事頗為厚道，是個好相與的人家。明檀卻不承情，令國公府私下遣人來問候送禮，她從沒正眼多瞧。

立了春，錦繡坊的裁縫繡娘又被請來靖安侯府量體裁衣。

明檀未雨綢繆，已然想到退婚之後很長一段時間不便張揚，這回選的都是素雅顏色，月白、艾綠、淡青。

裴氏以為她圖新鮮，倒不攔著，只多指了兩匹顏色鮮妍的給她做外衫，搭著引枕親切道：「平日在府中，素淨些也是無妨，可春日少不了踏青賞花，姑娘家穿鮮嫩些，活潑潑的，精神好，誰見了不喜歡。」

「母親說的是。」明檀沒多推遲，乖巧應了下來，只是心裡卻為春日不能穿上這些漂亮衣裳出門招搖感到懊惱。

裴氏在吃穿用度這些微末小事上從不會落人話柄，給明檀添了定例，給沈畫也依樣多添一份。

撇開浮沫用了口茶，她想起什麼，又與錦繡坊的管事婆子交代道：「餘下幾匹便依著小小姐身形再做幾身，算著時日，三小姐也快回了。幾年不見，也不知如今身形如何，且先備著，若不合身，待回了京再做合身的便是。」

「是。」

管事婆子嘴上應了差事，心裡頭卻在琢磨，這幾身的精細程度是否也要比照小小姐來做。畢竟她常在深宅大院行走，不至於連眼前這位侯夫人的微妙變化都察覺不來。

其實不只裴氏態度微妙，明檀與沈畫聽到「三小姐」時，也怔了一瞬。

靖安侯府素來陽盛陰衰，到明檀這輩，女孩子一隻手便數得過來。老夫人在世時，幾房未分家，便是堂姐妹們一起序齒。

明檀上頭無嫡姐，二房三房的兩位堂姐俱已出嫁。明楚這位庶姐倒還待字閨中、且與她年歲相仿。只不過明楚和柳姨娘陪著她父親靖安侯戍守邊關，已有五年不曾回京。

明檀先前只記著她父親回京，退親之事便可提上日程，倒忘了明楚與柳姨娘也會一道回來。

她與明楚從前便關係極差，這時回來，退親之時豈不是又多一人看她笑話？

至於沈畫，第一時間想到的，是明楚這位明三小姐與她同歲，雖是庶女，但門第頗高且受寵愛，身分計較下來與她相當，上京適宜的親事數得著，此時回京，兩人只怕要在議親上頭撞上一撞了。

一時，廳中幾人皆靜默不語，低眸沉思。

眼瞧著歸期將近，裴氏讓錦繡坊備著衣裳的同時，也指揮下人拾掇侯府。她在掌家一事上極為妥帖，沒幾日，侯府上下就收拾得煥然一新，連柳姨娘的院子都重新修整了番，斷是半點錯處都挑不出來。

張媽媽見裴氏這般上心，梳頭時忍不住嘮叨了句：「夫人何必連柳氏那處也事事關照，那起子不上檯面的，占了侯爺五年，如今怕是輕狂得很。」

裴氏端詳著鏡中依舊秀致優雅的面龐，不應聲。

四下無人，張媽媽又湊近低聲道：「說到底，這宅院之中子嗣為重。夫人於此道艱難，但府中貌美丫頭不是沒有。再不然，這京裡小家碧玉也多的是，侯爺與柳氏相處這麼些年，見著新鮮的，也該厭了。」

裴氏拿起簪子往腦袋上比劃了下，一副不甚上心的模樣。

「夫人！」張媽媽忍不住多喊了聲。

裴氏眼尾稍瞥，淡聲道：「妳這話可是左了。」

她放下髮簪，目光變得深而悠遠：「我與侯爺的情分不過如此，當初外任，也是我不願生受邊關之苦自請留京。我合該感謝柳氏才是，邊關五載，侯爺竟未納新人，更未添一子半女，給我省了不少麻煩，換了旁的妾室相隨，想來沒她這般本事。」

「再說子嗣，左右我是沒這緣分，抱養一個小的，費心費神不說，也絕無可能承襲爵位。與其這般曲折，不如將心思多花在阿檀身上。這麼些年，妳也該看得明白，咱們侯府的前程，一半在嫁女，另一半在大哥兒那。我嫁入侯府之時，大哥兒年紀已經不小，沒能養出母子親緣，但這些年因著阿檀，他對我倒也不缺敬重。」

這點張媽媽很是贊同：「大哥兒去龐山上任這幾年，書信節禮從未落下，知道夫人有膝蓋疼的老毛病，還特特捎回了龐山那邊的偏方。雖無大才，卻是個知禮重情的。」

裴氏想到此處，滿意地勾了勾唇。

過了半晌，她忽然想起什麼，又問：「對了，阿檀最近可是有些不尋常？前些日子進宮，她盯著梁家女眷看了好一會兒，她在外頭規矩極好，若無事，不會這般失禮。還有元夕落水……後來梁家送禮關切，她也淡淡的，似乎並不歡喜。」

張媽媽道：「小小姐年紀小，那梁家是先頭那位定下的娃娃親，平日兩家來往少，好奇些也是正常。至於梁家送禮關切，得未來婆家看中，小小姐心裡頭必是歡喜的，不過女兒家面子薄，不好表現出來罷了。」

裴氏仍然覺得不對，但沒再多說什麼。

比起靖安侯府都在等著一家之主歸京，近日京中勳貴更為關注的，是另一件毫無徵兆突然爆發的大事——

承恩侯顧進忠強占田莊、私開鹽礦，數罪並舉。現已削爵抄家，判流徙千里，一向受寵的玉貴妃也因牽連此案，被打入冷宮。好在罪不及家眷，除涉事人等，其餘僅貶為庶民，男子不進科舉。

眾人聊及此事，不免唏噓。

「貶為庶民不進科舉，顧家三代以內是無望起復了。」白敏敏嘆了口氣，「上元宮宴顧九柔還大膽獻曲，這才幾日，怎麼會這般突然？」

與明檀、白敏敏交好的翰林學士之女周靜婉輕聲道：「不突然，那日我因風寒，歇在家中未曾赴宴，後來對殿中之事有所耳聞。當時殿內的情形，其實已經預示了很多事情。」

明檀早已想通關節，周靜婉所言，正是她意。

唯有白敏敏一頭霧水：「阿檀，妳聽懂了？怎麼就不突然，怎麼就預示了？」

明檀懶得解釋，將桌上那疊核桃仁往她面前推了推：「多吃些，補補腦子。」

「……」

白敏敏伸手打她。

明檀忙躲，還矜矜持持地嫌棄道：「妳瞧瞧妳，毫無半分我與婉婉的賢淑貞靜，如此這般，『上京三姝』的名聲怎麼打得出去？」

「……」

「婉婉也就算了，妳和賢淑貞靜有什麼干係，淨會在外人面前裝，大言不慚！」

明檀：「那也好過妳在外人面前都不會裝！」

「好了。」周靜婉掩帕輕笑，她素來柔弱，聲音細細輕輕的，「別拌嘴了，我來說便是。」

三人在照水院的天井旁閒坐品茶，裡裡外外都是自己人，倒也沒什麼不能說的。周靜婉耐著性子解釋：「這回事發，明面上是說京畿縣令張吉與承恩侯過從甚密，私下收集了不少顧家的罪證。可仔細想想，張吉是因承恩侯才官運亨通，為何要突然告發？難道真有貪吏會一夜之間棄惡從善麼？再者說，以往御史也曾彈劾承恩侯，聖上總是輕輕揭過。可這回卻在朝堂之上大發雷霆，嚴令澈查……」

聽到這，白敏敏好像隱約明白了什麼。

周靜婉點到即止，換了個話頭繼續道：「定北王常征北地，極少回京，他的性情我不太瞭解。可即便他真是擁功自重，不將玉貴妃與承恩侯放在眼裡，宮宴之上直接下人臉面，陛下與娘娘也會輕責一二才對。」

「噢……我懂了。」白敏敏理著思緒，「妳的意思是，陛下早就想要收拾顧家，所以當時場面那麼難看，他與娘娘都沒為顧九柔說些什麼……那這樣想的話，定北王殿下極有可能是早就知曉陛下心意，才那般放肆目中無人吧？」

「依我看，那位殿下本就那般放肆。」

一介莽夫，能懂什麼。明檀斯斯文文地染著丹蔻，有些不以為意。

日子過得不緊不慢，很快便至二月初八，外任陽西路帥司的靖安侯明亭遠任滿歸京。他掌一方軍政大權，在任政績卓著，此番回京述職，關係著朝中大員變動，有不少人暗中關注。

成康帝傳下口諭，命靖安侯進京即刻面聖。入了城，明亭遠便與家眷僕從兩路分走，一路直奔啟宣門，一路繞往南鵲街的靖安侯府。

聽聞侯爺未過家門徑直入宮，是柳姨娘等先行回來，侯府裡的人動作緩了不少，畢竟這世上沒什麼大張旗鼓迎姨娘、庶女回府的規矩。

柳姨娘與明楚下車之時，僅有裴氏身邊的張媽媽領了幾個丫鬟婆子在角門等候。許是獨得恩寵的緣故，在陽西路那等邊疆苦寒之地待了五年，柳姨娘的姿容與從前相差無二，甚至還添了幾分光彩。

明楚這位三小姐倒是很難一眼認出，離京之時她不過十一二歲，五年過去，她的容貌長開，氣質與從前大為不同，一身明利紅衣，神采飛揚間，竟有了幾分將門虎女的颯爽風采。

「妳讓我與母親從角門進？」明楚皺著眉，對張媽媽的安排很是不滿。要知道在陽西路，無論她走到哪兒，都是帥司掌上明珠，無人慢待。

然這茬兒挑的很是沒理，這是上京，大門豈能胡開，平日就連裴氏都是從角門進出。當然，今兒她們若同侯爺一道回府，確實能沾一回正門而入的光。

張媽媽正要好生解釋，柳姨娘就上前握住明楚的手，不動聲色地緊了緊。

想起回京一路上柳姨娘的提醒，明楚僵了僵，還是決定暫時先忍下這口氣。她拉著臉掠過張媽媽，徑直跨進了角門。

與此同時，明檀正在照水院內發著天大的脾氣。

她一把將手中信紙拍在桌上，又忍不住將桌上精緻不菲的茶碗茶壺一氣兒掃落。瓷器碎裂聲突兀清脆，她拍著桌子忽地起身，邊在屋內打轉邊碎碎念道：「下作，簡直就是下作！本來以為這家人只是沒規沒矩不要臉皮，倒還小瞧了他們，竟然算計到本小姐頭上！」

她氣得聲音發抖。十指攥緊，指節發白，手背隱約可見淡青經絡。

素心和綠萼嚇得不輕，關鍵是她們還不知道發生了什麼。

明明這兩日她們家小姐鬥志昂揚精神飽滿，勢要盛裝打扮壓過今日回府的三小姐。今兒一早還特特讓人取了花上晨露，合著玉容粉厚厚地敷了層面，說是這般敷面洗淨後，肌膚會格外嫩滑明亮。

可剛剛用完早膳，白府婢女送來封信，傳話說，白敏敏本想親自過來告訴她信中之事，但念及今日侯府團圓不宜登門，只好將此事寫成書信叫人送來。

也不知信上寫了什麼，竟叫一向念叨著「名門淑女不管遇上何事都不可失儀失態，亂喊亂叫摔東西和市井瘋婦有什麼差別」的明家小小姐發了好大一場瘋……

遙想前年金菊宴，半路殺出個奉昭郡主奪了她本該穩拿的「花主」之位，她回來也不過摔了個瓷杯，還是往貴妃榻上摔的，半點兒都沒磕著。

可這回，摔了茶碗瓷壺還不算完，她在屋內繞了幾圈，忽然拿著那封信往外衝。

見這架勢，一向穩重的素心都慌了神，忙追著提醒：「小姐，您這是要去哪兒？三小姐和姨娘已經入府了，您新選的簪子還沒戴呢！」

明檀腳步一頓。

哦，對。簪子。

還有那對母女。

她回身，走進內室，面無表情地坐回妝奩前。

素心輕輕撞了下綠萼，綠萼有些懵，結巴了兩聲才反應過來：「小……小姐，別生氣了，一生氣人都不美了……也不是不美，小姐怎樣都美，但小姐笑起來才更加，更加傾國傾城，顛倒眾生！」

不知是綠萼誇得到位，還是看著自個兒那張臉就歇了火氣，明檀坐下後，冷靜了不少。

她爹正入宮面聖，這會兒衝出去找不著人不說，還平白讓人看了笑話。而且她爹回來，也不能就這麼衝上去嚷著要退婚，五年不見，誰知道明楚和柳姨娘給她爹吹了多少妖風。到時若誤會就是因著她不講禮數才惹得令國公府看輕作踐，可就壞事了。再者，她並沒有太多把握，那位記憶中雖待她不錯，但也不像她舅舅待白敏敏那般疼到骨子裡的爹爹，會願意為了她得罪令國公府。

她拿起桌上那支新製的銀月流蘇簪，打量會兒，忽然吩咐道：「素心，妳取一方素帕，浸些蒜汁。」

「是。」

「還有件事，妳過來。」她示意素心走近些，將那封白府婢女送來的信裝回信封，交給她，附在她耳邊低聲吩咐幾句。

素心向來是主子不說，便不多問，應下差事後，她垂手退下。

明檀舒了口氣，吩咐綠萼：「替我重新梳妝，不必太過隆重，衣裳也換件別的。」

先前她只想著怎麼壓過明楚，倒忘了見她爹才是更為要緊的事情。

於是在她的反覆挑剔百般指導之下，綠萼終於將她拾掇成一副清麗秀致又略帶幾分柔弱楚楚的模樣。

她在與人等身的銅鏡前照了會兒，滿意地彎了彎唇角：「走，去蘭馨院。」

蘭馨院是裴氏的院子，從照水院過去，要穿廊繞壁，還需經過東跨院花園。

一行人沿著抄手遊廊往前，剛至東跨院花園，就聽見前頭一陣吵鬧。

「噢……是老夫人娘家庶弟的孫女，老夫人都去了多久了，這關係也真夠遠的。而且我沒記錯的話，老夫人娘家原先是伯府，降等襲爵早已降無可降，好些年和咱們府裡沒聯繫了，我當是什麼正經親戚。」明楚嘲弄了句。

沈晝：「三妹妹妳！」

「妳什麼妳，表姐，我給去了的老夫人面子才叫妳一聲表姐，妳還真不把自己當外人。我與母親才剛回府，就遇上妳在這園子裡念什麼酸詩，妳這不是存了心給我和母親添堵麼？要我說，寄人籬下也該本分一些！」

明楚本就因為從角門入府心中不快，一路遇上的府中下人又遠不如陽西路那邊小意殷勤，再撞上沈晝在園子裡頭念什麼傷春之詩，她那股邪火憋都憋不住了，說出來的話諷意十足，語氣中滿是沒理還不饒人的囂張。

沈晝氣極。

從前她與明檀暗別苗頭也常被氣得不行，但明檀好歹是名門貴女，綿裡藏針便罷，哪會這般粗鄙無禮毫無閨秀風儀！

她正要開口堵回去，身後忽然傳來另一道雲淡風輕的譏弄：「三姐姐慎言，母親在蘭馨院呢，可不在這。」

峙立兩方都下意識回頭。

只見遊廊轉角處行來一群綠衣婢女，走了一段，這群婢女停步，自發列成兩排，規矩垂首——

一位著玉白金絲勾繡錦裙的少女自其間款步而來，她雪膚烏髮，雙瞳剪水，纖纖素手輕搖羅扇，每往前一步，髮間的銀月流蘇簪便輕晃出細碎光澤。

明明不是十分華麗的打扮，可遠遠瞧著，卻有種如名貴瓷瓶般，放在地上怕倒、捧在手心怕碎的脆弱精緻感，美得讓人移不開眼。

饒是沈晝見多了這排場，也怔了一瞬才回過神。一時之間，她不知道該如往常在心底暗嘲明檀矯揉造作，還是該感謝她這番造作震懾住了某位不知閨儀體統為何物的潑婦。

「這是四小姐吧。」柳姨娘很快認出明檀，溫婉笑著，柔聲道：「幾年不見，四小姐如今出落得真是標緻。」

她先前沒能攔住明楚，主要是因著她沒把沈畫太當回事。可明檀不一樣，明檀若要揪著這稱呼說事，到裴氏面前十有八九討不著好。

「姨娘謬贊。我瞧著，三姐姐如今也出落得……與我們這些在京中久居的姑娘家不大一樣。」

明檀應著柳姨娘的話，卻未給柳姨娘半分眼神，只如剛剛明楚打量沈畫般，從上至下輕慢地打量著明楚。

明楚後知後覺回過神：「妳！」

「妳什麼妳，三姐姐，這是上京，用手指著人說話，可是十分不雅。」明檀用扇子緩緩按下她的手指，「三姐姐久未歸京，想是忘了不少規矩。像今兒這般不知母在何處，不敬遠來表親，不憐幼妹以指相對，在外頭只鬧上一齣，都夠人笑話半年了。該本分些的，是三姐姐才對。」

明楚被自個兒說的話一句句堵了回來，怒火中燒，盯著明檀，眼睛快噴火！

眼瞧著她就要抽出腰間軟鞭動手，柳姨娘忙上前按住她，低喊了聲：「楚楚！」

明楚死盯著面前少女，一聲「賤人」到了嘴邊，不知因為什麼，最終還是咽了回去。

她娘說得對，無論如何也得忍到定親之後再說，裴氏是嫡母，若被她揪住錯處大做文章，在她議親之時使什麼絆子可就太不合算了！

勸住明楚，柳姨娘勉強笑著，看向明檀：「四小姐，楚楚她……」

明檀懶得聽，直接打斷道：「時辰不早了，我還要向母親請安，就不多陪了。」

沈畫見狀，跟了上去：「四妹妹，我與妳一道。」

她素來不喜明檀，但今日在明楚的襯托之下，她都覺得這死對頭眉清目秀了不少。還是俗話說得好，惡人自有惡人磨。她這四妹妹多會噎人，一口一個不雅，一口一個規矩，還扣什麼「不憐幼妹」的罪狀，不就小了一歲，哪兒幼了，給自個兒臉上貼金的功夫真是渾然天成。

可不過一會兒，沈畫就覺得自己錯了。比起往自個兒臉上貼金的功夫，明家小小姐唱戲的功夫，更是能逼死福春班的名角兒。

兩人到裴氏那兒後，坐了沒多久，外頭就進了人傳話，說侯爺已經回府，正往蘭馨院來。

眾人起身相迎。

沈畫不經意間，瞥見明檀從寬袖中取了方素帕按了按眼，隨即眼眶發紅，盈盈淚光閃動。

沈畫正想著，平日沒發現她對靖安侯有什麼深厚的父女之情……便又見她拎著裙擺，撲向剛走進院中、身材高大蓄著短鬚的中年男子，一迭聲喊著「爹爹」。

明檀的聲音柔軟且清淨，帶幾分故作隱忍的哭腔，很能讓人升起保護欲。

果不其然，五年不見小女兒，本來應該連臉都很難立時認出的明亭遠立馬輕拍著明檀的薄肩，粗著嗓音安撫道：「乖女兒，這是怎麼了？是不是被人欺負了？」

明檀抬起小腦袋，紅著眼，搖頭道：「沒有，是阿檀太想爹爹了。」可話音剛落，清淚順著眼眶流了下來。

她忙用手帕擦了擦，不捨地退開半步，福身道：「阿檀見過爹爹，是阿檀失態了，一時忘了禮儀規矩，請爹爹責罰。」

明亭遠心中甚悅。

他這五年不見的小閨女，孝順懂事，規矩守禮，關鍵是還出落得和天仙似的，嗯，不愧是他明亭遠的閨女！

屋外溫情戲碼上演到此處，裴氏剛好領著屋裡的人迎了出來。

裴氏喚了聲「侯爺」，又扶起明檀，溫聲笑道：「五年不見，阿檀這是太想念侯爺了，都哭成小花貓了。」

明亭遠摸了摸明檀的腦袋，朗聲笑：「我看夫人將這隻小花貓教養得極好！」

裴氏面上的笑意加深了些。她正要應些什麼，忽然有人闖進院子，突兀地高喊了聲：「爹爹！」

是明楚。

她還是穿著那身紅衣，上前便抱住明亭遠的手臂，旁若無人般撒嬌道：「爹爹您總算回了，您入宮還帶著阿福他們，都沒人陪女兒練鞭子了！」

明楚這套，平日明亭遠很是受用。畢竟人在邊地，身邊只這麼一個女兒，自然是怎麼看怎麼好。可現在，他下意識望了面前的小女兒一眼。

只見他乖巧懂事的小女兒盯著明楚抱住的那條手臂，怔了一瞬，很快默默垂下眼睫，似乎想要掩住眼底的失落。

他心裡湧上一陣說不清道不明的情緒。再掃見裴氏臉上忽被打斷的尷尬，他莫名地有些不自在：「妳這是胡鬧什麼，見到母親也不行禮！」

明楚愣了下。

「上京不比邊地能隨妳自在，姑娘家家的，也該收收性子了，練什麼鞭子，有空同妳母親、妹妹多學學規矩！」

柳姨娘在院門口聽到這話，頓了頓。

先前回自己院子休整了番，她便想帶著明楚來給裴氏請安，哪想行至中途，下人說侯爺已經回府，正去往蘭馨院，明楚便氣沖沖地加快腳步。

她有心追趕，然明楚學了幾年三腳貓功夫，走起路來比一般女子要快上不少，待她趕到蘭馨院，便聽到侯爺這番訓斥。

她定了定神，上前屈膝道：「妾身見過侯爺，見過夫人。」

明楚沉浸在爹爹竟然訓她的委屈之中，被柳姨娘拉了把，才不情不願地隨著補了個福禮：「見過父親，見過母親。」

「一家人，不必多禮。」裴氏在這種時候最能顯出當家主母的溫和大度，「既然侯爺回了，也別在這兒站著了，進屋擺膳吧。」

這頓午膳擺在蘭馨院正屋次間，菜品預備得十分豐盛。煨鹿筋、水晶肘、荷葉排骨、芙蓉豆腐……葷素俱全。

自入屋起，柳姨娘便恭順地侍立在側，為裴氏盛湯添菜。裴氏讓她歇著，她卻垂首小心道：「伺候侯爺與夫人，是妾身應盡的本分。」

明亭遠沒出聲，但顯然對她這番舉動頗為滿意。剛剛在外頭他還想著，當初不該將明楚一道帶去陽西路，被柳姨娘寵得沒了半分規矩，現下想想，柳姨娘其實還算本分，主要是明楚那性子，沒幾個人能管得住。

眾人不語。

這屋裡頭連丫鬟在內，都是在深宅大院裡歷練多年的人精，柳姨娘這番作態，除了明亭遠大概無人當真。

當然，明楚還是真心實意為她姨娘感到憋屈的。

畢竟從前在陽西路，他們都是一家三口一同用膳，如今倒好，不能坐下用膳便罷，竟還要伺候那個占著主母之位下不出蛋的女人！光是想到這一點，明楚就覺得眼前的珍鮮佳餚失了味色。

偏偏這時，明檀還夾了塊煨鹿筋給明亭遠：「爹爹，嚐一下。」

且不說這鹿筋味道如何，光是她夾鹿筋時按袖、換箸，無聲將鹿筋放入碗邊小碟還不沾半分醬汁的動作，就讓明亭遠十分滿意。

他是個文采品趣極為有限的粗人，但這不妨礙他喜歡追文賞雅，若非如此，幾房妾室中他也不會偏愛最有才情的柳姨娘了。

見如今這般大方雅致的是他的女兒，心中更是油然升起一種與有榮焉般的欣慰之感。嚐了口鹿筋，點頭，連聲稱讚道：「嗯，軟爛鮮美，味道不錯！」

「爹爹喜歡就好。」明檀笑彎了眼。

「怎會不喜，這道煨鹿筋，可是阿檀特地為侯爺做的。」裴氏也添了一塊給明亭遠，「鹿筋極難軟透，說是早先幾日便要錘煮，用肉湯煨一遍，還得用吊足一日的雞湯再煨一遍，用來煨煮的肉湯與雞湯做起來也十分講究[3]，為著這道菜，阿檀這幾日可盯得仔細。」

明亭遠極為給面子地又吃了裴氏夾的這塊，心裡頭大感熨帖：「阿檀打小就乖巧孝順，當然，這些年也多虧了夫人悉心教養。」

說著，他各夾了個珍珠圓子給明檀和裴氏：「別光顧著我，這菜做得漂亮，妳們也嚐嚐。」

「多謝爹爹。」

「多謝侯爺。」

明楚：「……」

鬼才相信這十指不沾陽春水的嬌小姐會親自做什麼煨鹿筋！能和廚房交代一句這菜是給她爹做的就頂天了，動動嘴皮子的事愣是說成了孝女下廚，裴氏這隻不下蛋的母雞也真是能扯！

桌上氣氛正暗潮湧動。有人有說有笑，有人碗中米飯已被戳得沒了熱氣。

恰在此時，未隨侍明檀一道來蘭馨院的素心稟了門外僕婦，突然悄聲進屋。

---

3 鹿筋做法參考《隨園食單》：「鹿筋難爛，須三日前先錘煮之，絞出臊水數遍，加肉汁湯煨之，再用雞汁湯煨之。」

素心小步湊近明檀，又頂了站在身後的綠萼，邊伺候用膳，邊附在明檀耳邊，低聲說了幾句。

明楚一直盯著明檀，這一幕自然也沒錯過。

瞧見素心邊耳語邊在桌底遞信給明檀，明檀還收得不動聲色，她預感有事，忙揚聲挑破：「四妹妹，有人送信給妳？誰送的啊，神神祕祕。」

桌上幾人順著話音望了過去。

「沒什麼，白家表姐送來的。之前托表姐辦了件小事，想是已有結果，她便來信知會我一聲。」明檀輕描淡寫道。

明楚不依不饒：「既然用膳都要送來，想必白家表姐辦的事十分要緊。四妹妹不如看了信再吃？若是她急等著回，也好差人去說一聲。」

明亭遠覺得明楚這話說得頗有道理，他掌一方軍政大權，平日最忌延誤軍情。見明檀為難，他以為她是怕用膳讀信失了規矩，自以為是地解圍道：「無妨，一家人不講究這些，妳讀便是，真有什麼要緊之事也能及時答覆。」

明檀想說些什麼，可明楚不給她推辭的機會，直接使喚邊上等著伺候的婢女：「還不過去，四妹最是講究，不淨手如何看信？」

很快，帕子清水便送到眼前。

明檀似乎別無他法，只好淨手展信。

剛開始時，她神色如常。可不知看到什麼，她眼神一頓，抿著唇，覽信速度越來越快，面色愈加蒼白。

整封信看完，她還不死心般從頭又看了一遍。只不過這遍過後，她已面無血色，搖搖欲墜。

「怎麼了？」明亭遠皺眉。

明檀沒應聲，素帕掩著唇，眼神中滿是不敢置信。一瞬間，她眼眶發紅，淚珠滾落。瞧這陣勢，眾人慌了神，明亭遠更是一把奪過她手中的信。

他一目十行看完，雖然完全不知信上所查的什麼落水之事，但他又不是個傻子，信中分分明明寫著——

上元那日，將明檀撞入水中的兩人早已離京，此番幾經周折追到利州才艱難尋得。這兩人，並非素不相識的竊賊與被竊者，而是一對親兄弟！

據這對親兄弟交代，撞人入水是早被安排好的。他倆得了令國公夫人吩咐，上元夜暗中跟隨梁子宣，聽其命令，見機行事。

那日明檀剛好在碼頭放河燈，若不在，梁子宣找到她後，也會想方設法引她到水邊，唱全那齣不慎落水英雄救美的戲碼！

「啪——！」伴隨著拍桌聲，桌上精緻碗碟抖碰，明亭遠怒極，「豈有此理！」

裴氏見狀，忙接過信，仔細閱覽。

看完之後，她比明亭遠更為震驚。上元明檀落水，梁家世子替其遮掩，她還覺得令國公府前後周全十分厚道，是個好相與的人家，可此事竟原本就是出自令國公府的手筆！這實在太過匪夷所思！

「四妹妹這是怎麼了，信裡寫了什麼？」見三人這般反應，明楚知道肯定是出了事，她按捺不住，躍躍欲睹信中內容。

但裴氏顯然不可能給她。裴氏掌家多年，沒少經事，震驚氣忿之餘，也很快明白，現下旁的都沒什麼打緊，最為打緊的，是瞭解此事因何而起，又該如何應對處置。

她起身，冷靜道：「今天午膳便到這裡，都散了吧。」

這是蘭馨院，裴氏說散，那不願散也得散。

明楚還想留下來看熱鬧，卻被張媽媽擋在身前，恭敬且強硬地請了出去。

相比明楚，沈畫倒很是乖覺，既不多聽，也不多問。只是離開前，她下意識瞥了明檀手中那塊素帕一眼。

很快，屋內便只剩下明亭遠、裴氏，還有明檀三人。明檀似乎是繃了許久，門關之時，忽然哭出了聲。

她這一哭，哭得那叫一個梨花帶雨，我見猶憐。眼睛紅通通的，薄瘦的肩發抖，柔弱得彷彿風可吹折，讓人不忍多說半句重話。

明亭遠背著手，火氣壓了又壓，就怕一開口嚇著明檀。半晌，他才沉聲怒問了句：「這到底是怎麼回事？什麼落水！我為何不知！」

裴氏輕拍著明檀背脊，安撫道：「侯爺，您先消消氣。」緊接著，她原原本本將上元落水之事告訴明亭遠。

聽說明檀那日並未與梁世子有肌膚之親，外人也不知曉落水的其實是明檀，他才算是稍稍歇了些火。

明亭遠：「令國公府是失心瘋了不成，竟謀劃出此等下作之事！」

這也是裴氏覺得不對勁的地方：「照理說，兩府早已定有婚約，侯爺回京便可提上日程。設計一場落水相救，委實是有些多此一舉。」

她頓了頓，又道：「除非令國公府認為，侯爺回京之後，這樁婚事恐會生變。」

生變，生什麼變？白氏生前定下的娃娃親，滿京城都知道這樁婚事，她家兒子是急著快死了要騙個兒媳婦進門守節替他們家掙貞節牌坊嗎？要死了還敢大冬天下水那早早死在水底下才算清淨！

明亭遠話到了嘴邊，可忽然想到什麼……等等，這幾年他不在京中，許多事知曉得不及時，這令國公府莫不是沾上了什麼兜不住的大事，必須利用婚事將他明亭遠綁上同一條船？

為官之人什麼都能扯上朝政，眼見明亭遠面色凝重，也不知歪到了何處，明檀忙哽咽道：「其實，其實女兒知道，知道梁家為何如此……」

她一字一句，將在昌國公府書房所聞和盤托出。

「與自家表妹有了首尾，還誕下了男童至今已兩歲？」聽完，明亭遠與裴氏心中的震驚簡直是無以言表。

明亭遠：「這麼大的事妳怎麼不早說！」

明檀邊流著淚邊垂眸道：「……女兒想著這門親事乃生母所定，且聽說他們梁家在吏部頗有根基，女兒不知朝政，只怕毀了這樁親事，會影響爹爹調任回京的升遷考評……」

「他們梁家算哪門子東西！還能影響老子調任升遷！」明亭遠暴怒如雷，連「老子」都蹦了出來。

「爹爹莫要氣壞了身子。」

瞧瞧，都這時候了還擔心他被氣壞了身子。他女兒出落得這般亭亭玉立知書達理溫婉端方，還懂得大局為重凡事以孝為先，簡直就是打著燈籠都找不著的名門閨秀典範，豈容梁家那無德無義的豎子小兒如此糟踐！

「阿檀莫怕，此事自有為父做主。」明亭遠心中之火盛極，片刻不得容忍，說完便拂袖摔門而出。

「侯爺、侯爺！」

裴氏沒喊住，忙溫聲安撫明檀兩句：「阿檀，此事侯爺定會做主，只不過這般衝動實屬不妥。妳無需擔心，先讓素心、綠萼伺候妳回去歇息，我去找侯爺好好商談一番。」

明檀正有此意，她臉上淚還未乾，點著頭道：「母親，千萬要勸勸爹爹。」

裴氏沒再多說，忙追了出去。

素心與綠萼在屋外聽了好半天的哭聲吼聲，心中不免擔憂，得了裴氏吩咐，便忙往屋裡跑。

「小姐、小姐。」

「小姐妳沒——」素心話沒說完，忽地頓在原地。

屋內寂靜。

滿桌佳餚大半未動。

她家小姐坐在桌邊，邊用手搧著眼睛，邊慢條斯理地替自己添了杯茶。

「……沒事吧？」素心下意識說完了下半句。

明檀道：「沒什麼大事，就是妳浸的帕子，委實是辣了些。」

明檀這齣大戲唱完，餘下能做的便是靜候佳音。

卻說另一邊，明亭遠摔門而出，裴氏著急忙慌追上去，有條有理地勸了一番，總算將差點直接衝去令國公府的明亭遠勸了下來。

想到信上說，那對親兄弟已被帶回京城，隨時都能當面對質。裴氏著人備禮備車，打算與明亭遠一道先去趟昌國公府。

此去昌國公府，一來當然是要見見那對兄弟，當面瞭解事情的來龍去脈。二來昌國公白敬元乃明檀親舅，這門婚事是他妹子白氏在世所定，退親事宜若能與他先行商議，更能顯出兩府情誼。

靖安侯府打算退親一事，令國公府還渾然不知。但聽聞靖安侯已經歸家，令國公夫人李氏知道，世上沒有不透風的牆，若想保住這門婚事，自家府中這事不能再拖了。

她一大清早招呼都沒打，便讓下人收拾東西備好馬車，預備遣人離京。

「事已至此，珠兒，可不是姨母不疼妳，姨母與妳表哥想了許多法子，只是……」李氏看著哭到自己屋裡，已然癱軟在地的女子，憐惜道：「妳且帶著敏哥兒先去利州住上一段日子，等明家小姐進了門，夫妻倆處出了感情，再和她說妳與敏哥兒之事，自然就有了商量的餘地。」

「等處出了感情，明家小姐又豈能同意納妾？」被喚作「珠兒」的女子淚雨連連，「嬌妻在懷，表哥到時哪還能記得珠兒！」

「怎會！」梁子宣忙站了起來。

李氏掃了他一眼，示意他閉嘴，緊接著轉頭看向珠兒，緩聲道：「敏哥兒是妳表哥長子，妳又是敏哥兒生母，哪能不記得。如今這般安排，全然是為了妳表哥前程著想，妳表哥的前程，也就是敏哥兒的前程，這麼簡單的道理，妳還不明白嗎？」

聽到此處，珠兒收了淚，眸光閃爍地看向李氏。

「好了，利州那邊已打點妥當，妳安心住著，時候到了，妳表哥自會風風光光接你們娘倆回京。」

珠兒還想再爭取，然李氏垂下雙眸，端起茶盅，擺明了言盡於此，不願再議。

侯在一旁的僕婦見狀，上前拉住珠兒，一人按住一邊，半拖半押地將人帶了出去。

「表哥！表哥……」珠兒不捨地看向梁子宣，一聲聲喚他。

梁子宣有些不忍，怎麼說兩人也濃情蜜意同床共枕過不少時日，待珠兒離開院子，他忍不住說情道：「母親，此事就再沒有轉圜餘地了嗎？表妹她……」

「還不是你作下的孽！」李氏重重地撂下茶盅，冷聲喝道：「你也滾回去清醒清醒，別在我跟前礙眼！」

梁子宣在外是翩翩貴公子，在家卻不敢駁他母親半句。不過喝他兩聲，他便嚇得草草行禮，匆匆離去。

看著梁子宣的背影，李氏閉眼，頭疼至極。

她在內宅婦人中，已然稱得上雷厲風行手段俐落。

那日宮宴開始之前，她還在思量該如何將明家阿檀順利娶回府中。離宮時，她遠遠瞧見明檀沒上靖安侯府的馬車，而是與白敏敏相攜離開，心中便迅速生出一計。

她遣人遠遠跟著，回府與梁子宣細細分說了番這門婚事到底有多重要，他們目前的處境又有多麼尷尬。

待人來報明檀與白敏敏離開聽雨樓，去了南御河街，她當機立斷，謀出落水相救的戲碼。

此事若依她謀劃完成，本該兩全其美，既不會壞了婚事，又能以此為籌碼留下珠兒母子，哪想她這兒子成事不足敗事有餘，沒順順當當唱完這齣便罷，還不得不擔下落水一事。

此計不成，靖安侯又回來得如此之快，她還能如何？也只能出此下策，讓珠兒母子消失了！

心堵到午膳時分，下人來稟：「夫人，表姑娘與小公子已經出城了。」

李氏心裡懸著的石頭總算落定，她疲憊地揮了揮手，讓人退下，打算清靜清靜。

上京至利州，路途說遠不遠，說近不近。快馬加鞭兩日能到，馬車慢些，約需七日。一路顛簸勞累，眼見遠離了上京的繁華熱鬧，僕從自出城後明顯慢待，珠兒心中不甘之意愈盛。

「姑娘，今日便在此處歇腳吧，前頭路不好走，再往前趕，天黑之前很難找到客棧。」

珠兒撩開車簾，打量一眼，皺眉道：「此處如此破敗，如何能歇？」

累了一日，僕從沒心情再應付這生了孩子都註定抬不進府的表姑娘，不耐煩地回了聲：「您若不歇，便自個兒趕路吧。」

「你！」

僕從抻了抻腰，根本不理會她，自顧自進了旅店。奶媽從另一輛馬車下來，抱著睡熟的孩子進去了。

珠兒無法，只得下車。

跟進旅店，她想上前看看自個兒的孩子，奶媽卻偏至一邊不讓：「姑娘，夫人再三叮囑讓我好生照顧小公子，就不勞您費心了，您早些歇息吧。」

珠兒：「敏哥兒是我的孩子，妳這是什麼意思！」

奶媽也和先前僕從一樣，抱著孩子進屋歇息，沒多理她。

珠兒隱隱預感到什麼，一顆心瞬間涼透半截。

她泄了力般直直坐下去，在桌前怔了好一會兒，飯菜熱氣都快散完，她才後知後覺地拿起筷子。

可身後那桌忽然傳來陌生男子的提醒：「下了藥，別吃。」

珠兒一僵，下意識便要回頭。

那人又道：「不要回頭，有人盯著。」

聽到「下了藥」還「有人盯著」，珠兒頓時心慌，腦子亂成一團漿糊，不知該不該信身後這人所說的話。

恰好這時，她瞥見一隻野貓在桌底下轉悠覓食，便順勢裝作沒夾穩，將菜抖了出去。

那隻野貓叫了幾聲，懶懶邁近，先是舔了舔，隨後又挑挑揀揀將地上吃食嚼咽下去。可過了半天，野貓沒有什麼反應。

「你騙我？」珠兒的聲音有些抖，又有些不確定。

那人解釋：「軟筋散只會讓人渾身無力，無法逃脫，並不致命。」

珠兒撐起精神盯著野貓看了會兒，牠窩在原地，緩擺著尾巴，確實沒怎麼再動，但貓的習性本就如此，這證明不了什麼。

等等……她忽然警覺：「你說什麼，我為何要逃？」

「回到利州便要嫁給莊子管事做填房，姑娘難道不會想逃麼？或者姑娘以為，自己還能等到風光回京的那天？」

珠兒聞言，如遭雷劈。

出京以後身邊人的態度，的確讓她有了不祥之感，但嫁給管事做填房……不，不會的，這怎麼可能！而且她還有敏哥兒，敏哥兒是表哥長子，姨母和表哥不可能這樣對她！

身後之人繼續道：「令國公夫人在利州西郊有一處陪嫁莊子，莊子管事年愈四十，前些年髮妻病逝，未再娶親，只有四房小妾五個兒子，這幾日管事府中結燈貼囍，姑娘人到便可三拜成禮。」

「至於小公子，血脈至親不可分割，以後若有機會必能認祖歸宗，只是和姑娘再無半分干係了，姑娘此去，母子分離，想是此生不復相見。」

這番話聽來極其荒唐。可直覺告訴她，是真的，都是真的。

身後適時傳來茶杯落桌的聲響，那人沉聲道：「姑娘，若想回京為自己掙一份前程，我可以幫妳。」

入夜微涼，上京城外一片漆黑，城內卻夜上華燈，正是熱鬧輝煌。被定北王府占據的昌玉街，大約是城中難得的一處肅穆清靜之地。

江緒與舒景然正在書房明間秉燭手談，燭火忽閃，一道暗影隨風入屋，垂首覆命道：「王爺，梁家那位姑娘和那孩子已經帶回京城，安置妥當。」

江緒「嗯」了聲，抬了抬手。

那道暗影會意，悄無聲息退下。

舒景然圍下三枚黑子，邊掩袖取棋，邊自顧自道：「我一直在想，那晚你到底為何出手。讓梁世子救下明家小姐，這樁婚事便是板上釘釘，不算壞事。現在……我終於想明白了。」

大顯立朝數百年，世家盤根錯節，權勢愈盛，聖上早有修剪之意。

前些日子，聖上拿了最為張狂且不知收斂、竟敢妄動鹽礦的承恩侯開刀，想來過不了多久，令國公府與靖安侯府也難逃一劫。

這兩家若是結親，一起清算也省些精力，聖上似乎也有此意，但，「你似乎並不想讓明梁兩家結親，為何？」

「你不是想明白了？」江緒落下一子，緩緩抬起眼簾。

「我只是想明白，那日你出手救人，是因為不想讓明梁兩家結親，僅此而已。」

「原來這還用想。」江緒眉目低斂，輕哂了聲，就差直接質疑他舒二公子這般才思，不知是否對得起坊間等著他春闈高中打馬遊街的小娘子了。

舒景然咳了聲，稍稍有些尷尬。

到底還未入朝局，很多事看不分明。江緒沒再為難他，垂眸看著棋局，出言道：「正所謂，欲速則不達。況且，修剪世家，非我之意。」

明間很靜，隱約有燭火跳動的細微聲響。

舒景然品咂著江緒這話，品出了幾分意思。

前半句好理解，一口氣清理兩家，是有些操之過急。近些年太后娘娘吃齋念佛，還算安分，但太后一系樹大根深，自聖上登基以來就是不可忽視的威脅。動作太大，難免會給他們留出收攏人心的空子。分而化之，相對來說更為萬全。

可後半句，舒景然頓了頓。

江緒與當今聖上的關係，他始終琢磨不透。

這些年，聖上對江緒實在是沒得說。相反，江緒對當今聖上一直不怎麼熱絡，甚至可以稱得上冷淡。很多時候他的態度，讓人疑惑他是否站在聖上這一陣營。

這句「非我之意」也讓舒景然有些分不清，到底是「非我之意，但仍會助一臂之力」的意思，還是「非我之意，我便要和你唱反調」的意思。

江緒似乎知道他在想什麼：「明亭遠調兵遣將之能實屬難得，且留一留。」隨後又落定最後一枚黑子，「你輸了。」

舒景然回神，不知何時，原本略勝一籌的白子已被黑子逼壓，坐困愁城，再無斡旋餘地。

不過他今晚無意下棋，推開棋罐，他追問道：「那你若想留一留明亭遠，壞了他女兒這樁婚事，又要給他女兒安排什麼姻緣？明亭遠手握陽西路，不容小覷。且婚事一斷，想來有不少人耐不住這份誘惑。」

江緒未答，靜靜看著他。

「……」

舒景然好半天才覺出不對。

他向來是表裡如一的溫潤如玉，遇事從容有度，進退得宜，可這會兒大約是覺得荒唐，他語凝半晌後，有些不敢置信地笑出了聲：「江啟之，你這是什麼意思，我娶？」

「章懷玉的婚事，皇后已有安排。至於陸停，他太重情。」

「那我難道就是薄幸之人？」舒景然還是覺得好笑。

江緒凝眸：「你不娶，難不成讓本王娶？」

舒景然：「那也未嘗不可。」

江緒不欲多談，眼皮未掀便徑直送客。

一夜無風無雨，次日天晴。明檀起身用早膳時，聽說侯爺與夫人一道，早早兒就出了門，似乎是往令國公府的方向去了。

她彎了彎唇，心情甚好，還多用了小半碗粥。

昨兒靖安侯夫婦去昌國公府商議退親事宜，明亭遠與白敬元兩個暴脾氣撞到一起，越聊越是火大。

議至中途，兩人就差殺去令國公府打得梁子宣滿地找牙再逼著他以死謝罪了。

幸而兩家夫人在一旁苦口婆心好生相勸。兩廂商定下來，最後還是決定採用先禮後兵的方式上門退親。畢竟明檀是女兒家，事情鬧大了，吃虧又難堪，怕是會影響以後議親。

當然，令國公府若裝傻充愣，死咬住這門親事不放，那也別怪他們把醜事都攤到明面上來說，一樁樁一件件的，他們難道還想抵賴不成？

可到了令國公府才知，他們還真敢抵賴！

前廳內，令國公夫人李氏坐在上首，雖被靖安侯夫婦一大早登門退親打了個措手不及，但她很快鎮定下來，裝出一副渾然不知的模樣，驚訝道：「二位說的是什麼話？什麼叫我家子宣未迎正室入門，便與自家表妹有了首尾，還有了私生子？這話可不能亂說。」

明亭遠拍桌怒道：「裝什麼裝！你們不就是怕事情敗露還特地設計一齣落水相救！簡直無恥至極！」

竟然連這事都知道了。

李氏手心冒著汗，但面上仍是笑吟吟的：「侯爺這又是在說什麼，我怎麼有些聽不懂呢。落水的，不是我家子宣麼。」

裴氏忙安撫明亭遠，不讓他繼續發火。

李氏說的沒錯，上元落水的是梁子宣，也只能是梁子宣。背後設計一事他們知曉便罷，萬不可拿出來當面分說，不然損的可是明檀的名聲。

穩住明亭遠，裴氏看向李氏，開門見山平靜道：「李夫人，多餘的彎子，咱們不必繞了。我與侯爺今日上門退婚，自是已經查清事情的來龍去脈。強扭的瓜不甜，你梁家這般折辱於我明家嫡女，若順順當當退了這門親，兩廂得宜，咱們兩家橋歸橋路歸路，以後井水不犯河水，也不至於你死我活。若不同意……」

她點到即止，沒往下說。

李氏聞言，心知不好，唇角的笑不由得僵了僵。但她做過最壞的打算，也不是毫無應對之策。

穩了穩神，她勉力笑道：「這是哪裡的話，想來二位是對我令國公府有什麼誤會。先前我娘家外甥女是在府中住了一段時日，她父母俱逝前來投親，我也是瞧她可憐，便留她在府中小住。對了，貴府不是也住了一位遠房表姑娘麼，哪家還能沒幾門親戚。」

李氏繼續道：「我這外甥女啊，一直想托我替她尋門親事，可她喜靜，不愛京城繁擾。這不，我在老家替她尋了門好親，她便歡歡喜喜收拾東西回老家去了。想來這兩日，她那夫家已經張羅著迎親了。臨走前她還說，京城雖好，但住不慣，以後恐怕不能再來看我。」

話鋒一轉，李氏望了毫無存在感的令國公一眼，聲音輕緩了許多：「與貴府這門親事，公爺與我一直都極為看重，公爺啊，就盼著侯爺早些歸京，好將這門親事提上日程。」

「說起來，咱們大顯立朝至今，爵位世襲罔替，可沒哪家是一路平順的。就說那承恩侯府，好端端的，說出事便出事。公爺一直想著，咱們兩府結了親，以後也好有個照應，總不至於胡亂被人擺布了去。」

「當然，我們若是有什麼得罪的地方，也請侯爺和夫人多擔待些。只要子宣親事順遂，一切都好商量。」

令國公為官無能，性子庸碌，家中之事都賴李氏做主。李氏這麼說，他便附和著點了點頭：「正是此理，正是此理。」

原有應對之詞的裴氏忽然沉默。

都是聰明人，李氏話說到這份上，她也聽明白了，這話有三個意思：

其一，人已送走遠嫁，再也不會回京，醜事絕無可能外揚，你們侯府可以放心。

其二，令國公府結親之意如故，眼下承恩侯府出事，擺明了是聖上不喜拿他開刀，很難說這是否是清算的訊號。若是結親，大家同氣連枝，便沒那麼容易被人操控擺弄。

其三，只要不退親，你們提什麼要求，都好說。

這話已涉朝局，還涉及令國公府能為成全這樁婚事所做的讓步，裴氏不便也不能替明亭遠做決定。

她本就在深宅大院裡長成，深知很多時候，親情恩義遠在利益之後。別說所嫁之人並非良人，就算並非全人，也不乏勳貴人家願將女兒送出，交換所需籌碼。

再看明亭遠，他神色難辨。

他沒出聲，廳中便靜了片刻。

正當李氏想再表表誠意，外頭忽然匆忙進來兩個丫頭，神色惶惶，一著急，禮都行得囫圇。

李氏正要呵斥，丫頭喘著氣道：「夫人，府外、府外……」

「姨母、表哥！珠兒到底是做錯了什麼，你們竟要如此待我！我十月懷胎生下敏哥兒，明明說好明家小姐進門，便納我為妾，讓敏哥兒上族譜……」

丫頭話沒說完，外面便傳來女子淒厲的哭喊聲。

「……將我送走便罷，為何還要將我嫁給莊頭管事做填房，你們為何要如此對我！表哥、姨母！」

李氏聞聲，面色霎時難看到不行。

不是送走了嗎？怎麼又回了！

明亭遠那張臉沉得可以滴水，想都沒想便拍桌怒道：「人品如此不堪還敢肖想我明家姑娘，一家子的蠢人毒婦！這樁親事你退也是退，不退也是退！」

說完，他將定親信物摔在地上，憤而起身。

既然那女子在府外鬧開，令國公府再做任何讓步，這門親事都無繼續進行的可能，更無低調退親的必要。想到此處，裴氏忙跟著起身。

府外，珠兒抱著孩子聲淚俱下，圍觀者眾，皆在對令國公府評頭論足、指指點點。

裴氏與明亭遠沒有多看，上了馬車便揚長而去。

只不過回府下車之時，裴氏忍不住輕聲問了句：「侯爺，若那女子並未鬧開，您是否……」

明亭遠聽懂她的意思，皺眉不虞道：「妳在胡思亂想什麼？明檀是我的女兒，我明亭遠雖算不上什麼聖人，但也做不出賣女求榮之事！況且他令國公府能拿出來的東西，還不值得本侯覬覦！」

先前他不說話，是還沒將罵人的話捋順溜，沒承想夫人竟這般看他！他「哼」了聲，甩袖往前。

裴氏在後頭，望著他的背影，竟是怔了一瞬。

比裴氏與明亭遠先一步回到靖安侯府的，是明檀派去探聽情況的小丫頭。

小丫頭一五一十將令國公府門前發生的事情告訴明檀。

明檀聽完，懵了懵，手邊的燕窩粥瞬間沒了滋味：「妳是說，令國公夫人讓那女子去嫁莊頭管事做填房，那女子逃了出來，抱著孩子在令國公府門前哭訴？」

「是的，小姐。此事……已經鬧開了……」

明檀：「……」

她是想要退婚，但更希望是兩家長輩坐下，找個體面藉口低調退婚。如此這般，便可將她的名聲損失降到最低。待風頭過去，她再想法子收拾令國公府。

先前她怕父親不願為她與令國公府交惡，特地唱了那齣戲，讓她父親對令國公府的怒意達到頂峰，並主動提出退親。

再加上她瞭解裴氏，依其平日的周全，定不會讓父親衝動行事，且極有可能，還會找她舅舅、舅母一起商議。只要他們有幾分是在為她真心考量，那商議結果就定能如她所願。

事情確實朝著她所設想的方向發展，但她沒料到，令國公夫人對她親外甥女惡毒至此，竟逼得人家逃出來，不管不顧地將事情鬧開！

現在滿上京的人都知道這樁醜事，她明家阿檀顏面何存！

明檀被這消息正砸得頭昏眼花，剛巧，裴氏過來看她。

裴氏見她臉色不好，心下了然，邊往裡走邊問：「令國公府之事，阿檀是已經知曉了嗎？」

她將丫頭們遣退下去，坐下輕聲道：「雖然此事在意料之外，可妳想退婚，如今也算如願。」

明檀怔了怔：「您都知道了。」

「白府的信昨日一早便送到了，哪能等到午膳才來找妳。」

說到底，靖安侯府是裴氏掌家，哪有什麼動靜能逃得過她的眼睛。且明檀是她教養出來的姑娘，她清楚，明檀斷不是遇事只會哭哭啼啼之人。

明檀垂眸，默了半晌：「母親，是阿檀錯了。阿檀沒告訴您，是因不知從何開口，再者，這樁婚事乃生母所定……」

「不必多言，母親都懂。」

她又豈能不懂，高門大戶家的小姐，姻緣從來身不由己。她對生身父親都沒把握，又怎能將希望寄託在自己身上。

她本還想和明檀推心置腹地說說她父親之事，增進一下父女感情。然眼下她父親方回京，說得再多，還不如自己體會更為真切。且親事鬧得如此難堪，想來這一時半會兒，她也沒心思多想別的。

「好了，這些都不提了。」裴氏握住她的手，幫她攏了攏頭髮，「母親知道妳委屈，如今撕扯開，也不算壞事。若真是另尋體面藉口悄悄兒退了親，妳心裡膈應著，總是不好受。」

明檀：「……」

好像有被安慰到一點點。

不管如何，這樁親事總算退了。

只是一日未過，令國公府的醜事便傳遍了上京，府內府外提起她明家小小姐，或是同情，又或是同情中帶些難以掩飾的幸災樂禍。

明檀倒沒聽見那些個風言風語，因為她壓根沒出院子，自裴氏離開，她就坐在桌邊指揮著丫頭們收拾行李。

左右她不想為了梁子宣這般人渣斷髮明志，更不想上吊自盡白白搭上一條性命，只好和裴氏商量著，尋了個佛寺祈福的由頭，暫且去外頭避上一避，也顯得她清白無辜。

「春寒未過，那件銀狐滿繡斗篷還是帶上，夜裡冷也可以披一披。」

「這件不要，都是前年時興的料子了……」

「這也是新衣裳？怎麼看著花色挺眼熟的。算了，和要帶的繡鞋不太搭，且放一放。」

綠萼收拾得十分起勁。素心卻忍不住提醒：「小姐，咱們是去寺廟祈福，如此打扮，會不會張揚了些？」

「會嗎？我特地挑了些素色衣裳。」明檀看了眼收拾出來的箱籠，不確定道：「既是張揚了，那便減一減吧。」

入夜，定北王府南面書房，暗衛低聲彙報著消息：「……與承恩侯府一事牽連不深的幾家都在找門路將自家摘出來，找的門路正如王爺先前所料。另外今日令國公府事情一出，太后也如王爺所料，在宮門落鑰前召人入宮了。靖安侯府那邊則是準備了五輛馬車，預備送那位四小姐出府祈福暫避風頭。」

聽到這，一直沒抬眼的江緒忽然放下手中那卷兵書：「五輛？裝了什麼？」

暗衛稍頓，後知後覺發現，自己說得這般詳盡似乎引了王爺誤會。他垂首慚愧道：「沒什麼，都是那位四小姐的衣什器具。」

先前他也以為靖安侯府想趁此機會運送什麼，還特地潛入馬廄查探了番，結果都是女子的衣衫鞋襪、首飾簪釵，還有紗帳、薰香爐、成套茶具等等。

江緒：「……」

以為自己是去選秀麼。

不知所謂。

第三章　祈福

不知所謂的明家小小姐這回要去祈福的佛寺是靈渺寺，坐落於城北三里外的雲岫山。這靈渺寺遠不如大相國寺香火鼎盛，也無求姻緣求子嗣特別靈驗的美譽，只因那溫山軟水，景致格外秀靜，在民間還有個「齋飯鮮美」的噱名。

明檀正是看中它偏僻清淨，省得她祈個福避個風頭，還時不時撞上前來進香的京中貴女。

現下令國公府的醜事已然傳開，明楚與沈畫斷沒有不知的道理，且柳姨娘還是她爹的枕邊人，說不準明楚連她被設計落水一事都已知曉。

原本裴氏幫她安排了次日一早送行，明檀料想，出府送行之時，明楚定不會放過這絕佳機會奚落嘲諷。

所以，她不打算給明楚機會——夜裡她知會了裴氏，五更天還未明，她便帶著素心、綠萼提前上路。

到靈渺寺時，寺僧方下早課。到底是佛家清修之地，晨鐘暮鼓，梵音縹緲。身在此山中，不由覺得心中平靜不少。

因裴氏預先打點，早有知客僧在寺門外等候明檀一行。見到明檀，知客僧雙手合十道：「阿彌陀佛，女施主，請隨我來。」

「有勞師父。」明檀規矩回禮。

寺中清幽，一路跟在知客僧身後，只見途中古樹錯落，放生池中錦鯉遊動，有種別樣的古樸幽靜。

及至女客下榻的廂房，雖不比照水院精細雅奢，但也算寬敞乾淨，明檀勉強還能接受。只是她還未來得及仔細打量，就有小沙彌送來粗布青衫。

明檀頓了頓，略帶猶疑地問：「師父，這是……」

知客僧溫和答道：「寺中短居香客，都需著此衫。施主無需擔憂，衣衫都是潔淨嶄新的。」

明檀：「……」

這是潔不潔淨嶄不嶄新的問題嗎？

先前在素心提醒之下，她艱難取捨了番，衣什器具減下不少，可竟無人知會她，這靈渺寺短居還發衣裳，實乃晴天霹靂猝不及防！

她這一怔神，知客僧又交代了不少短居香客需敬守的清規戒律，末了還善解人意道：

「施主趕路疲乏，可先稍事歇息，小僧就不多打擾了，阿彌陀佛。」

明檀還有些回不過神，後知後覺摸了摸送來的衣裳，語凝半晌。

其他都好說，只是這衣裳肩寬袖長，全無腰身，顏色用料無一可取之處，別說素心、綠萼，侯府的三等丫頭穿得都比這講究百倍，叫她如何上身？

明檀坐那兒乾瞪著眼，然入寺隨俗，她別無他法，總不可能一直待在廂房不往外走動。

就說這用膳，所有人都需去齋堂分食，無人伺候，亦不可帶出。

挨到午膳時分，小小姐的倔強終是敗給了沒有餘糧的五臟府，她不情不願地讓綠萼伺候著換上這身衣裳。

打出生起，明檀還未作過如此樸素的打扮。她平日連就寢中衣都選了柔軟布料，暗繡繁複花樣，再比著身段量體裁成的。穿著這身坐在屋中，她感覺哪哪兒都不大對。

「如此素淨，如何見人？」她不甚滿意地打量著鏡中之人，皺眉道。

綠萼：「小姐放心，左右也無人可見。今兒來的時候奴婢便留心了，這寺中一日來不了幾個香客。」

明檀：「……」

素心輕咳一聲，睇了綠萼一眼。

綠萼反應過來，懊惱地打了下自己的嘴，忙補了句：「且、且奴婢瞧著，粗布青衫更顯小姐身段窈窕姿容出眾呢。正所謂『清水出芙蓉，天然去雕飾』，說的可不就是小姐您嗎？」

嗯。

清水出芙蓉，天然去雕飾。

這倒是誇進明檀心坎裡。

也罷，素來精緻妥帖，偶爾素淡一回，倒顯出她清麗純淨。想到這，她那原本不甚愉悅的心情倏然明朗起來。

然明朗不過片刻，綠萼又不合時宜地安慰道：「奴婢瞧著這佛寺還算清靜，安心在此住上一段時日，小姐也無需傷懷。世……那梁世子端看平素是個好的，卻不想如此負心薄幸，也真是眼盲了，白白錯失小姐這般佳人。小姐放心，待回了京，侯爺與夫人定能為小姐另擇一位如意佳婿！」

明檀：「……」

她倒沒有傷懷，梁子宣哪裡值得她傷懷。只是梁子宣和令國公夫人做下的醜事惡事，害得她這無辜之人也不得不承下幾分後果，她心裡還挺不爽快。

她既不爽快，那誰也別想好過。

此來祈福，雖預備匆忙，但臨走之前，她也沒忘給令國公府安排一齣好戲。

昌國公府，白敏敏院內，周靜婉正立於書案之前，執筆落字。

周家是名滿大顯的書香世家，數百年來，嫡支旁系不知出過多少文豪名相。周靜婉之父便是榜眼出身，今拜三品翰林學士，前途無可限量。

家學淵源，周靜婉是如今未出閣的官家小姐中頗受肯定的才女，一手簪花小楷端方沉靜，只是細看內容——

「這一句太文縐縐了，婉婉，妳稍稍寫直白些，我去茶館聽書時，那些說書先生可沒這般含蓄。」白敏敏站在一旁指點道。

周靜婉停筆，端詳半晌，自覺此等有辱斯文之事，這般隱晦一提已是十分不雅。她有些為難，輕聲問：「那該如何直白？」

白敏敏：「這還不簡單，妳直接寫令國公和二房老爺新納的小姨娘通姦不就好了！還能與梁子宣這事聯繫起來，這就叫上樑不正下樑歪，祖傳私通！」

周靜婉：「……」

明檀出城祈福之前，特地讓人到昌國公府送了封信，信上讓白敏敏與周靜婉一起潤色話本，找說書先生好生說說令國公府這幾樁醜事。

這幾樁醜事是明檀早先拜託白敬元打聽來的，都與令國公夫婦有關，原本是打算平順退親過後用來收拾令國公府。

如今平順退不成，醜事傳開來，她便添添火。一來，出口被算計被背棄被牽連的惡氣。二來，也算坐實他令國公府一家子都人品不堪的事實。三來，還能讓她見縫插針維護一下自己的閨譽。

「算了，讓妳替這些醃臢爛事兒潤色，著實是有些為難妳。」白敏敏想了想，「便直接交由說書先生吧，妳寫一寫阿檀的誇讚之詞便好。」

周靜婉鬆了口氣，點頭應下。

阿檀在她心中本就千好萬好，這個她自然是會的。

「對了，阿檀那妮子還交代，旁的都可以放一放，最重要的便是要誇她美。」白敏敏頓了頓，有些無語地嘀咕道：「也真是不害臊。」

周靜婉聞言，不由抿唇淺笑。

不過在她看來，阿檀本就生得美，誇一誇並不違心。她提筆，頃刻便作出一篇贊賦。

白敏敏與周靜婉忙著幫明檀辦事的同時，明檀未著簪釵，一身樸素地去了寺中齋堂。

齋堂不分主僕，都是同席而食。明檀一向待貼身丫頭寬厚，倒沒覺得有何不妥。但素心、綠萼不敢與自家小姐一同用膳，非要守在齋堂外，等明檀用完再進去。

明檀也不強求。

今兒出門早，她沒來得及用早膳，這會兒著實有些餓了。聽聞靈渺寺齋飯鮮美，她落座時，心中還有幾分好奇期待。

可她矜矜持持地用了一小口之後，吐也不是，咽也不是，實在不懂這米之粗糲菜之寡淡到底與鮮美有何干係！

她欲離席，有小沙彌上前攔她，溫聲告誡：「阿彌陀佛，施主，用齋不得遺食。」

「……」

一時忘了還有這條規矩。

小沙彌溫和地看著她，就那麼一直看著，看到她勉強落座，緩緩執箸。

待她硬著頭皮咽了一小口齋飯，偷覷小沙彌——竟還在看她！

「……」

本小姐知道自己生得美，倒也不必如此！

不得已，她只能繼續用齋。因滋味實與平日天差地別，她沒怎麼細嚼便囫圇往下嚥。

只不過她食量小，用到撐住，還是剩了小半碗，她可憐巴巴地抬起腦袋：「師父，這齋，我實在是用不下了。」

小沙彌見剩得不多，她也委實吃得辛苦，雙手合十道：「阿彌陀佛，如此，施主便去小佛堂自省一炷香吧。」

明檀：「……」

還要罰跪是嗎？

好吧，她也是有些害怕佛祖因她遺食降下果報的。

於是她在小沙彌的注視與指引之下，邁出了門。

然小沙彌指的這一處門，非齋堂正門，她往外走了片刻，竟被繞暈了路，越走還越迷茫。四下都是供奉佛像的寶殿，哪間才是那位師父口中的小佛堂？

不管了，自省重在心誠。

想到這，她便進了前方無人寶殿，規矩跪在蒲團之上。

此間寶殿極為寬闊，兩側俱有偏殿。明檀渾然不知，左側偏殿的藏經閣旁，還有一間靜室。

此刻靜室之中，那位大名鼎鼎的少年戰神定北王殿下，正與雲遊四方行蹤難定的慧元大師品茗手談。

「佛祖在上，信女明家阿檀，平素吃穿精細，食量較小，偶食貴寺齋飯，實乃不慣，遺飯剩食心中有悔，望佛祖寬宥，勿降果報。」

靜室忽聞此聲，正要離開的小沙彌忙道：「想來是有用齋施主誤入自省，小僧這便領她去小佛堂。」

這聲音很是耳熟，且自稱明家阿檀。

江緒想起什麼，但未多在意。只是垂眸專注棋局，抬手示意不必。

而明檀跪在外頭，自省完安靜片刻，憶起先前綠萼所說的另尋如意佳婿一事，心想：來都來了，不如一併祈願。

於是她又雙手合十，碎碎念道：「佛祖在上，除自省遺食之外，信女另有一事祈願。此番退婚，原是未婚夫婿品行不端，不堪為配，然信女卻因此事遭旁人非議嗤笑。此番事過回京，望佛祖保佑信女，定要覓一如意郎君。」

「郎君家世相當即可，不拘什麼皇親國戚、公候世家、書香名門，信女更為看重的是才華品貌。於才華一道，能入春闈一甲便可，相貌定要俊美，如此這般才與信女相配。當然家產豐厚些，日子更為鬆快，若無侯府家業也無妨，只需保證信女隨時能用上燕窩粥，每季能請錦繡坊裁上幾箱時興衣裳，有什麼新鮮首飾能及時入手，有個頭疼腦熱也能及時請來良春堂的聖手醫師……」

不斷灌入耳中的女聲擾得江緒半晌未落一子。慧元大師面上帶著淺笑，小沙彌則是眼觀鼻鼻觀心，默念著阿彌陀佛。

半炷香後。

「……身量若是能高於七尺最為得宜，家中婆母需是個好相與的性子，萬不可見天兒立規矩磋磨新婦，若無婆母便是極好。親戚也最好能簡單些，斷不能有什麼青梅竹馬感情甚篤的表姊妹。信女非善妒之人，然過門三年之內納妾還是早了些許，不利於信女與夫婿養出夫妻之情，三年之後納妾也不宜多於兩人，家中人口繁雜易生事端。不可是流連煙花柳巷之徒……」

一炷香後。

「……身體也需健壯些，但健壯並非一身橫肉，若遇意外可抵擋一二便好，習武最好是習劍，身姿瀟灑，且如此一來舞劍之時信女亦可撫琴助興，夫妻和鳴自是美滿。嗯……大約就是這些了，還望佛祖保佑，若信女尋得此般如意夫君，必為佛祖重塑金身，再添香火。」

語畢，明檀虔誠恭敬地磕了三個頭。

伴隨著磕頭的輕微迴響，小沙彌終於鬆了口氣。

——這小娘子擇婿的要求，委實是太高了些。

明檀走後，寶殿重歸於寂。靜室之中茶香嫋嫋，只是手談再難繼續。

慧元大師面上還是掛著淺笑，溫淡道：「既難心定，王爺不必勉強。」

江緒不理，舉棋欲落，可棋懸半空，方才那位明家小姐繁瑣冗雜世罕見的擇婿要求又在耳邊響起，眼前棋局似散作一團，毫無走勢章法。

他未再勉強，將黑子落回棋罐，起身背手，淡聲道：「改日再向大師討教。」

慧元大師望著他俐落離開的背影，撚了撚白須，但笑不語。

自寶殿祈願出來，明檀胡亂走了一段，總算繞回眼熟之地。

素心與綠萼已經尋了她好一會兒，忽然瞧見她，忙迎了上去。

「小姐，妳去哪兒了，嚇死奴婢了！」綠萼急道。

素心也緊張道：「方才問了齋堂的小師父，小師父說，小姐遺食，去了小佛堂自省，可奴婢與綠萼去小佛堂沒找到小姐。」

「無事，迷路罷了。」明檀雲淡風輕，「我另尋了寶殿，反正自省一事，不拘何地，心誠則靈。」

她如此心誠，想來佛祖定然不會怪罪，說不定還會保佑她覓得如意郎君。

嗯，正是此理。

明檀：「對了，妳們尋我，自己可用了齋？」

「無事，奴婢不餓。」

「沒用，奴婢餓了。」

素心與綠萼兩人同時應道。

「……」

這兩人的性子打小便是南轅北轍，這麼些年也沒從對方身上多學分毫。

「時辰未過，妳們快去用吧，我在附近賞賞花。」

為防素心搬出「豈有讓主子等奴婢的道理」此類規矩，明檀還補了句：「我想靜上一靜，別來煩我。」

素心再不敢出言推拒。

見綠萼拉著素心進了齋堂，明檀舒了口氣。左右無事，她緩步閒晃至放生池邊，背著手，伸出腦袋往下張望。

早春二月的風溫柔和煦，吹過池面，泛起清淺漣漪，水上倒映出的傾城容色也隨漣漪輕晃。

明檀左照照右照照，委實是有些替梁子宣感到可惜。未施粉黛未著簪釵都如此楚楚動人的一張臉，梁子宣竟生生錯過了，而且他錯過的不只是這麼一張臉，他錯過的可是一位往後幾十載與同僚把酒言歡時能引以為傲的絕世好夫人！

話說回來，也不知道誰攢了八輩子福氣最後能娶到她這麼好的女子。唉，只恨她不能分身，若她為男子，必要排除萬難，奉以紅妝十里求娶於自己。

明檀在池畔顧影自憐著，沒發現放生池對面的梅林，正行過兩道暗色身影。

「王爺，沈小將軍深夜方可入城，明日會親至王府，向您彙報東州與綏北路的交接事宜。」暗衛跟在江緒身後，低聲回稟最新得到的消息。

江緒步子未停，聲音很淡：「昨日不是已至禾州，為何今夜才入城？」

禾州與上京相接，官道便捷，且此次沈玉一人輕騎回京，正常情況下，最遲不過今日晌午便可到達。

「屬下不知。」

暗衛自覺慚愧。依路程來算，今夜入城確實是有些慢，可他接收到的消息，的確如此。

江緒沒再多問。

只是還未走出梅林，放生池對面便傳來一道熟悉男聲：「檀表妹！」

江緒停步，轉頭望去。

暗衛下意識往對面望了一眼。

暗衛：「……」

他知道沈小將軍為何深夜才能入城，明日才能來見王爺了。

「表哥……你怎麼會在這兒？」明檀回頭，見到沈玉，著實有些意外。

沈玉還未卸甲，一看便是風塵僕僕趕路而來，清俊面龐被曬得略微發紅，額上還蒙了層淺淺的汗珠。

「我今日回京，途徑茶館歇腳，聽人說起表妹妳與令國公世子退婚了，回府又聽阿畫說妳來了靈渺寺避風頭，便忙趕了過來。」

……避風頭？

倒也不必說得如此直白。

沈玉察覺失言，忙道：「此事並非表妹之錯，表妹無需太過傷懷。」

明檀避而不答，疏離卻不失禮貌地反問了句：「表哥前來，是否有什麼要緊之事？」

呃……沒有。

沈玉傾慕明檀已久，當初將沈畫送至侯府寄居，便對明檀一見傾心，奈何佳人早有婚約，他從無機會表露心意。此次回京，還未入城，就聽城外茶館有人說起明梁兩家退婚，那顆平靜的心陡然雀躍起來。為著儘早見到明檀，他傳書給王府暗衛，說深夜才能回京，明日才能向王爺回稟東州交接之事。待他急匆匆趕回靖安侯府，才知明檀為了避風頭，一早便來靈渺寺祈福，他實是按捺不住，連沈晝都未知會便趕了過來。

沈玉來得匆忙，一時半會兒還真沒想好正當理由。然他與沈晝不同，少年心性，又是行軍打仗之人，不在乎什麼守禮婉轉。

既是找不到理由，他便索性直言道：「我來是想告訴表妹，我傾慕表妹多時，只不過表妹早先與令國公府定有婚約，且妳我之間身分有別……如今表妹既已退婚，一時也難定親，不若嫁我可好？此番東州大捷，王爺定會稟明聖上為我晉升，雖仍與妳侯府嫡女身分相距懸殊，但我一定會再立軍功，將來為表妹請封誥命的！」

沈玉一口氣說完，雙眸發亮，從腰間解下玉佩遞給明檀。

明檀聞言先是一怔，後被遞玉佩的動作嚇得退了半步。

「小心！」沈玉怕她落水。

明檀按住池邊石桌，忙阻止道：「別動！」

待與沈玉保持一丈遠的距離，她才定了定神，問：「表哥可知自己在說什麼，在做什麼？」

見明檀既無欣喜也無羞怯，沈玉有些無措：「我……我這不是在向表妹求親嗎？」

「表哥這不是在向我求親，是在陷我於萬劫不復之地。」明檀穩聲出言道：「求親需得父母之命媒妁之言，如此簡單的規矩，想來表哥不會不懂。表哥所言所贈，我若受了，說得好聽些是兩情相悅私定終身，說得難聽些，是為私相授受不知檢點。」

沈玉懵了。

明檀又道：「表哥既知我來寺中祈福是為避風頭，就理應知曉，阿檀如今一言一行皆是如履薄冰，表哥但凡於阿檀有三分禮重，都不至於貿然來此，訴此情衷。」

沈玉：「未事先知會獨自前來，是我魯莽了，但表妹，我……」

他慌忙解釋，明檀卻打斷道：「既知魯莽，便請表哥速速離開此地，阿檀自會當今日從未見過表哥，也未聽過什麼求親之言。且，阿檀於表哥無意，絕無可能嫁與表哥為妻，請表哥日後切勿再提。」

「……」

無意、絕無可能、切勿再提。

跟在江緒身後的暗衛不由為沈小將軍捏了把汗，這明家四小姐，真可謂是殺人誅心。

果不其然，沈玉自聽到後半句，神色霎時灰暗，眸中光彩黯淡下來，解釋的話堵在嗓子眼，再也說不出口。

適逢素心與綠萼用完齋來尋明檀，見到沈玉，兩人有些驚訝，正想行禮，卻不料明檀越過沈玉，直接吩咐道：「走了，回房抄經。」

素心與綠萼齊齊應是。

跟著明檀走出一截，綠萼忍不住好奇回望。

沈玉仍失魂落魄地站在那兒，半晌沒動。

綠萼：「小姐，表少爺怎麼在此？」

明檀氣得說不出話，沒應聲。

等回了屋，綠萼又悄聲道：「奴婢瞧著，表少爺似乎對小姐有意呢，從前表少爺便……」

明檀一記眼刀子嗖嗖飛過去。

綠萼彷彿被這刀子抵住喉嚨，識趣閉嘴，再也不敢多言半分。

在明檀三人回到廂房的同一時辰，站在放生池邊的沈玉挪了步子，略顯僵硬地往寺門方向回走。

躲在樹後偷看了全程的小丫鬟，悄悄從另一條小道離開。

這點動靜自然逃不過暗衛眼睛，暗衛提醒了聲，可江緒沒理，反而忽然吩咐道：「去查查明家四小姐，查她兩年前的踏青節，是否去過寒煙寺。」

幾次三番遇見這位明家四小姐，不是只聞其聲便是只見其影，並未認真看清此女長得哪般模樣。

今次看清，雖不知為何未著那五馬車的衣裳，然明眸皓齒，靡顏膩理，確乃難能一見的美人。端看樣貌，先前的祈願都顯得沒那麼過分了。不過這些不重要，重要的是，他發現此女樣貌有些熟悉。

廂房內，讓江緒覺得樣貌有些熟悉的明檀越想越氣，沈畫雖然不怎麼討人喜歡，但還是個有腦子的精明人，怎麼會有這麼沒腦子的哥哥！這哪是傾慕求親，分明是想要她的命呢！

可偏偏她知道，沈玉只不過坦率直言，並無壞心。就是這般才讓人生氣，不能責怪不能教訓，只能自己生生悶著！

不行，她要擇的夫婿定不能如沈玉一般，行事莽撞隨心所欲口無遮攔，此等夫婿日後如何能護她周全？

想到這，她匆忙起身，對著銅鏡整理了下儀容，又帶著素心尋回之前祈願的寶殿。

她端正地跪在蒲團上拜了三拜，雙手合十碎碎念道：「佛祖在上，信女阿檀之前未思慮周全，對擇選如意郎君一事有一些仍須添補之處……」

偏殿靜室內正在灑掃的小沙彌懵了一瞬，頭皮發緊。這位小娘子的擇婿要求，他平生只見定北王殿下堪堪滿足。

……竟然還有？

日暮時分，靈渺寺擊鐘敲鼓，閉寺謝客。先前躲在樹後偷看的小丫頭一路悄摸著回到靖安侯府，老老實實將所見所聞回稟明楚與柳姨娘。

明楚聽罷，不齒道：「今日見那沈玉，枉以為是個有幾分血性敢拼敢殺的可塑之才，比他那只會吟什麼酸詩的妹妹要高出不少，卻不想也是個俗的，見著京裡這些嬌嬌柔柔的女子就走不動道！」

小丫頭聽著覺得有些不對。

吟酸詩，嬌嬌柔柔。

她忍不住偷覷了柳姨娘一眼。

柳姨娘：「……」

明楚反應過來，忙解釋：「娘，我不是說妳！」

罷了。柳姨娘揉了揉額，有些想不通自己怎麼能把明楚寵成如今這個樣子。

她揮了揮手示意小丫頭退下，又無奈道：「楚楚，為娘和妳說過多少次了，回到上京，很多事不比從前，不要得罪夫人，也不要去招惹明檀，妳為何就是不聽？」

「我只不過叫人去寺裡看了看，哪有招惹。再說了，又不是我讓她這般不知檢點的！」明楚拍著桌子，不服氣地起身。

「何為不知檢點？這話可不能去外頭胡說！」

「我知道！我不過在自己院子裡說說而已，回京之後您也太過謹慎了。」明楚每天被耳提面命，早已厭煩，「爹爹早就允過會為我尋門好親，您又何必如此小心翼翼對著那裴氏做小伏低？」

「我那是……」

眼瞧著柳姨娘又要勸上一番大道理，明楚不耐煩聽，拿了軟鞭便離開院子。

「楚楚！」

「妳站住！」

柳姨娘喊了兩聲，可沒喊住。這性子，她捏著繡帕，眼底不由得浮出些許擔憂神色。

日子一天天過著，除那日沈玉唐突之外，明檀在靈渺寺過得還算閒適清淨。

然惡有惡報，她那前未婚夫梁子宣，這幾日在府中可謂是焦頭爛額。

其實梁子宣早在設計明檀落水失手之後，便知他母親要送走珠兒，也知母親不會讓珠兒來撫養孩子，甚至還知道，他那嬌嬌弱弱的表妹，怕是這輩子沒機會再入他令國公府。

但他不知，他母親竟要將珠兒隨意塞給利州的一個莊頭管事做填房！這委實過於荒唐了！

興許是出自男人對女人莫名的占有欲——他可以不要，但絕不可以他不要了，卻任由其他男人染指。本來因珠兒鬧事攪黃婚約怒上心頭的梁子宣，一聽鬧事緣由，再加上珠兒抱著孩子在他跟前梨花帶雨哭了一通，那股怒火全轉移到管他多年，指他往東他不敢往西的母親李氏身上。

「母親，珠兒為著我的前程都已經聽您的話乖乖離開了，您為何對她如此狠毒！還有檀妹妹，男人三妻四妾有幾個庶子庶女本是常事，好生與她分說，她未必不肯接納珠兒與敏哥兒！若非您設計落水惹怒靖安侯府，好好一樁婚事何至於此！」

「你這孽子！現如今你是要將所有罪責都推到母親身上嗎！」李氏怔了一瞬，回過神後氣得心絞痛，再瞧見珠兒那嬌嬌怯怯的小家子作態，她抄起桌上茶碗便狠狠砸了過去，「為了這個賤人，你竟然用這般語氣同我說話！」

珠兒忙躲至梁子宣身後，嚶嚶哭泣。

「表妹莫怕！」

梁子宣伸手護著珠兒，可心裡卻遠不如面上表現出的那般鎮定。

李氏積威多年，對她的服從與恐懼已經成了一種本能，一時半會兒很難克服。

這種本能梁子宣有，令國公也有。所以即便家中鬧得如此難堪，令國公這一家之主始終不聞不問，彷彿這些事情與他沒有半分干係，他不願管，也管不了。

可這世上禍事，從不是你不插手，就與你無關。

珠兒一事將家中鬧得天翻地覆還沒鬧出個結果，沒過兩日，京中茶館忽然間流傳起令國公府的內宅密辛。

老令國公去世後，因老夫人健在，一直未曾分家。老夫人偏愛長子，早年便逼著老令國公為無甚才德的現任令國公請封世子。其實真論為官之能、處世之能，現任令國公遠不如其二弟、三弟，甚至都不如另兩位庶出的弟弟。如今五房劃為二府並居，中有一扇月洞門相通，人多且雜，本就是一鍋爛粥，便也釀出了不少爛事兒。

這回京中茶館大肆傳開的令國公府內宅密辛，五房愣是一房不缺，整整齊齊地爛到了一塊兒。

其中最令人震驚的兩件事便是——

令國公與二房老爺新納的小姨娘通姦；令國公夫人出嫁之前與三房老爺兩情相悅，因三房老爺無法襲爵，李氏逼不得已，只能含恨嫁給如今的令國公！

說書先生們口徑一致，說得那叫一個有名有姓，有板有眼。

令國公府澈底炸鍋了！

平日一大家子住在一起，難免有些齟齬，但出了府，他們還是同心協力的一家人。一來老夫人健在，誰也不願主動提起分家擔不孝罪名；二來幾房各有所長，都需借勢。大家至少能維持住表面的和睦。

誰知這回，幾房的人是半點體面都不要了，吵嚷打罵，亂作一團，勢要將新仇舊怨翻出來一起清算，毫無半分高門大戶簪纓世家該有的禮儀風範。

外頭原本對說書先生們所說之事將信將疑，畢竟上下嘴皮子一碰也沒證據，哪能說是什麼便是什麼，全當聽個樂呵。然令國公府這番下意識的反應卻做不得假。

尤其是三房的老爺、太太不睦已久，夫妻關係十分冷淡，如今知曉自家老爺和大嫂在成親之前還有那麼一段舊情，再想起平日一些不甚尋常的蛛絲馬跡，三房太太氣瘋了，鬧回娘家非要和離，也算是將令國公府這一大家子的污糟事兒坐實了個十成十。

其實京中勳爵世家眾多，家家都有那麼幾件不可為外人所道之祕。但鬧得像令國公府這般滿城風雨、街頭巷尾眾人皆知的，還真沒有第二家。

這幾日茶樓酒肆的說書先生們說得盡興，且說完大多還會再提一嘴：靖安侯府的小小姐姿容出挑、品行端方、才情出眾，幸而及時與令國公府退了親，不然便是明珠蒙塵，白白糟了作踐！

大顯設御史臺糾察百官，御史們「聞風彈人」，本就是沒事也要給你找點事參上一本的存在。這麼大個把柄遞上來，可以說是直接包攬了一眾御史的月課。

御史言官們連著參了令國公三日，連帶著令國公府二三四五房在朝為官者，有一個算一個，誰都沒能跑。

原本說破天也不過是治家不嚴，私德有虧，算不上什麼能拿上檯面討論的正事兒。架不住三日連參，摺子滿天飛，成康帝光是聽人讀摺子，都被迫記住了令國公府的一眾姨娘庶子外室私情。

第四日上朝時，御史出列首參的又是令國公。

成康帝聽到一半便打斷，不勝其煩道：「朕既已下旨申斥，這些雞毛蒜皮的家務事就不要再往朝堂上搬了！朕這朝堂是給他們梁家開的祠堂嗎！」

御史言官們就很不服氣了。令國公府門風淪喪至此，卻只下小小申斥，豈有不參之理！

於是參完令國公府，膽大的還諫到了成康帝頭上，說他對令國公府包庇縱容，有違為君之道！

其後兩天，摺子更以愈烈之勢，如雪花般飛上了成康帝的案頭。且這些個言官似乎跟令國公府卯上了勁，陛下您不是說這些都是雞毛蒜皮的家務事嗎？那便找些不是家務事的一併參一參。

譬如令國公府旁支子姪強搶民女，三房老爺吏部為官考評受賄，甚至是令國公領的那閒職未按時點卯都參上了。

成康帝再壓兩日，參勢未減，且理由也變得大義凜然起來，什麼「王子犯法與庶民同罪」，何況他令國公府連宗室外戚都不是，憑何逍遙！

成康帝似乎是扛不住壓力，無奈之下，命人擬旨下召，列出收受賄賂、治家不嚴、德行有虧、好逸惡勞等數十條罪狀，將令國公降為令侯，且子孫後代不再享平級襲爵之優待，同時還將人貶去了遠京之地，其餘幾房為官者，也遭不同程度的貶斥。

「你說什麼？降爵貶職？」

明檀聽到白敏敏帶來的消息，心下十分訝然，連饞了好幾日的精緻茶點都忘了看。

「嗯，聽說明日便要上路，這下總算是出了口惡氣！」白敏敏幸災樂禍道：「聽聞梁子宣還因他那好表妹，和他母親鬧僵了呢。現在令國公……啊，不，令侯府烏煙瘴氣的，成日吵鬧，沒簽死契的下人走了不少。」

一道前來的周靜婉細聲補充道：「且昨日言官又參，令侯府降爵後，未及時依例改制，禮部已經派人前往監督了。」

白敏敏：「對，簡直就是大快人心！」

周靜婉：「以後不在京中，也算眼不見為淨了。」

明檀頓了頓。

嗯……令國公府遭殃她是挺開心的。

梁家名聲越差，便越顯她清白無辜。

但——

「我何時知道令國公府那麼多密辛了？我托舅舅查到的幾樁事，不是都只與令國公夫婦有關麼？」

這事明檀總覺著有些不對勁，她原本只是想讓令國公府出出名，沒承想竟能發展至闔府上下降爵貶職。

細捋起來，家宅之事撼動沿襲百年的老牌世家，委實是有些不可思議。

可白敏敏卻不覺得有哪兒不對，只不以為意道：「多行不義必自斃，我們能查到令侯夫婦之事，自然也有人知曉他們其餘幾房的醃臢陰私，由著這些家宅醜事引出為官不正……可不就是千里之堤潰於蟻穴，有什麼好奇怪的。」

這麼說，好像也沒錯，而且聽下來挺順理成章。

明檀想半天都沒想出是哪兒不對，索性不再多想。

白敏敏：「對了，妳打算何時回去？現下令侯府聲名狼藉，不會有人再將退婚的錯處歸置到妳身上了。入春晴好，各府都在緊著日子辦賞花宴呢。」

提起這茬兒，明檀雙手托腮，嘆了口氣：「說好祈福七七四十九日，那自然要待滿四十九日，中途跑回去算怎麼回事。」

周靜婉道：「阿檀說得有理。左不過還剩月餘，我瞧此處景致十分靈秀，阿檀在此，也好靜靜心養養性。若齋食吃不慣，我可以讓府中下人每日來送點心。」

「這倒不必。」明檀又嘆了口氣，巴掌小臉被她托得鼓作兩團，聲音有點發愁，「點心自然比齋飯用得慣，可待我回府，入夏也不遠了。」

夏日衣裳輕薄，日日吃點心，怎能穿出肩若削成、腰如約素的婀娜身姿呢。

在身姿面前，點心不值一提。

周靜婉也是典型的京中貴女，想到此處，頗為贊同地點了點頭。

白敏敏會過意後，翻了個天大的白眼，滿臉寫著——論做作，京中無人能出明家阿檀其右。

不過扒拉著日子仔細一算，白敏敏突然想起一件事：「對了，下月中旬春闈應是恰好結束，妳歸家之時，興許還能趕上新科狀元打馬遊街呢。」

今科春闈本該在明亭遠歸京那會兒就開始，可因欽天監觀測出不吉天象，一應往後推遲了半月。

明檀算了算日子，還真是。

白敏敏雀躍起來，忙道：「我這兩日便遣人去惠春樓，訂臨街開窗的雅間！打馬遊街從正德門出，那必須經過惠春樓的呀，舒二公子高中那日，路上定是要走不動道的！」

明檀：「妳怎能確信他一定高中？」

「以舒二公子才思，一甲的確不難。」周靜婉輕聲評價。

「就是！」白敏敏附和。

「不過話說回來，舒二公子春闈過後也該議親了。他那般光風霽月的人物，不知會娶位什麼樣的妻子。欸，妳們說，他該不會尚公主吧？可眼下並無適齡公主……」

白敏敏自顧自地碎碎念著，末了遺憾道：「若不是母親早為我相看好了未來夫婿，我白家倒也不差，找人上門說媒，沒準舒二公子一時昏頭就應下了呢。不過舒二公子這種人物只適合遠觀，真要嫁了，沒點文采半句詩賦都接不上，日子可怎麼過。」

相貌文采家世身量……倒很符合她的祈願。

明檀一邊比著，一邊默默點頭。

半晌，白敏敏的話頭從舒二轉向京中另一位美男子，明檀冷不丁地問了句：「妳們覺得，我怎麼樣？」

「什麼怎麼樣？」

白敏敏與周靜婉眼中俱是疑惑。

明檀輕咳了聲，端莊坐直，拿出平日的貴女氣派，道：「舒二若娶一位我這樣的妻子，怎麼樣？是不是十分般配？」

白敏敏：「……」

周靜婉：「……」

明檀一臉認真地分說：「舒二雖有不少不足之處，譬如家中關係繁雜，其母出身大家極重規矩，還有愛慕者眾、後院大約很難清淨……不過他本人樣貌品行，在上京公子中尚可入眼。」

「梁子宣妳都覺得不錯，怎麼到舒二公子就是尚可入眼了，妳的擇婿要求還越來越高了？」白敏敏將心中疑惑脫口而出。

明檀理所當然：「不行嗎？就是因著有梁家那廝教訓在前，所以本小姐再議親事一定要慎之又慎！舒二且看他能不能入春闈一甲再說吧。」

「那我可得去給佛祖上三炷香，讓他老人家保佑舒二公子，此科春闈切莫入榜，以免遭了妳的禍害！」

「……」

「白敏敏！妳給我站住！」

白敏敏：「我偏不，自己替自己擇婿，不知羞！」

明檀：「妳方才不是也說想嫁，妳才不知羞！」

「阿嚏！」

遠在宰相府中溫書的舒景然莫名打了個噴嚏。

他抬手，示意婢女關窗。心想：聽聞今日陸停特地請江緒前往校場觀禁軍操練，章懷玉也去湊了熱鬧，莫不是這三人趁他不在，在背後謀算他什麼。

自那日離開王府，舒景然就擔憂江緒會直接請旨，將靖安侯府那位四小姐強塞給他。

他倒也不是對那位四小姐有什麼不滿，只不過娶妻一事怎好如此隨便，且他欲立之事繁多，暫時並無成家意願。

然今次三人被忖度得很是冤枉。

江緒與陸停本就話少，練兵時更沒心思多說別的。章懷玉眼巴巴跑去湊熱鬧，半句話沒插上，還在日頭下乾站了兩個時辰，被曬得口乾舌燥嗓子冒煙，最後只能自閉到負氣離開。

章懷玉離開校場時已近日暮，江緒有其他軍務需要處理，陸停邊往外送他，邊與他商議春闈時的皇城守衛調動。

兩人正商議著，忽然有暗衛領了宮中內侍過來。

「奴才給王爺、殿帥請安。」內侍給江緒和陸停行了禮，隨即躬身恭謹道：「王爺，陛下召您今夜御書房覲見。」

江緒「嗯」了聲，算是應下。

內侍行禮後退，忙著回宮覆命。倒是暗衛沒走，上前向江緒回稟另一件事。

王府之事陸停無意多聽，他特地走開，吩咐手下辦差。

可江緒並無迴避之意，隔著一段距離，仍是有「兩年前」、「踏青節」、「寒煙寺」這樣的字眼飄入陸停耳中。

也不知是哪個倒楣蛋得罪過定北王殿下，連兩年前的事情都要一併清算。陸停這般想著，倒沒注意，江緒在聽完暗衛回稟後，不知緣何，靜默了半晌。

入夜，宮中空曠寂靜，沉沉夜色裡，清淺花香浮動。

得寵妃嬪婀娜至御書房外送湯。

內侍躬身攔下，一句「陛下正與定北王商議要事」，便讓欲在屋外撒嬌賣嗔的女人悻悻然收了聲。

御書房內，燭火通明，沉香濃郁。

江緒負手靜立在案前，開門見山問道：「陛下召我前來，所為何事。」

成康帝示意他坐。

他沒動。

成康帝沒再勉強：「無事，朕只是覺得，梁家此番處置得甚為妥當。」

不再平級襲爵，再不得聖恩，令國公府不出兩代便會沒落。

其實令國公本人極為庸常，不足為患。然散落在其餘幾房手中的吏部要職，成康帝一直有更為心儀的人選。

當然，更要緊的是，大顯立朝至今，勳爵世家林立，占著名頭領空餉的酒囊飯袋多，權勢過盛的也多，逐番清理些出頭鳥，也算是給後頭之人敲打警醒。

近幾年他大權在握，其實有些事早可以做，只不過他不願師出無名落人口舌，也不能動作太大引起朝野震動。

此番令國公府自觸霉頭，在世人眼裡，他這為君者是有心維護，卻無力抵擋言官口誅筆伐，諸般貶謫均是無奈之舉。

不擔非議，輕易料理，可謂是正合他意。

成康帝自顧自美了一番，然江緒靜立在那，對此並無反應。

順水推舟之事，於他而言，本就不足掛齒。

成康帝美完，倒還記得正事。

「對了，」他拿了本冊子起身，「上回宮宴你匆忙離席，都沒仔細瞧清下頭的女子。」他拿著冊子在江緒身上拍了拍，苦口婆心道：「這可是皇后特地整理出的名門閨秀，上頭還有小像，雖然描繪得不如采選那般細緻，但瞧清樣貌是不成問題的。畢竟都是閨閣女子，總不好直接召人入宮畫像。你有空看上一看，也不枉費朕和皇后一片苦心。」

江緒接了。

成康帝稍稍安了些心，只不過提及婚娶，他又想起一事：「對了，近日壽康宮那邊頻頻召人入宮，想來是在謀算靖安侯府那樁婚事，你有何想法？」

依他所見，自然是搶在壽康宮前頭，為靖安侯府指一樁婚才是正經，只不過人選他還沒有想好。

先前江緒說要留一留靖安侯府，他應允了，可是能留多久，誰都難說。所以這結親之人，可得做好續弦在內的萬全準備。

正當成康帝腦內過著適宜人選，江緒忽然將閨秀名冊放至桌案，不鹹不淡地說了句：

「我娶。」

第四章　賜婚

平靜的日子過得極快，一晃眼，明檀便已在靈渺寺待滿七七四十九天，祈福期滿，可以歸家。

雖說祈福只是個由頭，可在寺中這些時日，明檀也誠心抄了不少經文，沒少在佛前自省祈願。

佛家講究緣法，明檀頗信此理，所以她每每祈願，都會特地繞去第一日誤入的那座寶殿。

「佛祖在上，信女阿檀今日便要歸家，近些時日多有叨擾，還請佛祖勿怪。信女也知祈願頗多，然樁樁件件都十分要緊，眼下最為要緊的，便是再議一門好親……」

要歸家了？

小沙彌默念著「阿彌陀佛」，心底不由生出解脫之感。

畢竟誰也想不到，那日諸般擇婿要求還只是個開始，這位女施主入寺小住，隔三差五便會前來添補修正。

其實她也會祈願些別的，譬如：願父母好友身體康健、願盛世清平無災無難……

然這位女施主於議親一事上的諸般訴求，委實給他留下了太過深刻的印象，以至於他偶有幾分慶幸，自己乃出家之人，無需俗世婚娶。

不多時，明檀願畢，拜了三拜。

出寶殿時，春日驕陽灼灼，古樹枝丫漏出斑駁春光。

明檀正往外走，卻不想恰巧遇上了月餘不見人影，忽然回寺的慧元大師。

她不識慧元，只不過在寺中遇上僧人，她都會雙手合十，禮貌地打聲招呼：「阿彌陀佛，師父好。」

「阿彌陀佛。」慧元偶聞其聲，想起什麼，面上帶了淺淡笑意，「施主心誠，定能得償所願。」

「……」

這是在客套，還是說認真的？

明檀頓了頓，這位師父看起來慈眉善目，又有些高深莫測，不像會隨便客套的樣子……待她回神想要追問，慧元已信步邁入殿中。她往回追，竟不見人影。

藏經閣中，方才本想出門相送的小沙彌聽到慧元所言，他忍不住問道：「師父，那位女施主是否真能得償所願？」那般良人，尋常可是難得。

慧元緩步尋經，不知尋到卷什麼經書，他將其交給小沙彌，眼裡含笑，別有深意地說了句：「出家人不打誑語。」

藏經閣外，未尋見人的明檀很快離開寶殿。她未將這插曲放在心上，畢竟她不知，那便是常年雲遊，蹤跡不定的得道高僧慧元大師。

來寺祈福時浩浩蕩蕩五輛馬車，歸去之時，明檀先遣了運送衣物的僕從回府，自個兒與素心、綠萼共乘，一路賞春日風光，低調回京。

在寺中待了月半，上京車水馬龍、繁華熱鬧，一如往昔。不過春深景綠，顯江邊垂柳古木青翠欲滴，男女老少已舊襖換新裳，入目倒多了番新鮮氣象。

聽聞今科會試杏榜已出，舒景然大名高懸榜首。白敏敏算是有先見之明，早早兒在惠春樓訂了位。待到會試放榜，沿街酒樓的臨窗雅座全被訂了個精光，價錢也翻了數倍。

明檀回府休整了兩天，很快便至金殿對策之日。

金殿對策只考一問，成康帝出了道問兵之題。

舉子們熟讀四書五經，可於軍於兵知之甚少，所思所想也多是浮於表面的紙上之言，能深談者如鳳毛麟角。

舒景然怎麼說也是宰輔之子，又與江緒、陸停相交甚篤，自然瞭解頗多，可成康帝也因此故，對他的要求比其他舉子更高。

此番殿試舒景然行策出色，但不及另一位寒門舉子所談新穎，最後成康帝只點他為探花郎。當然，成康帝也是對「探花郎容貌氣度必須出挑」這一不成文規矩有所考量。

舒景然被點探花郎的消息傳出，京中女子歡呼者眾。

成康帝依例賜儀遊街，自正德門出，狀元、榜眼、探花均佩紅花，騎高頭大馬遊街時，街上人潮湧動，鬱鬱喧囂。正如白敏敏之前預料那般，半點兒都走不動。

平素最是講究端莊自持的上京女子一疊聲兒地嬌喊著「探花郎」、「舒二公子」，扔瓜果的扔瓜果，扔香囊的扔香囊，彩帶紛飛，好不熱鬧。

明檀、白敏敏還有周靜婉早早到了酒樓等候，三人站在窗邊，眼瞧著一甲前三及身後眾進士被禁軍簇擁護衛著往前，心下不免有些激動。

尤其是白敏敏，指著舒景然便興奮道：「快看！舒二公子，那便是舒二公子！快瞧瞧這容貌這氣度，這就叫那什麼……」

周靜婉：「有匪君子，如切如磋，如琢如磨[4]？」

4「有匪君子，如切如磋，如琢如磨。」出自《詩經．衛風．淇奧》。

「對，對！有匪君子，如切如磋，如琢如磨！」

周靜婉笑著點頭：「舒二公子才貌皆是上品，確實擔得起這句。」

明檀極少誇讚男子，但也不得不承認這位名動上京的舒二公子的確是賞心悅目。其實狀元、榜眼也生得周正，只這二位都已近而立，珠玉在前，其他人於外貌一道，彷彿成了陪襯。

明檀托腮望著，思緒已然飄遠。

她的父親、舅舅都是武將出身，與右相大約不是很熟。右相夫人似乎不喜交際，平日裴氏帶她出門，好像沒怎麼遇上過。未出閣的姐姐、妹妹……應是沒有的，上京就這麼大，如果有，她即便不熟也該知曉。

還真是奇了怪了。

這般不熟，如何製造偶遇？

「……」

「妳都已經想到製造偶遇了？說妳不知羞妳還真不知羞啊！」

白敏敏聽明檀說起自個兒的小九九，瞪大了眼睛。

「有什麼好大驚小怪的，這不是他剛被點了探花，近些時日登門議親的必要踩破門檻。我只是想尋個光明正大的場合遠遠讓他感受一下，本小姐才華品貌皆是娶妻上選，才不會有任何逾矩之舉！」

「阿檀最是守禮。」周靜婉附和。

「妳就愛慣著她！」

周靜婉輕聲分辯道：「這哪是慣著，阿檀本就是極知分寸的。」

「……」

好好一個才女，就這麼被明家阿檀禍害得只會誇讚了！

周靜婉又道：「阿檀若想見見舒二公子，我倒是知曉一個光明正大的機會，敏敏也可以一道前去。」

白敏敏緊閉著嘴，但頓了頓，耳朵還是很誠實地湊了過去。

周靜婉：「含妙……就是平國公府二房三小姐，她從前在我家私學念書，我與她有些交情。她是小孩兒心性，知曉不少京中閨秀久仰舒二公子，想趁此機會辦一場暮春詩會。含妙堂兄已經答應，詩會那日請舒二公子過府品茶，到時好奇舒二公子的在場閨秀便可遠遠一覷了。」

平國公府二房三小姐，章含妙。

周靜婉這麼一說，明檀與白敏敏就聽明白了。

若換了別人的堂兄，很難辦到指定時日邀舒二過府品茶，也很難保證舒二事後知曉不會負氣，與之再不來往。

可平國公府，不就是皇后母家？

章含妙的堂兄，不就是與舒二公子交好的那位皇后胞弟，平國公世子章懷玉？

那自然是說能請，就必定能請的。

「先前舒二公子還未高中，詩會帖一直沒發出去，以免出了意外，橫生諸多尷尬。」周靜婉道：「現下既已高中，我便是不說，她也定會送帖子給妳們的。」

這倒確然。

章含妙比她們稍小兩歲，小姑娘家第一次邀人辦詩會，自然想要辦得熱鬧體面。若要熱鬧體面，那明檀、白敏敏這種京中數得著的貴女，只要並無過節就絕無不邀之理。

兩人欣然應允。

卻說明檀與白、周二人一道出府看打馬遊街，明楚不屑，也沒本事訂到臨街雅間湊這熱鬧。

一大清早，她便在府中花園抽她那根軟鞭，枝頭盛放的花朵被她抽得七零八落，細嫩枝丫被抽斷不少。

沈玉這段時日被派了差，聽聞明檀已經回府，忙完便匆匆趕了回來，誰成想撲了個空，連人影都沒見著。他還要去京畿大營練兵，出門往外時，有些垂頭喪氣。

「表哥？」明楚見到沈玉，不知想起什麼，忽然斂下乖張，喊了他一聲。

沈玉抬頭，見是另外一位明家表妹，遠遠拱手見了個禮：「表妹。」

明楚背手往前，沈玉卻是記著明檀所說的守禮，往後退了一步。

明楚頓步輕笑，「我又不是鬼，表哥你躲什麼？」她歪頭打量，「表哥看起來，心情不大好啊。」

沈玉與她不甚相熟，不願多言，再次拱了拱手，想要先行離開。

「表哥！」明楚忙喊住他，「你是不是心悅我四妹妹？」

沈玉一僵，半晌才道：「表妹慎言。」

「心悅而已，又不是什麼見不得人的醜事。」明楚不以為意，「表哥年紀輕輕便屢立軍功，受定北王殿下賞識。噢，聽聞東州一戰表哥也立了大功……想來此等功績，你若心悅四妹妹，說與殿下，殿下定會為你請旨賜婚的吧。」

沈玉握著劍柄的手不自覺緊了緊。

賜婚的體面，他若開口，許是會有。可靖安侯府不是普通門第，檀表妹還是侯府唯一嫡女。更要緊的是，檀表妹直言不想嫁他。

明楚看出他心中所想：「感情一事需得慢慢培養，哪有一上來便兩情相悅的，且女子說不喜不願，通常並非真是不喜不願，多半是羞怯罷了。我是瞧著表哥前途不可限量才與表哥說這些的，四妹妹若能與你在一起，也算是找到了好歸宿啊。」

「表哥好好想一想吧，莫待明珠旁落再來後悔便好，我先走了。」她點到即止，乾脆轉身。

日暮將近，定北王府霞光半撒，屋簷上似是沉落著一片深淺不一的落日餘暉。

沈玉便是負著一身餘暉，入府回稟差事。

沈玉知道，聽人稟差時，若無疑義，王爺不會打斷。

今日他稟完，上首仍是寂寂。

他頓了頓，忽問：「王爺，若有一日，屬下有心上之人，王爺可否為屬下請旨賜婚？」

江緒抬眼，半晌，「嗯」了聲。

沈玉鬆了口氣。

果然，這份體面還是有的。

他盤算著，待他回去向檀表妹解釋清楚上回的無意唐突，再求得檀表妹點頭同意，定要再來找王爺幫忙請旨。

不成想上首之人又道：「只要不是明家四小姐，其他女子，本王可為你勉力一試。」

——只要不是明家四小姐，其他女子，本王可為你勉力一試。

這句話迴盪在沈玉耳邊，明明字字清晰，連在一起卻讓人不懂：「為、為何？」

他腦袋發懵，半晌回不過神：「王爺，為何不能是明家四小姐，是因為門第嗎？」

江緒握著卷兵書，直視他，眼神很淡：「本王不需要終日囿於兒女私情的下屬。」

怎……怎麼就終日囿於兒女私情了？

「你只因想要見她，便能對本王撒謊。本王又怎知，假以時日，你不會因她對本王拔劍相向？」

沈玉稍頓，王爺這是知曉他之前去靈渺寺見檀表妹了。

因想見檀表妹謊稱深夜才能入城是他不對，可檀表妹能有何事需要他對王爺拔劍相向？

他想辯解，然江緒已經下了逐客令：「出去。」

「屬下——」

「沈小將軍，請。」暗衛不知從何悄然而出，以劍鞘攔住沈玉還想上前解釋的步伐。

沈玉回到靖安侯府時，晚膳時辰已過，沈畫特地做了點心過來找他。見他在院子裡練武練得眼角發紅，沈畫心裡明瞭了幾分。

「哥。」

沈玉看了她一眼，出完剩下半招，旋身收劍，略喘著氣走至涼亭旁：「阿畫，妳怎麼來了？」

沈畫打開食盒，輕聲道：「聽丫頭說，今日你在東花園遇上了三妹妹。」

沈玉點頭，坐下。

沈畫也跟著落座：「她是不是，攛掇你做什麼了？」

沈玉想了想：「也不算。」

沈畫本欲提醒，明楚此人跋扈乖張，心思不純善，往後切勿與之多言。可看她哥的神情，這會兒大約也沒心思聽她說這些。

於是她斟酌著，另起話頭道：「前些時日我偶然聽聞，太后與陛下近日都召了侯爺入宮敘話，似乎是，有意為侯府指婚。」

「妳從哪兒聽來的？」沈玉愣住了。

沈畫避而不答，只道：「哥哥不可心悅四妹妹。」

沈玉今日在王府受的刺激已然不小，再聽自個兒親妹這般說，他有些受不了，倏然起身道：「為何一個兩個都不讓我心悅她，我——」

「哥！」沈畫打斷，跟著站了起來，「你真不明白為何嗎？」

沈玉氣紅了眼，別過頭不看她。

「哥，你才見過四妹妹幾次？說到底不過是心悅其表。我與她同府共處半年，她的脾性心思我最瞭解，你是完全拿捏不住的，你應娶一位賢慧之妻為你在後頭支起沈家門戶，不是娶一位只會花銀子的祖宗回家供著！」

「還有，我雖不通朝政，但近些時日也察覺到了，四妹妹的婚事只怕連侯爺、夫人都無法做主，這不是她的婚事，是靖安侯府的婚事，哥哥你好歹也是為將之人，難道就毫無所覺麼？」

「撇開這些不提，若是兩情相悅你爭上一爭也罷，可人家擺明了於你無意，你又何必上趕著找不痛快？」

沈玉：「夠了！不要再說了！」

沈畫：「不夠！」

「這上京諸家就是個不見血的沙場，光憑你我寄居靖安侯府，你就不應該對明家小姐動任何心思！退一萬步說，你順利迎娶了四妹妹，但你有沒有想過我與四妹妹會被人如何在背後非議？」

說到此處，沈畫冷笑著一字一句模仿道：「這兄妹二人寄居侯府，明顯是動機不純意欲攀附，兄長娶了侯府嫡女，妹妹肯定也不是什麼好東西，攀等著攀龍附鳳呢。」

「嫁給寄居在自家府中的遠方表兄，許是早就暗通款曲做了什麼醜事，這位明家小姐的前未婚夫不就與自家表妹有了苟且嗎？真是不知羞恥！」

沈畫說的這些，沈玉從來沒想過。

他腦中一片空白，轉頭盯著沈畫發怔。

「哥，阿畫是為你好。世間戀慕不過虛渺，何況這份虛渺，原本就只是你一廂情願。只盼你還記得爹爹曾交代過的話，早日重振沈家，光宗耀祖。」

「俗話說得好，大丈夫何患無妻？他日你若像定北王殿下那般為大顯立下赫赫奇功，什麼女子不是任你挑選？」

她將食盒中的點心取出，放在石桌之上，而後深深看了沈玉一眼，提著食盒緩步離開。

沈玉望著她的背影，站在原地久未動彈。

其實沈畫並不想把話說得如此直白，可她哥就是這麼一個你不直言他總聽不明白也聽不進去的人。

她很早便知沈玉對明檀的心思，只不過那時明檀還有婚約，如何傾慕都是無用。

細究起來，她對明檀的看不慣，其中很大一部分是因著沈玉傾慕的緣由。

若是以往，她冷眼由著她哥撞幾回南牆也無不可，可她偷聽到靖安侯夫婦在為宮中之意發愁之後，就猜出靖安侯府的婚事不只是單純的兒女婚嫁那麼簡單。如此，她自然不能再讓她哥攪在其中，弄出什麼亂子來。

想來明楚那賤人也是從柳姨娘處聽到了宮中意欲賜婚的風聲，心中不忿，不想讓明檀高嫁。

那賤人想怎麼對付明檀她管不著也不想管，但敢拉著她哥做筏子，那這仇她自會好生記下。

她停在院外，仰頭望了望。

去歲來京之時，她都沒發現，上京的夜色真是濃重，既不見星，也不見月。踽踽而行者，稍有不慎，便會跌入這無邊夜色之中，萬劫不復。

春闈過後，漸至暮春，平國公府二房三小姐章含妙的詩會帖如期而至。

只不過這帖子不僅如周靜婉所言送給了明檀與白敏敏，還送到沈畫和明楚手中。

看這情形，是遠近不計，廣邀下帖了。

見是什麼酸詩會，明楚壓根就不想去，她不會作詩，心裡很是厭煩上京這些三步一喘處處攀比的嬌小姐。

柳姨娘好說歹說才將她勸動，畢竟是議親之齡的女子了，誰知道未來夫婿會不會就是某位小姐家中的親堂表兄弟？況且京中出身將門的女子也不是沒有，出去走動走動，多與人結交，總歸不是壞事。

上回裴氏與明檀說，以後有事可先與她商議。

這回前往暮春詩會，明檀便在選衣裳時，和裴氏提了提舒景然。

「母親可知今科探花舒家二公子？那日打馬遊街，女兒遠遠瞧了一眼，舒二公子的氣度容貌，很是不凡。」

裴氏一頓，原本看明檀挑揀衣裳還是一臉笑意，聞言卻不由收了三分，她斟酌道：

「舒家滿門清貴，養出的子女……自是不差。」

「嗯，女兒也覺得不差。」

裴氏飲了口茶，心下有些發愁。

明檀入寺祈福這段時日，太后與聖上都召了侯爺閒話家常，侯爺雖是個粗心的，但太后與聖上話裡話外都在提兒女婚嫁，他不至於聽不出，這是有指親之意啊！

這指親，聖上那邊還不知意在哪般人選，太后那邊卻已明確給出一位郡王的郡王妃之位和一位親王世子的世子妃之位供其挑選。

那兩位並非空有名頭的沒落宗室，可同時也都是擺在明面上的太后黨。且明檀今兒又提什麼舒二公子，那兩位的容貌氣度，和舒二公子差之甚遠，甚至遠不如梁子宣，她怎會情願。

「母親，妳怎麼了？」明檀問。

裴氏忙淺笑掩飾：「無事。」

她試探道：「阿檀可是心儀那舒二公子？」

「倒也稱不上心儀。」明檀的目光仍落在滿桌新鮮頭面上，「只不過覺得若要議親，舒二公子很是合適。」

不是心儀就好，非君不嫁才令人頭疼。

裴氏鬆了口氣，想著也罷，明兒便是詩會，先讓小姑娘出門鬆快鬆快，指婚之事眼下並無定論，還是暫且不給她徒增煩憂為好。

想到此處，裴氏起身，做出副若無其事的樣子與明檀一道選起了衣裳。

次日一早，車馬停在二門外，預備送三位小姐去平國公府。

明亭遠要上朝，出門遠比三人要早。及至朝會結束，他欲同白敬元一道離開，不想卻被成康帝身邊的內侍叫住，說是陛下召他去御書房，有要事相談。

明亭遠跟內侍去了。

進了御書房，明亭遠拱手行禮道：「臣見過陛下，陛下聖安。」

「無需多禮。」成康帝抬了抬手，繞回桌案前，舉起一卷明黃蠶錦，吹了吹上頭未乾的墨蹟，「朕叫你來，是為之前所說的指婚一事。」

明亭遠一聽，便欲出言推搪。

成康帝挑眉直視他道：「你可知，壽康宮那邊不滿你多番推諉，已有直下懿旨之意。」

「……」

面子功夫都不做直接逼婚了？

「朕不攔你，但朕可以給你第二個選擇。」成康帝敲了敲桌，示意他上前看聖旨，「看看朕為你女兒擇的這位如何。」

「……」

這叫什麼第二個選擇，不還是逼婚。

明亭遠知道，自己手握重權多方覬覦，一直以來極不願意摻和這些黨爭是非的。可如今朝局變幻，顯然已容不得他持中而立獨善其身了，不過是兒女婚事，竟能引出諸般暗爭。

他硬著頭皮上前。

成康帝則是站在一旁碎碎念道：「其實兒女婚嫁也代表不了你明亭遠的立場，你無需過分憂心。朕尊重你的選擇，你現下不想其他，只端看人，太后想為你指的和朕為你擇的，這是能相提並論的嗎？」

這……這……

明亭遠的目光黏在聖旨之上，有些不敢置信。竟是這位，怎麼會是這位？

「臣、能否容臣再考慮考慮。」他驚得說話有些磕絆。

「太后懿旨已擬好，是朕尋了藉口暫且留下，留得了一時可留不了一世，說不定你還沒出這宮門，太后懿旨就先到了靖安侯府。你在猶豫什麼？若不是他親自開口，朕……」

「嫁！」

成康帝與明亭遠在御書房議事的同時，靖安侯府的三位小姐精心拾掇，姍姍出門了。

沈畫一如既往打扮得婉約清麗，一襲淺粉煙籠千水裙襯得她娉婷柔美，正能恰如其分地融入一大群京中貴女。

明楚則是一身颯爽紅裙，乍一看和她回府那日差不多，可仔細瞧會發現，她今日這身要精緻不少，裡外加起來有四五層，行走時漸次層疊，紅得明媚張揚卻不算扎眼。

及至平國公府門前的春正大街時，車馬再難前行。

也不知這位章家三小姐辦場詩會是請了多少人，各府馬車停了個滿當，引著去馬廄的下人都有些忙不過來，不少路人見平國公府今兒這麼熱鬧，探頭探腦地往這邊張望。

明楚與明檀沈畫共乘一輿，心中煩悶得緊，一路臭著張臉，半刻都不願與她們多待。見車停半晌不動，她忍不住撩開車簾，不耐問道：「怎麼還不走？」

「三小姐，前頭被擋著了，走不動。」

「讓他們挪一下不就好了！」

車夫：「……」

明檀也撩開車簾往外望了兩眼，旋即落簾，秀眉輕挑：「三姐姐是要奉昭郡主給妳讓路？」

郡主？

明楚還想說什麼，可張了張嘴，卻啞聲了。

其實明檀還挺不喜歡那位奉昭郡主的，前年金菊宴，她自個兒作譜彈奏了一曲〈與秋宜〉，眾人皆贊泠泠動聽，實乃仙樂，花主之位無有異議。

誰成想這位自雲城歸京的郡主突然跑來湊熱鬧，嘴上說著只是玩樂大家隨心便好，然一個小家之女沒有選她便立馬掉臉子，後頭的誰還敢開罪？投菊之時只好紛紛改選。

說來這位郡主也挺不自知，以為自己得了花主便真是豔冠群芳才華橫溢，歸京這兩年四處湊熱鬧出風頭，賞花宴飲常能見到她的身影，可她一出現，總能讓原本鬆快得宜的氣氛變得十分微妙。

大約是因著花主一事，奉昭郡主也不怎麼喜歡明檀，偶爾會面，總要找她麻煩。

好在明檀不是什麼能受氣的性子，雖不能明面冒犯宗室皇親，可她能說呀。

這位奉昭郡主自小在西南邊陲長大，規矩也就比明楚好上那麼一點，還不如明楚會武，吵不過能動手。

兩人對上時，明檀時常大談禮法引古論今繞得她應不上話，且明檀身邊還有不少貴女，一唱一和起來更是十分要命。

今次奉昭郡主也在，明檀思忖著，今兒最好不與之接觸，畢竟她是為著舒二公子前來，倒也不必給人留下什麼牙尖嘴利的刻薄印象。

然而明檀並不知，方才撩簾張望時，她想偶遇舒二公子的目的，已經提前達成了。

章懷玉原本是受不住自家堂妹磨他，應下了請舒二前來品茶。可章懷玉哪是什麼能安分品茶之人，剛和舒二提了一嘴，舒二便知不對，問出了實情。

不過章懷玉應都應下了，舒景然知曉實情，也不得不幫他在堂妹面前掙下這個面子。

舒景然先前打馬遊街，被那些個瓜果扔得渾身疼，心裡陰影還未消散，又要被一眾閨秀圍觀，想想就覺得頭皮發緊渾身不自在。

於是他向章懷玉提議，不如廣邀京中才子一道品茶論詩，與他堂妹的詩會隔園相置，如此一來，風雅熱鬧相宜，他也不必一人獨遭苦難。

也是因著這一提議，今日平國公府門前才有了這般車馬喧闐的壯觀場面。

「你真不去？」春正大街街口，舒景然停步問。

「有正事。」

昨夜在右相府中議事，夜深突降疾雨，江緒被留在府中暫宿。今日舒景然要來平國公府品茶論詩，他要去京畿大營處理軍務，方向一致，便一道出門了。

江緒話落，抬步欲走，舒景然望著不遠處，忽然奇道：「那不是靖安侯府的馬車麼？」

江緒順著話音瞥了過去。

他這一瞥，正好瞥見印有明府標記的雕花馬車停在路中，帷幔被一雙指如削蔥根的玉手輕輕撥開，裡頭坐著的少女青絲鬆束，雙瞳剪水，只是輕輕歪著頭往外顧盼，就如春水映梨花，明麗動人，不可方物。

舒景然看得稍怔了一瞬，背手輕笑道：「這位明家四小姐，也算是難得的佳人了。」

「你不是不願娶？」江緒忽地問道。

「我不願娶，並非是不願娶這位明家四小姐，而是暫時不願娶妻。」舒景然解釋，「且我不願娶，與欣賞佳人並無衝突之處。」

江緒掃了他一眼，懶得再理，很快便消失在人群之中。

平國公府極大，怕嬌客們走路累著，二門處特特備了軟轎相迎。只不過春光正好，少女們更願三兩說笑，自行前往。

到詩會園中，假山流水潺潺，牡丹、芍藥盛放，山茶、杜鵑爭春。花叢邊規整擺著幾張長案，上頭備有筆墨紙硯。涼亭歇息處則是備有果品點心，上等好茶。

白敏敏出門時沒用膳，明檀一行到時，她正在亭裡吃糖酪青梨。

青梨脆澀，切成整齊小塊放在精緻瓷碟之中，再澆以蔗漿乳酪，撒糖霜，酸甜可口，別有一番風味。

眼見她快將一碟青梨吃光了，周靜婉在一旁斯文相勸，讓她稍稍克制一些。

章含妙剛好引了位閨秀過來，見了白敏敏不忘打趣道：「敏姐姐若是喜歡這道糖酪青梨，趕明兒我便讓廚子上昌國公府做去，不過可說好了，敏姐姐還是得按規矩給咱們家廚子付工錢的！」

「那倒不必，我便是要賴在平國公府吃足了再出去！」

周圍眾女皆是以帕掩唇，咯咯輕笑。

正當此時，小丫鬟引著明檀三人往這邊走來。

此三人中，沈畫柔婉可人，明楚紅裙明豔，明檀著了身淡綠短襦上衣，銀絲暗繡梨花白長裙，妝容清淡，卻更襯其眉目如畫，肌膚嬌嫩，她髮間簪飾極少，一支玉刻梨花嵌銀步搖輕晃，行進時盡顯少女春日輕盈，很是引人注目。

這身打扮明檀是思量了整整兩日才定下的，畢竟她不久前才退了婚，無論緣由都不便招搖，可她還要引舒二側目呢，不能招搖，那總得特別些許。

好在現下端看眾人眼中不由閃過的驚豔，明檀便知，這兩日苦心不算白費。

「怎麼才來？阿檀，咱們可等妳好一會兒了。」

「數日不見，咱們明家小小姐可是愈發水靈了！」

「阿檀，可要用茶？含妙備的這道果茶極為清甜。」

明檀與不少貴女交好，一來便是眾人相迎。

沈畫與明檀時常出入各府宴飲，雖難融入這圈子，但她為人周全又有幾分才情，大家面子上總是過得去的，且她還很受庶族出身的閨秀歡迎，甫一出現，也有不少人上前搭話說笑。

只有明楚初初現身無人理會，還是明檀出言引見：「對了，這是我三姐姐，剛從陽西路歸京不久。」

時下顯貴之家嫡庶都是一樣教導，僅在婚嫁一事上因著母家家世，定然會有所差別，所以至少在明面上，大家對庶女並無偏見。

作為主人家，章含妙順著明檀的話頭，笑盈盈誇讚：「一見便知，楚姐姐定然是將門虎女，很是有幾分英氣呢！」

那是自然。

明楚謙虛了聲「過獎」，可下巴微揚，不拿正眼瞧章含妙，倒是不見任何謙遜模樣。

章含妙笑容凝了一瞬，其他本想誇上幾句的閨秀也收了聲，心中不約而同想：本就是不熟也無需結交之人，到底搞沒搞清楚這什麼地界，這是在擺哪門子譜？

明楚還不知何故，以為她們是得了明檀授意故意冷落，一時不忿。

同樣不忿的，還有落在明檀一行身後不過稍傾的奉昭郡主。

明明是一前一後進園子，她沒讓丫鬟出聲，眾人就壓根沒瞧見她！乾站半晌，她朝婢女使了個眼色。

婢女忙喊：「奉昭郡主到！」

眾人這才側目，一應半福：「參見郡主，郡主金安。」

「不必多禮。」

奉昭邊往前走邊冷眼看著明檀，行至亭中，她從上至下打量著明檀，忽而笑道：「明家四小姐還是這般好顏色，退婚之事似乎並無影響呢。」

眾人面面相覷。

找茬找得這麼直白，她奉昭郡主也是獨一份兒了。

然明檀直接無視了後半句，笑出一對淺而甜的小小梨窩：「多謝郡主誇獎。」

奉昭郡主被哽了哽，半晌後故作惋惜道：「令侯府不在上京，以後要再見他們府上的幾位小姐倒是難了，對了，先前令侯府五小姐還從本郡主這兒借了一本珍稀古籍未還，也不知如今在哪兒，四小姐，妳與令侯府怎麼說也是有過婚約，與五小姐應有書信——」

「阿檀、阿檀妳怎麼了！」奉昭郡主話沒說完，白敏敏忽然扶住明檀，一驚一乍道。

「無事，可能是未用早膳，有些頭暈。」明檀輕按著額，柔弱應聲。

眾人見狀，忙上前，你一言我一語地關懷起來。

奉昭郡主那話頭竟是生生冷在半截，無人再理。

其實若要回話，明檀有數百句能讓奉昭啞口無言，然她今日意在舒二公子，不想和奉昭多作糾纏。

一陣噓寒問暖過後，話題已然揭過，章含妙也張羅著，打算開始詩會。

可明楚看出奉昭郡主與明檀不甚對付，忽而插話道：「四妹妹莫不是先前落水受了寒，竟還未好？」

嗯？落水？

什麼落水？

眾人茫然，不過有敏銳者，很快便從明楚挑起的這一話頭中，嗅出些不同尋常的意味。

明檀有一瞬茫然，不過回神後，更多的是驚愕。

她萬萬沒想到，明楚竟會在這種場合提起上元落水一事，這人到底是太蠢還是太毒，自己的前程都不要了也要與她一起同歸於盡嗎？

她望向明楚，似乎過了很久，忽道：「府中蓮池尚淺，倒不至於受寒，三姐姐無需自責，以後習鞭注意些便是。」

聞言，知曉內情的白敏敏與周靜婉不由望向明檀，這也行？

不等兩人反應過來，一直立在一旁沒什麼存在感的沈畫竟開口幫腔道：「其實姑娘家會幾招幾式用以防身已是足夠，不小心傷了人，到底不好，況且一不留神，還極有可能傷了自己。」

沈畫？

明檀側目，沒想到她會出言相助。

眾人不知內情，聽了兩人所言，倒是倏然明瞭。

哦，原來是明三小姐仗著自己懂幾分皮毛功夫，在自家府中欺負人呢。

明三小姐可真是沒有半分規矩，一個姨娘養的竟囂張成這般模樣，且故意害人落水不夠，還時惦著盼著人家落水落出個什麼毛病，心思可真是萬里無一的惡毒。

她們這麼想著，壓根沒懷疑兩人在說瞎話，因為沈畫與明檀雖是囫圇稱聲表親，但關係並不親密，一道出門常是各有各的圈子，偶爾還要暗地裡別別苗頭。

想來是這明三小姐太過跋扈，連嫡出妹妹都敢動輒揮鞭，沈畫這寄居於府的遠房表親也沒少受她欺辱，所以此刻才會幫腔附和。

如此一想，投向明楚的目光就多了許多不恥厭惡。

明楚：「我，上元——」

「上元燈節的煙火，三姐姐明年定是能看到的。」眼見明楚從一頭霧水中回過神來想要辯解，明檀輕輕柔柔地拿話堵住，還向眾人解釋道：「三姐姐先前從陽西路回來，一路催著，便是想趕在元夕燈夜回京，瞧瞧上元煙火，只不過天寒路遠，又哪是一時半會兒能趕上的。」

沈畫聞言，有些不好意思地接了聲：「其實也怪我，若不是我與小丫頭們說起上元京中如何熱鬧，剛巧被三妹妹聽到勾起遺憾之事，三妹妹也不會無端生了悶氣，在園子裡揮鞭了。」

「說起上元，阿檀今年親手做的圓子味道可真不錯。」白敏敏驚愕半晌，終是反應過來，添補了句。

周靜婉掩唇，細聲道：「說來我也覺得甚為遺憾，上元時阿檀下了帖子，邀我過府嚐她親手做的圓子，只這身子實在不爭氣，每至秋冬總要風寒數日，只得臥床休養。」

明楚：「……」

見鬼的圓子，顯江裡吃的？睜著眼睛說瞎話嗎。

「靜婉，我家老夫人正尋了個補弱的方子，改明兒送到妳家府上，妳尋個大夫看看能不能用上一用。」

「阿檀，這會兒可還覺得暈？不用早膳出門可是不行，囫圇吃些點心也好。」

「什麼圓子？說得我都想嚐上一嚐了，阿檀為何未送些給我嚐嚐，小氣鬼，趕緊將我做的香囊還給我！」

明楚還沒捋明白幾人編的瞎話，話頭已然隨著眾人的七嘴八舌漸偏開來，壓根沒人再給她開口說話的機會。

不一會兒，章懷玉那邊邀的才子們陸續到齊，眾人的注意力又被引至只有一道漏明花牆相隔的另一園中，紛紛藉著賞花的名頭上前流連。

沈畫特地落在後頭，與明楚擦肩而過時，她停了步子，輕聲警告道：「今日這般場合，我勸妳安生些，若是毀了妳四妹妹的清白，妳以為自己還能尋得什麼好人家嗎？外頭的人只會說，自小在京中嬌養的嫡女都不過如此，小娘養大的庶女更不需提。侯爺許是疼妳不忍動妳，夫人呢？昌國公府呢？侯爺就算是疼妳如命非要保全於妳，妳姨娘又當如何，一家主母，整治個妾難道還需什麼理由？死了也就死了。」

明楚忽怔，背脊發僵。

她只是想逞口舌之快，並未熟慮深思。在原地消化了好一會兒，腦海中滿是方才沈畫雲淡風輕地說著，死了也就死了。

奉昭郡主注意到明楚仍站在涼亭之中，上前輕慢地打量著她，狐疑問道：「她們方才說的落水緣由，可是真的？」

明楚抿著唇，僵硬了半晌，最後竟是咬牙，點了點頭。

奉昭本就不欲與小小庶女多言半句，聞言自覺無趣，不屑地轉身離開。

這一幕落在不遠處的明檀眼中，她垂眸，輕輕嗅著落下的梨花，唇角微翹。

不多時，隔壁園中頻有頌春之詩傳出，舒景然平日在京中就極受文人才子推崇，而今高中，更是受捧，不少人作了詩都會先讓他賞評一二。

閨秀這邊見狀，也蠢蠢欲動，有膽大的便嬌聲朝著漏明花牆喊話：「探花郎才高八斗，不若也為我們這些姑娘家指點一二可好？」

說罷，起鬨者眾。自謙的、有惑的、給探花郎戴高帽子的，你一言我一語，實難招擋。

舒二無奈搖頭，只好笑著應下，溫聲答：「指點不敢當，各位小姐，自是才情俱佳的。」

白敏敏方才起鬨很是起勁，這會兒還在漏明花牆前，邊張望邊大言不慚道：「聽到沒，舒二公子誇我才情俱佳了！」

明檀與周靜婉俱是一副「妳開心便好」的表情。

當然，白敏敏只是過過嘴癮，詩是不會作的。要論詩才，眾女之中周靜婉當屬佼佼，沈畫本就醉心詩詞，也能位列前三。

明檀也會，然琴棋書畫之中，她最為出挑的是琴藝，棋藝在閨秀之中也屬上佳，至於書畫，卻算不得出類拔萃，且這個書，泰半還是占了字寫得好看的面子，吟詩作賦只能說是無功無過。

眾人寫罷，詩文被收至一疊，送往隔壁園中。

「『山茶晚垂影，新葉漏春光。』好詩。」舒景然品了半晌，終於稱讚一句。

隔壁園中紛紛將目光投向周靜婉：「婉婉，是妳作的？」

周靜婉矜持點頭。

隨後舒景然又誇讚了沈畫所作傷春之詩，以及極為訝然地問了聲奉昭郡主所作詩文，只不過奉昭郡主答非所問，還支吾磕絆，他心下了然，未再追及。

「萬枝折雨落，香自月梢來。」這是在寫梨花。

舒景然看著這手簪花小字——此詩文最多算是中上水準，然不知為何，紙上透著極淡的梨花雨落之景，鼻尖似是縈繞著清淡梨香。

他將紙張舉起，映在陽光之下半瞇起眼打量，後湊近輕嗅，忽笑：「不知此詩乃哪位小姐所作？倒是極有雅趣。」

明檀站在漏明花牆前矜持應聲：「舒二公子謬贊。」

舒景然挑眉，望向那堵他一直刻意忽略的漏明花牆。

這一望，他稍感意外：「明四小姐？」

「舒二公子如何識我？」明檀好奇。

舒二啞然，總不能說上元夜妳落水，我便在不遠處認真看戲。好在他靈光一閃，想起幾年前自家老夫人辦壽，這位四小姐應是和靖安侯夫人一道去過的。

這般解釋了番，明檀聽來覺得頗為有緣，她對舒二的遙遙一瞥，也是在舒家那場壽宴。

沒承想就那麼遠遠一見，舒二竟是記住了她，且如今還能認得，這不是天定姻緣是什麼？

舒二轉移話題，問起這紙上的花香花影是從何而來。

明檀謙虛答道：「不過是方才見梨花零落有些可惜，搗入墨中沾幾分清香罷了，至於花影，搗了花汁於紙後描繪即可。」

舒景然聽明白了，遠遠拱手道：「受教。」

明檀也遠遠回了一禮，心情甚是愉悅。

她早知詩會免不得要作詩，可她的詩才並不出眾，只能在別的地方下些功夫。

方才說的方法就是囫圇個意思，隨手一弄哪能做到如此雅致，且梨香清淡，入墨只會被墨香完全遮掩，此法重在紙張，她三天前就在府中製好了浸足梨香繪了暗景的紙，今兒特地帶過來替換罷了。

其實作詩的由頭無非就是花草樹木，瀲灩春光。她大可以和奉昭郡主一般，找位高才之人先幫她作上幾首，到時套用即可。可她早想到了，這樣做若是被問上幾句答不出來，又或是臨時被要求另作一首無法套用的，便是極為尷尬，就如奉昭郡主一般。

而此刻極為尷尬的奉昭郡主，還極為惱恨明檀！

舒二公子竟然和她說了好些話，而且幾年前見了一面到如今還能認得，她氣到手攥得發白，指著旁邊一叢牡丹便冷聲道：「明四小姐詩才甚高，可這梨花到底小家子氣，不若做一首牡丹詩著舒二公子品評如何？」

牡丹詩？

她這是變著法兒為難人呢。

前些年宮中采選，有一女為攀附當時主理采選事宜的玉貴妃，將其比作花王牡丹，入詩盛讚。

牡丹之詩作來並無不可，可在宮中，能比作花王牡丹的，絕不可以是區區一位貴妃。後來那詩傳入成康帝耳中，成康帝龍顏大怒，當即下旨命玉貴妃禁足思過，另著司禮嬤嬤帶人將候選之人扔出宮門，並於宮門前下了重斥——不會作詩可以不作，不會說話也可不說。

再後來，就有了其父上表請罪，府中傳出此女高燒不退失了聲的事。

帝王之怒如今想來仍是令人心悸，以至於近些年京中貴女無人再作牡丹之詩，就連不含比擬的單純稱讚都無人再寫，明檀自然不願，也不會觸這霉頭。

奉昭此刻已被妒意衝昏頭腦，半點不想再裝什麼隨和，一心只想著她本就是金尊玉貴的郡主，還用得著看這群女子的臉色？她便是要讓她們知道什麼叫做高低貴賤尊卑有別！

於是眾人眼睜睜地看著奉昭郡主上前折了朵名貴牡丹，邊拿在手中把玩，邊出口吟詩。

詩畢，她站定在明檀身前，將那朵牡丹簪入明檀髮間，審量道：「明四小姐楚楚動人，然與這牡丹，不甚相配。」她碰落那朵牡丹，踩在腳下，足尖輕碾。

園中一時寂靜無聲。

大家只覺得，奉昭郡主怕是瘋了。但又不得不承認，她說的是事實，她乃親王之女，這詩她作得，這花她摘得，宗室王女，有何不敢？陛下還會為著這句詩找自己姪女麻煩嗎？

可就在此時，平國公府眾人，包括平國公夫婦在內，簇擁著手舉明黃聖旨的內侍浩浩蕩蕩急走而來。

「聖旨到，靖安侯府四小姐接旨——」

內侍尖細嗓音於空曠之處響起，眾人未及反應，只遵從本能地，稀拉著跪倒一片。明檀也是懵頭懵腦。

她接旨，她接什麼旨？這旨都宣到平國公府來了？是不是念錯人了？是平國公府四小姐？可平國公府好像沒有四小姐。

她怔了半晌，被周靜婉拉了把才老老實實跪好。

內侍展旨，高聲念道：「奉天承運皇帝詔曰，靖安侯府四女蘊粹含章，端方敏慧，克令克柔，今及芳年閨中待字……茲特賜婚於定北王江緒，冊定北王妃，宜令有司擇日，備禮冊命，欽此！」

園中柔風徐來，吹動枝頭牡丹輕晃，蝶戀花叢正撲搧流連。然四下寂靜，不聞人聲，只花澗清泉泠泠作響。

半晌，內侍闔上聖旨，躬身往前奉送，打破這份沉寂：「恭喜四小姐。」

明檀腦中一片空白，平素做得極好的禮儀規矩竟是半分都想不起來了，她就那麼看著那道聖旨，直到先她一步回神的周靜婉再次拉了拉她的衣擺，她才從僵麻的狀態裡回過神，不甚自然地叩拜謝禮，雙手微抖著往上接旨。

內侍暗自舒了口氣，聲音細而恭謹：「那奴才就先回宮覆命了。」

他又朝平國公夫婦點了點頭，以示歉意，畢竟宣靖安侯府的旨都宣到平國公府來了，委實是有些唐突。

宣旨這事雖不合規矩，但內侍未多解釋，平國公夫婦便也不好出言揣測聖意，倒是藉著話頭問了兩句陛下安、皇后娘娘安。

平國公夫婦都不敢揣測聖意了，其他人更是不會多問。況且，比起宣旨宣到別人府上，更令人感到震驚詫然的是這道聖旨的內容——明家阿檀被冊為定北王正妃了！

高嫁本乃常事，倒不是說靖安侯嫡女與定北王身分懸殊，有多不配，只是明家阿檀怎麼說也剛退婚不久，不管緣何，一般人家也會淡個半載再明面議親。聖上這一齣，實乃出人意料，且賜婚對象還是那位只聞其名難見其人的大顯戰神，定北王殿下。

上元宮宴定北王殿下擢前承恩侯府臉子的事情，大家還記憶猶新呢。

「阿檀、阿檀！」見明檀半晌不起，白敏敏和周靜婉忍不住小聲喚她。

被賜婚的未來定北王妃還捧著聖旨怔跪在那兒，除了平國公夫婦，其他人哪敢起身，可大家總不能一直跪著。

明檀回神，被兩人扶著站了起來，又遲緩地打開聖旨，盯著「靖安侯府四女」、「定北王妃」幾個字眼看了好一會兒。

沒宣錯。

真的是她。

她被賜婚了。

不是落到自個兒頭上的事情，再過驚愕，其他人適應了一會兒也都接受了，且湊上前看到聖旨寫得那般清楚，蓋著明晃晃的玉璽，還有什麼不能接受的，天大的好事兒啊！

定北王是逾制拔擢的超品親王，定北王妃自然也是超品親王妃，且定北王的地位實權，哪是其他親王可以比擬的，不然上元宮宴就不會有那麼多貴女上趕著表現了。

對了，說起親王，方才奉昭郡主說什麼來著？

她父親宜王與聖上並非一母同胞，先帝在時也不受重視，到開府之年便遠遠打發到了雲城封地，雖是封地，卻無半分實權，還是聖上這兩年為顯兄友弟恭，才允其回京開府。

一個普通親王的女兒，指著重權在握的親王王妃鼻子說，我配牡丹妳不配，簡直就是滑天下之大稽！這些個貴女活了十幾年都沒見過如此迅速猛烈的打臉名場面。

白敏敏方才被奉昭氣昏了頭，差點上前與其理論，這會兒從天而降這麼一道聖旨，她哪能輕易放過，上前便對著奉昭揚聲道：「郡主，不知現下您覺得，這牡丹，阿檀配是不配？」

奉昭抿著唇，臉色從未如此難看。

白敏敏上前，還欲折朵牡丹替明檀簪戴上，然明檀卻握住白敏敏的手腕：「草木有本心，花好亦自喜[5]。」

雖然明檀是因為還沒搞清楚現下狀況，不想輕舉妄動，但此話一出，高下立見。奉昭郡主方才之舉更顯野蠻粗俗，與之身分不相匹配。

周圍的人沒開口，可目光密密麻麻，如針扎一般落在奉昭身上，似輕蔑、似哄笑，一道道交織成了前所未有的奇恥大辱！

這園子奉昭是半刻都待不下去了，她惡狠狠地瞪了明檀一眼，憤而離開，一路掩面直奔宜王府。

回府後，奉昭整整半日都在府中哭鬧打罵，還沒發洩夠，日暮時分皇后竟遣人至宜王府下旨斥責，直言她德行有失，應在府中閉門思過。

奉昭懵了。

5「草木有本心，花好亦自喜。」前半句出自張九齡《感遇十二首．其一》，後半句出自文同《莫折花》。

其實她作作牡丹詩折折牡丹不是什麼大事，可關鍵是她撒野的對象乃未來的定北王妃，撒野的地方乃皇后母家平國公府，折完又踩的那株牡丹也乃皇后賜給自家姐妹賞玩，自個兒在宮中精心照料過的名貴品種，她奉昭是想打誰的臉呢！

宜王夫婦知曉此事後氣急攻心，勒令奉昭不許出門靜思己過，這直接致使其後半年，京中無人再見奉昭身影。

當然，此乃後話。眼下賜婚聖旨突降，再加上奉昭憤而離席，這場詩會是無論如何也不好繼續進行下去了。

好在章含妙是個愛熱鬧，也愛看熱鬧的性子，今兒這樣好戲一齣又一齣，她看得十分過癮，並沒有因著被人搶了風頭，詩會又被攪得辦不下去而心生不虞。

眾人各回各家，明家阿檀被賜婚定北王殿下的消息，也隨著詩會中途散場四散開來。

明檀一行歸府之時，裴氏正送著另外幾名眼生的內侍出府。

見到明檀，那幾名內侍擠出勉強又難看的笑臉，全了禮便匆匆離開。

「母親，這是？」明檀心底一頓，還未從先前衝擊中緩過神來的小腦袋瓜嗡嗡作響，七上八下地想著，是不是又來追加什麼嚇死人的旨意了。

裴氏壓住心中歡喜，鎮定道：「先回屋再說、回屋再說。」

賜婚消息方才已經傳回靖安侯府，裴氏先前還坐立不安心中忐忑，突聞賜婚，還有什麼不明白的，定然是聖上知曉太后已遣人來府預備強行指婚，便出了一招不合規矩的先下手為強啊！

這招使得妙，更妙的是這指婚對象！定北王豈是那些郡王、親王世子可比的！

裴氏挽著明檀親親熱熱地進了蘭馨院，前後腳，明亭遠也滿面紅光地邁入侯府，直奔裴氏院子尋人。

原來成康帝所言非虛，他的確攔了太后懿旨，可太后能寫會說還會蓋印，有一道旨便能有第二道旨，他下朝留了明亭遠敘話遊說，太后那邊知曉，第二道懿旨就直接送出去了。

待到遊說成功得知此事，成康帝還心想：壞了，這可如何向江啟之交代？好在對乘龍快婿的喜愛激起了明亭遠腦中靈光。

明亭遠知道，太后重規矩，斷沒有只有裴氏一個繼室在府便宣旨賜婚的道理。太后不知今日明檀不在府中，下頭的人定會等他或是等明檀歸家再行宣讀。

所以他便提議，不若直接去平國公府宣旨，恰好今日各府閨秀集聚辦詩會，眾目睽睽之下，這旨先宣，便是板上釘釘。

成康帝覺得這主意甚好，立馬派人去了，也就這麼順利辦成了。

聽完明亭遠得意洋洋說了半晌搶著賜婚的波瀾起伏，明檀：「……」

她議個親，竟如此興師動眾，真是小瞧她父親這介粗俗莽夫了。

可為何是定北王，那不又是另一介粗俗莽夫？而且定北王都可賜，為何不賜舒二公子，右相不也是忠誠不二的聖上擁躉嗎？

明檀委實難以消化這消息，她在佛前誠心祈願月於，佛祖是不是漏聽了什麼，不是說好了要有一甲之才，要有上乘品貌麼？

定北王妃之位確然極高，只不過她如今想起上元宮宴那介莽夫狂悖無禮囂張至極的行徑仍倍感窒息！

這嫁過去，夫妻之間如何敘話？且如他這般擁功自重，怕是遲早有天得跟著他一起掉腦袋吧？最為要緊的是，如此粗俗之人，那容貌氣度定然與舒二無從比擬！

明亭遠完全沒注意到明檀極為勉強的神色，坐在上首，還在大談定北王殿下的神勇功績——

「定北王殿下實乃奇才啊！其實年輕一輩裡真能領兵打仗的沒幾個，人家束髮之齡，便以三千精兵擋三萬北域蠻族！想當年我率兵支援時，人家已經攻入腹地反敗為勝，當時那場景，血流成河，伏屍千里！」

明檀：「……」

面色蒼白些許。

「那奸細落在他手上，血刺呼啦都不算什麼，沒個人形不說，扔回去他們都不敢認，愣是消停了大半年！」

明檀：「……」

面色又蒼白些許。

「還有成康三年……小小年紀那叫一個行事果決手段狠辣，直接將對方首領的大兒子屍體掛在城門掛了三天，最後都曬成人乾了！」

明檀：「……」

您這麼高興，是希望女兒也被曬成人乾嗎？

因著賜婚一事，接連幾日，明檀都沒什麼胃口。偏無人察覺她心情不佳，府中上下不說張燈結綵這般高調，也都是與有榮焉喜氣洋洋的。

賜婚當日，闔府下人當月的月錢便翻了三倍。小丫頭們出府買個胭脂水粉，一聽是靖安侯府的人，掌櫃的還連賣帶送，非要塞上兩盒桂花頭油。

上門送禮恭賀的更是絡繹不絕，各種名目擋都擋不住，邀裴氏、邀明家幾位小姐出門的帖子也如雪花一般的堆得滿滿當當。

若說平日明檀是靖安侯府的小祖宗，這會兒可是大祖宗了，闔府的眼睛巴巴兒望著照水院，就怕她要求不多，展現不出自個兒辦事有多盡心。

「對了，院外灑掃的小丫頭都美得不行，這幾日出門腰板挺得可直了，十一二歲的丫頭片子，誰見了都叫一聲姐姐呢，小姐您說好笑不好笑。」

綠萼邊給明檀梳頭邊喋喋不休道：「奴婢和素心也沾了小姐的光，錦繡坊和錯金閣那邊都給奴婢和素心送衣裳首飾了呢。小姐您都不知道，外頭聽說定北王妃對錦繡坊和錯金閣的衣什頭面青睞有加，都一窩蜂地跑去錦繡坊和錯金閣訂東西，錯金閣定頭面的單子都排到後年年初了！當然，生意再好，給小姐做東西自然是最要緊的，錯金閣的掌櫃說了，這回要打磨一套新鮮頭面給小姐，小姐定然喜歡！」

素心難得和著綠萼的話頭湊回趣兒：「這有什麼稀奇，小姐可是錯金閣的大恩人，他們哪回不是緊著小姐盡心了。」

素心這話倒也沒錯，錦繡坊錯金閣與明檀的確是淵源頗深。

前兩年明檀自個兒琢磨了新鮮式樣，托當時極為紅火的望珠閣做一支累絲金玉擁福簪，預備給將要出嫁的堂姐添妝。

因著不想讓人提前知曉自己的添妝禮，她打發婢女去望珠閣時特特隱了名頭。

誰知望珠閣慣是個看碟下菜的，平素給侯府做首飾自然是畢恭畢敬，可見來訂簪子的婢女衣著樸素瞧著眼生，便以為是普通富戶，隨意將活兒排給工匠學徒。

那學徒技藝不精還愛使巧兒躲懶，偷工減料。等簪子做好，送回明檀手中，明檀一眼就瞧出不對。

當下她按著沒發作，只另尋了好東西添妝，又托當時剛開、生意冷清的錯金閣按原先樣式做了支簪。

沒過幾日，一眾貴女在賞花宴上閒聊近日新得的衣裳首飾，她便將兩支簪拿出來讓人品評，多餘的話倒也沒說，只輕描淡寫誇了幾句錯金閣的手藝。

其實有些東西，常人看來沒什麼差別，然這些貴女眼毒，用料好次、精細與否，皆是只掃一眼便一覽無餘。

不過一夕，平日頗受青睞的望珠閣在名門閨秀裡悄然冷淡下來。

一些官家小姐、富戶小姐也慢慢發現，望珠閣的首飾不時興了，大家都轉頭去追捧城北新開的錯金閣，望珠閣的生意更是肉眼可見地一落千丈。

錯金閣與錦繡坊背後是同一位東家。當初明檀寥寥幾言讓錯金閣在上京林立的首飾鋪子裡站穩了腳跟，東家和掌櫃十分感念，每每為靖安侯府辦事都是一百二十分的盡心。

如今明檀成了準定北王妃，兩家鋪子又因明檀青睞跟著水漲船高，正如素心所言，排在其他人前頭為她精心打磨頭面，那是再尋常不過的事。

只不過素心、綠萼，包括明檀也不知，今次這番盡心，倒與往日緣由不盡相同——

「什……什麼？陛下給王爺賜婚了？王妃是那個，那個靖安侯府小小姐？」定北王府的大管事福叔聽到賜婚消息時，驚訝得眼睛都瞪直了。

可回話的小廝總覺著，福叔這驚訝中還有種莫名欣喜，他恭敬彎腰，回稟道：「福叔，千真萬確，聖旨都宣了，這會兒估計滿京城都知道了。」

福叔聞言，起身背著手轉悠了幾圈，自顧自碎碎念道：「聖旨賜婚，那王爺是自己願意娶了？王爺若不願意，陛下不會賜婚啊……」

這麼一想，福叔點了點頭，覺得此事甚為靠譜。

傍晚江緒回府之時，福叔尋著送帳冊的由頭觀察會兒江緒的神色。

他們家王爺好像未不愉，於是他又大著膽子問了句：「王爺，聽說聖上給您和靖安侯府四小姐賜婚了？」

江緒沒翻帳冊，抬眼道：「福叔，想說什麼便說吧。」

「那老奴便說了？」福叔試探了聲，見江緒默許，他直起腰來繪聲繪色道：「老奴覺得聖上賜的這樁婚事甚好！王爺，您平日忙打仗忙軍務，不關注這些個世家小姐，但老奴清楚啊，這明家小小姐在京城閨秀裡可是一等一的出挑！最要緊的是，這明家小小姐極為和善！」

和善？

「王爺可知道前兩年咱們府上新開的錯金閣？」

王府產業極多，平素都交由福叔和信得過的管事打理，江緒哪有閒工夫記什麼鋪面。

福叔倒也沒指望他知曉，只繼續道：「前兩年錯金閣剛開，北地便起了戰事，戶部那狗賊貪墨軍餉欺上瞞下，您八百里加急派人傳信，讓咱們府上先行籌措軍餉，前前後後三筆，數百萬兩白銀啊！」

「咱們府上拿是拿出來了，可這般火急火燎地籌，關了不少鋪子。又不是什麼好時節，好些鋪子周轉不過來，多虧了那會兒新開的錯金閣有進項，能拿來填補其他鋪面。說起錯金閣，就和這靖安侯府的小小姐脫不開干係了……」

江緒耐著性子，聽福叔將錯金閣和他那位準王妃之間的淵源說了遍。

說著說著，福叔的稱呼不知不覺從「靖安侯府小小姐」變成了「王妃」。

「……咱們王妃對錯金閣那是青睞有加啊，聽聞錦繡坊和錯金閣是同個東家，連帶著也十分喜歡錦繡坊的衣裳，所以老奴一直讓底下的掌櫃的們好生盡心，因著不是什麼大事，以前也沒和您提過，您就說說，這婚是不是賜得極好，賜得極有緣分？」

福叔的意思，江緒聽明白了。

不過他不大明白，這與和善有何干係。

福叔還在滔滔不絕：「老奴都想好了，咱們王妃必須得是這京裡頭最有排面的姑娘！老奴已經吩咐下去了，要以錯金閣的名義送一套頭面給王妃，就用咱們王府庫房的那一匣子極品東珠！那一匣子東珠瑩潤生輝，品相可是萬里無一！皇后娘娘那兒估摸著都沒有，王爺您覺得怎麼樣？」

「……」

不是都已經吩咐下去了。

他揉了揉眉骨，淡聲道：「你決定便好。」

福叔是一心要給自家王妃撐臉，可事實上，不管有沒有那副東珠頭面，明檀這準定北王妃，如今在京裡已是極有排面。

準定北王妃這身分，確實極大程度滿足了明檀的虛榮心。可每每思及嫁進王府之後的無窮後患，以及她尤為在意的品貌，她又難展笑顏。

這日周靜婉與白敏敏過府陪她弄花，她舉著把剪子，心不在焉地修著花枝。與此同時，嘴上還不停說著這樁婚事到底有多不得宜。

她這般心意難平，瓷瓶裡花枝零散，自然修剪得毫無清疏遠淡之花意。

其實明檀更為中意舒二公子這事，白敏敏理解。但她不大理解，定北王殿下哪就如她所言那般不堪了。

白敏敏疑惑道：「妳這一口一個莽夫，妳見過他？」

「怎麼沒見過，上元宮宴不是見了。」

「……」

「我坐得可比妳靠前不少，我都沒瞧清，妳瞧清了？」

明檀又是俐落一剪：「這還需要瞧清？妳不記得他對顧九柔說什麼了！」

「婉婉上次不都說了，那是陛下有意要收拾承恩侯府，定北王殿下想來是順勢而為而已。且那回宮宴我坐得還算靠前，趁人不注意偷覷了眼，雖然沒看清，但遠遠瞧著定北王殿下也是極有威勢的呢。」

「我爹妳是不是也覺著極有威勢？五大三粗的可不得有威勢，野豕妳也覺著有威勢！」

周靜婉掩唇輕咳：「阿檀，既未謀面，妳可是對未來夫婿有偏見了。」

她能不有偏見麼？出言囂張狂悖，殺人毫不眨眼，信重的下屬也是沈玉那般的愣頭青，這夫婿能好到哪兒去。

見明檀這般抵觸，白敏敏忽然提議道：「不然這樣，咱們找個機會，先去偷偷瞧他一眼，怎麼樣？」

聞言，明檀手中的剪子忽地一頓。

江緒，大顯朝唯一的二字親王。出生時是含著金湯匙的皇太孫，可未滿周歲，父親敏琮太子便意外離世。

先帝繼封為太子，後榮登大寶，年號淳興，淳興帝在位不過十餘載便因疾駕崩，當今聖上以東宮之尊繼位登基，年號成康。

江緒身為前皇太孫，身分原本十分尷尬，按理來說，在政權的多番交替中，能活著長大已算幸運，活著長大了，也該是依例封個郡王，攆到犄角旮旯的地方眼不見為淨。

可當今聖上在他開府之年便以親王之位為其進爵。親王超品，晉無可晉，然他三千奇兵一戰封神，那年歸京，聖上親臨城門，下輦迎人，並以「定北」二字為其加封。此等親王之上輔加軍功的破格再破格封號，於武將而言，可以說是無上榮光。

——嗯，如此看來，定北王殿下，的確是尊貴非常。

琢磨完白敏敏尋來的定北王生平，明檀不自覺點了點頭。

那麼問題來了，要去哪兒才能偷偷相看到這位尊貴非常還權勢滔天的定北王殿下呢？

除了這些生平，他的容貌身量、習慣喜好，似乎極少為人知曉。

晚膳時分，明檀又是勉強用了幾口便擱了箸。

天氣漸熱，胃口愈差。這幾日她屋裡連薰香也已撤用，只在明間放了一缸新鮮佛手，佛手果香清淡，讓人心鬱疏散些。

見明檀不怎麼進食，近日瞧著小臉清減了幾分，素心覺著不大好，收拾了晚膳，又去廚房，自個兒挽袖上手做起吃食。

明檀平素愛吃她做的杏仁酪，這杏仁酪得先將杏仁搗碎過篩，加水攪和成漿狀，再過篩濾渣，輔以米粉白糖熬製，熬製時還需以小火不停攪動，成酪才能細膩潤滑[6]。

杏仁酪做好冷卻後，素心將其連碗一塊冰鎮會兒，最後撒上些杏仁碎，提回照水院。

見著冰鎮的東西，明檀的胃口確實上來了些。素心做了兩份，她吃完一份還想再動另一份。

可素心不讓，輕聲勸道：「小姐，冰食吃多了會鬧肚子，您幾日未出門了，不若帶上這份杏仁酪去書房給侯爺請個安，也好鬆動鬆動筋骨。待消化了冰酪，回來奴婢再給您煮雞湯麵便是，雞湯這會兒正吊著，小丫頭在看火呢。」

明檀想了想，也好，確實是有幾日未曾出門了。不過她爹就免了，她並不是很想再

---

6 杏仁冰酪做法參考《隨園食單》，「捶杏仁作漿，挍去渣，拌米粉，加糖熬之。」

聽她爹高談闊論那位定北王殿下殺人如麻的豐功偉績。

她讓綠萼伺候著重新梳洗打扮了番，帶著杏仁冰酪去了蘭馨院。

送了冰酪，又與裴氏在花廳閒聊半晌，恰有府中管事前來回帳，明檀便起身告退。

經東花園回院時，她剛好瞥見沈畫領著丫鬟在園中採花，想了想，還是走了過去。

其實她明白，那日在平國公府，沈畫並非為她出言，而是在為自己出言。

沈畫是為得一聲受侯夫人教導的好名聲，才在將嫁之年寄居侯府，明楚若是毀了她的清白，也等同於毀了沈畫的清白。

相反，明楚的名聲對沈畫來說沒那麼要緊，大家都知道她是在邊地受姨娘教養長大的庶女，方才回京，便是愚蠢惡毒些，也無人會賴在侯夫人教導不嚴，繼而牽連到沈畫也品行不端之上。

可不管沈畫緣何出言，都是實實在在地幫到了她，她總要道一聲謝。

「表姐。」明檀上前。

「四妹妹。」見著明檀，沈畫並不意外，她攏了攏籃中芍藥，語氣尋常，「這是從蘭馨院來？」

明檀輕「嗯」了聲，淺淺福禮道：「詩會那日，還要多謝表姐出言相助，若表姐有需阿檀之處，盡可直言。」

「不過是實話實說罷了，四妹妹無需掛心。」沈畫虛扶了把，心知明檀既承這情，那便足夠，無需把話說得太透，「噢對了，近幾日未見四妹妹，還沒恭喜四妹妹覓得良緣呢。」

明檀淺笑不語，不動聲色地打量著沈畫。

想當初，府中盛傳沈畫怕是要被抬入昌玉街，飛上枝頭做定北王側妃，上元那日入宮，沈畫的打扮神態顯然也是有意於定北王側妃之位，可如今她似是誠心祝願，並無拈酸怪氣之意。

都是聰明人，沈畫自然知明檀在想什麼，她摘了朵芍藥，另起話頭道：「方才四妹妹說，若我有需，盡可直言。其實，我確有所需。四妹妹婚期雖未擬定，可想來應是不遠。同在侯府，依著祖宗規矩，我與三妹妹合該先妳發嫁，所以這議親一事，必然是要提上日程的。只望四妹妹能在夫人面前多替我美言幾句，讓夫人為我擇一位如意郎君才好。」

這話的意思，就是表明自己無意高門妾了。

「這是自然，表姐才貌雙全，便是不說，也定能覓得如意郎君。」

沈畫謙虛：「總歸是不及四妹妹。」

上元那時宮中設宴廣邀女眷，著意為定北王殿下選妃，沈畫確實想過自己可能中側妃之選。可那時她對上京這些個王爵世家瞭解甚少，也對自己自視過高。

靖安侯府之顯之貴都不過堪堪落座殿門，宮門外那遙不見影的列席位次，和著凜冽冷風，好似沒有盡頭。再加宮宴之上，那位定北王殿下連玉貴妃親妹、承恩侯嫡女都半分不給面子。自出了那扇宮門，她就打消了一眾妄念，重新考慮起自個兒的親事。

只是如今這等尊榮落到她這位四妹妹身上，瞧著，她這四妹妹並不是十分歡喜。

「定北王殿下英朗不凡，實乃良配。怎麼，四妹妹似乎有心事？」

「英朗不凡？」明檀很會抓重點，「表姐如何知曉他英朗不凡？」

沈畫一頓：「我哥略提過一次，說定北王殿下用兵如神，英朗不凡。」

這不就是對將帥之才的尋常誇讚，有何知不知曉，不對，她這四妹妹……似乎尤為在意「英朗」二字。

沈畫彷彿明白了什麼，忽而掩帕笑道：「我哥既誇英朗而非英勇，想來定北王殿下不說俊朗，也至少是相貌端正的。其實尋常人家定親之前相看乃是常事，可四妹妹是陛下親賜皇婚，自然無此安排，不過四妹妹私下相看一番，也無不可。」

「定北王殿下行蹤難測，豈是能隨意私下相看的。」

這倒是。

沈畫想了想：「四妹妹若信得過我，我倒有法子讓妳私下相看一回。」

她哥沒什麼心眼，從他口中套個行蹤，比採花釀酒還要省力幾分。且明檀這樁婚事順利，於她而言那是有百利而無一害，自是要幫的。

三日後，午時，沈畫備好一籃午膳，領著兩個小丫頭去了京畿大營。

到了大營外，守營士兵相攔，沈畫柔柔福了一禮，出示沈玉給的權杖，說是沈小將軍親妹，天熱，她特來送清淡午膳給自家哥哥，守營士兵紅著耳朵揉了揉鼻頭，十分乾脆地放她進去了。

入了營，她身後始終埋首的兩個小丫頭，悄咪咪地抬起腦袋。映入眼簾的，正是明檀與來湊熱鬧的白敏敏兩張小臉。

三人行至僻靜處，沈畫交代道：「妳們在外頭先等一等，我去給我哥送膳，再想法子讓他同意將多帶的荷葉粥拿去送給定北王殿下。」

沈畫對沈玉可以說是瞭若指掌，就明檀被賜婚定北王一事，沈玉至今仍難以接受。可同時他對定北王十分尊敬，一時之間矛盾糾結，難過心坎。想來粥他是願意分的，但絕不會願意自個兒親自去送，如此一來，她引個話頭的功夫，便能讓沈玉同意隨意指個士兵，帶她的丫鬟去送粥了。

事情進展得十分順利，不過半刻，沈畫便出了帳，對著守在帳外的明檀與白敏敏吩咐道：「妳們兩個，跟著這位小軍爺去王爺營帳，送荷葉粥。」

兩人齊齊福身應是。

待到了定北王的營帳前，守帳士兵卻沒那麼好說話了，他上下掃視兩人一眼，粗嗓道：「二位姑娘將粥交予我便好。」

那怎麼行！

眼見那士兵就要來接食盒，明檀急中生智，一本正經地胡謅道：「軍爺有所不知，這荷葉粥是浸在冰鑑之中保持冰涼的，府中冰鑑都是特製，極為精巧，軍爺怕是不會開，弄灑了可是不美。」

哦，這是嫌棄他們五大三粗的會把她們那什麼……冰……冰鑑弄壞了？

不過確實不知這是什麼東西，這些富貴人家吃點東西可真精細。

他悻悻地退開半步，撩開帳布：「那一位姑娘進去便好，送完還請姑娘趕緊出來，不要打擾王爺處理公務。」

明檀與白敏敏對視一眼，白敏敏不斷朝她示意進去。

其實與白敏敏一起倒沒那麼緊張，只她一人，實在是……

可來都來了，也沒有讓白敏敏進去代她相看的道理，且白敏敏那眼光，上至舒二公子她覺得俊美，下至她爹她也覺得極有威勢。

想到這，明檀福了福身：「多謝軍爺通融。」

入了營帳，明檀只覺寂靜非常。

親王營帳從外來看便要比其他將領的寬大不少，內裡布置得十分舒適，她模模糊糊瞥見軍事沙盤前立了道黑色身影，頓時心跳如擂，不敢多望，隻眼觀鼻鼻觀心地行至桌案前，遠遠控制著嗓音如常，福禮道：「王爺，沈小將軍派奴婢來送粥給您，荷葉粥還冰著，正是清淡解暑。」

江緒：「……」

這聲音。

過了約有小半盞茶的功夫，立在沙盤前的那道身影未動分毫，更未應聲。

明檀心裡七上八下的，提著食盒的手輕微發抖，她眼睫撲搧，一點點，一點點地往上抬起。

及至視線的，是先前瞥見的那道黑色身影，清雋挺拔，身量頎長，瞧著比舒二和沈玉還要略高半寸。

竟不是五大三粗的莽漢。

明檀極快地收回目光，見他並未有應聲打算，只好放緩動作，將瓷碗放置在桌案之上，極慢地倒著荷葉粥，想著能不能拖延時間，拖到他主動回頭好讓她看清相貌。與此同時，她忍不住抬眼，小心偷瞄著那道背影。

可那道背影就像是存了心般，一動未動，毫無轉身跡象。

明檀現下是個小婢女，不可能無端搭話，萬一因多嘴被拖出去受罰，那可真是沒地兒說理。

磨蹭半晌，眼見粥就要倒完了，她心下不甘，偷瞄背影愈發頻繁。

忽然，那道背影一動，似有回身跡象，明檀驚得粥差點灑開來，慌裡慌張地斂回目光，做賊心虛般低低埋著腦袋。

來人步子極緩。

從沙盤至桌案不過三四丈的距離，她卻感覺又過了大半盞茶，繡有暗紋的衣擺、靴履才緩緩走至近前，落入她眼底。

江緒立在桌案前，不經意般掃了案邊垂首侍立的小婢女一眼，撩開下擺落座，舀著荷葉粥，嚐了一口。

行軍之人的手自然細膩不到哪兒去，他掌上生繭，指腹粗糲，手背上還有近日練劍不慎刮出的新傷，不過他的手型極為好看，掌寬，指節瘦長，指骨分明。

明檀看著，一顆心提到了嗓子眼，比先前更緩慢、更細微地抬起了眼睫。

映入眼簾的，先是交疊的外衣領口，而後是脖頸、喉結、下巴、唇、鼻、眉眼——

那是一張輪廓分明，極為俊美的面龐。

劍眉星目，鼻挺唇薄。

如遠山寒月，凜不可犯。

與她從前見過的從戎之人不一樣，論姿容氣度，比之名動上京的舒二公子毫不遜色，甚至多了種……沉金冷玉般的矜貴之感。

明檀怔住了。

這就是定北王殿下麼。

是……是不是搞錯了。

念頭方一閃而過，便有人撩簾入帳，為她解惑。

「王爺，宮中傳信。」

來人單膝叩地參稟，話頭特地停了一瞬，餘光瞥見前頭那不懂事的小婢女竟無迴避之意，且王爺好像也沒揮退的意思，來人有些遲疑。

江緒抬眼，睥睨疏淡道：「說。」

「是。」來人垂首拱手，繼續道：「宮中傳信，王爺所書《勵軍束伍論》，聖上著意命翰林院謄抄，並與王爺先前所書數篇兵法論則整理成冊，不知王爺有何示意？」

「謹遵聖意即可。」

「是，那……屬下告退。」

來人又掃了小婢女一眼。

然小婢女滿腦子都在想：還會寫文章？

雖是與行軍打仗有關的兵法，但能自行成論便是有自個兒獨到的見解。領兵打仗之將帥，對兵法有點自個兒的見解實屬正常，可不是所有將帥都能將自個兒的見解好生表述出來。

就像她爹與她舅舅，她爹追文賞雅還勉強能說出個一二三四，可她舅舅空有一身本領，每回一開口就是大白話，莫說論著了，把想法說清楚都不容易，所以她這未來夫君還挺——

「妳還在這幹什麼？」

明檀正想得入神，忽而有道聲音打斷她，與浸在冰鑑中的荷葉粥般，帶著消暑的涼意。

她打了個激靈，慌亂間囫圇與那道平靜視線對了一瞬，忙垂下來，軟聲告了個罪：

「王爺恕罪，奴婢這便走。」

她不甚熟練地收拾著空碗與食盒，匆匆福禮告退。回身往外時，步子比平日要快上不少。

江緒掃了她嬌小薄瘦的背影一眼，垂眸理事，瞧不出什麼多餘情緒。

「怎麼樣怎麼樣？」出了營帳，離遠了些，白敏敏忙小聲追問。

明檀抿唇不言，一張小臉緊張得泛著白。

待與沈畫會了面，一道出了京畿大營，白敏敏已是急到不行，圍著明檀團團轉道：「我的小祖宗，妳倒是說呀！到底發生什麼事？妳怎的嚇呆了？」

晌午正是天熱，明檀嗓子都些發乾，她緩了緩緊張情緒，艱難咽了下口水，出言道：「確……確實極有威勢。」

「……」

完了，還真和野豕似的。

白敏敏腦袋嗡了幾息，眼前似是閃過一頃白光，站太陽底下，人暈乎得晃了晃。

好半晌，她回過神，按住明檀肩膀，自己心裡都沒什麼底地安慰道：「莫慌、莫慌！我來想想辦法。」

白敏敏在想主意上素來算不上十分靠譜，這會兒腦海中滿是從前看過的那些才子佳人的話本，那些話本中，倒不乏千金小姐與窮書生想方設法夜奔逃婚之事。

她靈光一閃，忙道：「有了，不若回去稟了我父親，就說定北王殿下形容醜陋十分粗鄙，妳委實不願嫁，我與妳一道磨著我父親，讓他為妳周全，到時再安排一場不慎失足，溺死出殯即可！只不過如此一來，阿檀妳怕是無法再留在上京了，以後妳便隱姓埋名，去江南富庶之地，父親定會為妳尋一戶好人家，保妳此生富貴無憂。」

說到此處，白敏敏眼中淚光盈動起來：「雖然以後再難相見，但這也是為了妳的終身大事著想，我與婉婉在京城，一定會時時想念妳的。」

「相貌當真，粗鄙至此……了嗎？」

沈畫猶疑。

「那必然是粗鄙不堪，形容野豕——」

明檀一直走神回想著那人的樣貌神情，聽得沈畫所言「相貌」二字才反應過來，想都沒想便擲地有聲地反駁道：「誰說他粗鄙了？誰說我不願嫁了？定北王妃之位一定必須即便死都是本小姐的！」

「……」

白敏敏與沈畫被她駁得怔了一瞬，不由得對視一眼。

明檀懶得解釋：「快隨我去趟周府。」

白敏敏：「去……去找婉婉？就穿成這樣去？」

明檀上下掃了自己一眼，差點忘了，現在還是丫鬟打扮，且姑娘家家白日在外招搖到底不好。

也罷，是她太心急了。

想到這，明檀改了主意。先是依原路回了府，另寫了封信，著人送去給周靜婉。

一直等到日暮時分，周靜婉終於派了小丫頭上門，送來幾頁最新謄抄的《勵軍束伍論》，並附上其父的一句點評：「言之有物，新而非虛。」

周伯父乃翰林學士，儲相之才，才華橫溢又極為清高，能如此評價，那必然是寫得極好的意思了。

明檀晚膳都沒用，便迫不及待先看起這則兵論。

排兵布陣她不大懂，但至少能看懂在寫什麼。端看其論，邏輯縝密清晰，行文簡潔不失犀利，直扼要處字字珠璣，很有幾分松竹泠泠的韻味。

看完，明檀的目光仍落紙上，不捨流連。及至頁末，她發現周靜婉附了張紙箋，上書：「父言，新科取士，聖上所出金殿對策論兵之題，源自定北王殿下。」

……都能給舉子們出題了？

那自是才華可超一甲的呀！

明檀心中喜意悄然蔓開，托腮看著紙上所言，唇角更是不自覺地往上揚起。

她的未來夫婿，身分貴重，相貌俊朗，氣度不凡，竟還這般有才！

「小姐，您在笑什麼呀？」綠萼與素心一道布著膳，有些好奇地問道。

明檀不答，愉悅道：「將銅鏡取來。」

這時辰要銅鏡作甚，綠萼一腦袋霧水，但還是淨了淨手，去內室取來面小銅鏡。

明檀接過鏡子，左照照右照照，發覺這幾日倒是清減了幾分，不過清減些也好，夏日衣衫薄，如此便平添幾分弱柳扶風之柔婉，甚好。

其實午時去京畿大營前，她思慮得極為周全。一來為避免日後被王爺認出，二來怕營中士兵見她太美，以為她這小丫頭存心想勾引王爺不讓她進帳，遂特地扮了番醜。

當然，她能接受的扮醜極致不過是抹些偏黃的粉，讓自己看起來不那麼白皙罷了。回府她便重新梳洗了番，此刻鏡中清晰映出她的煙眉星眸，冰肌雪貌。

美人容色嬌致楚楚，與她未來夫君正是極為相配。

明檀滿意了。

綠萼與素心暗自犯著嘀咕，原先不過早晚梳洗照上一照，現下用膳也要照了？那往後是不是該在膳桌上也擺上一面小銅鏡？

明檀又道：「素心，明日妳去帳房支些銀錢……罷了，是我許的願，理當用我的私房才對。」

她換了隻手托腮，繼續吩咐道：「便從母親留給我的嫁妝銀子裡拿，給靈渺寺添上千兩香油錢，然後再問問住持師父，給那日我領妳去叩拜過的寶殿佛祖重塑金身需多少銀錢，就說，妳家小姐在此發過願，若如願以償，必為佛祖重塑金身，還請住持切勿推辭。」

「千……千兩？」

「少了？」

明檀依稀聽裴氏提過，若不留齋，尋常去寺中祈福添個五十兩即可，留齋歇腳也多是百來兩。可她心願得遂，千兩確實算不得多。

「那不然再添千兩？」

素心委婉道：「小姐，並非少了，千兩已是心意極足。」

雖說先夫人留下的嫁妝很是豐厚，小姐出嫁之時，侯府與昌國公府定會再備嫁妝，可她家小姐是個手鬆的，偌大個定北王府，還不知是何境況，到時若都需她家小姐操持，怎麼也該留些銀錢以備不時之需才是。

只不過她家小姐眼下顯然沒想那麼深遠，交代了還願事宜，又忽然來了興致，讓綠萼備上筆墨，說要作畫。

素心綠萼齊勸：天色漸晚，作畫傷眼，不若等明日去園中再作。好說歹說勸了下來，沒承想明檀還時時記著作畫一事，次日一早便梳妝打扮催著去了東花園。

接連幾日，明檀在府中又是作畫又是寫詩，時常感嘆些什麼，畫中姿容不及他真人萬分之一，作的詩更是庸常不匹，無半句滿意。

素心和綠萼起先不知自家小姐在瘋魔什麼，綠萼想問，素心又攔著不讓問。到底是明檀自個兒忍不住，主動和她們說起了偷偷相看一事。

明檀說時，那些兵論她們半句都沒記住，誇讚未來姑爺姿容的繁複辭藻也沒記住，但這麼日也念叨，夜也念叨，兩人倒是曉得了，未來姑爺的容貌氣度，是俊到了自家小姐的心坎上。

第五章　恨嫁

入夏多雨，連著晴了幾日，夜裡忽作悶雷，次日一醒便是傾盆大雨。明檀本是邀了周靜婉與沈畫一道去東花園作畫，可今兒這天顯然不行。

明檀在屋裡悶得慌，思及她爹爹今日休沐，見外頭雨勢漸小，便吩咐素心準備了份杏仁酪，撐傘去書房，給她爹請安。

明檀頗善話術，只委婉將話頭往她未來夫婿身上引了引，明亭遠便極有興致，大談起定北王殿下的豐功偉績。

說起淳興六年秋獵，當時還是太子的聖上林中遇襲，遭數名死士圍殺，千鈞一髮之際，定北王孤身一人殺進包圍圈，身受重傷卻以一己之力周全護下聖上，並施手段從留下的死士活口中，找出圍襲凶手——

明檀捧臉讚嘆道：「有情有義，難怪聖上如此信重於他！」

再說起前兩年戶部侍郎貪墨軍餉，他自戰場僥生而歸，一人殺進侍郎府取其項上人頭，鮮血濺開兩丈之遠，且不受絕色雙姝所惑，親自審理論罪，監斬戶部侍郎滿門——

明檀眸中發光，附和道：「委實極有血性！」

一下午，明亭遠說得十分開懷，明檀聽得十分盡興。

小小姐與侯爺父女相談甚歡的消息悄然傳至府中，明楚氣得跺腳，拂下桌上茶盞；裴氏則是深感欣慰，笑舀著養顏湯；只有沈畫覺出了明檀目的，輕輕打著扇，但笑不語。

因著相聊甚久，明亭遠口乾舌燥，飲了四五碗茶，如廁都如了兩趟。待到說完，他長舒口氣，嗓子有些啞。

明檀乖巧地為他添著茶，又吩咐屋外候著的丫頭拿些潤喉梨湯進來。

吩咐完，她才似不經意般提了聲：「對了爹爹，先前陛下賜婚的聖旨女兒收著，卻總覺不妥怕丟，夜裡都睡不安生，女兒想著，還是該送來由爹爹保管為好。」

明亭遠：「給妳的聖旨，當然是由妳收著。」

明檀掩唇，矜持細聲道：「如此，女兒怕是要擔驚受怕到成婚之日了，就是……不知禮部擬的吉日到底是何時？」

吉日一事，可算是問倒了明亭遠，他茫然不知，未得半分訊息。

其實成康帝賜婚過後，禮部便為定北王府與靖安侯府這樁婚事前後忙活。

皇族宗室成婚本就極為繁瑣，上頭若不重視，其中囫圇些趕趕時日倒也無妨，可上頭發了話，必須按親王婚儀的最高規格操辦，便是略微逾越些也無不可，那這其中要講究的東西可就多了去了。

欽天監擬來吉日，禮部的老頭子們爭辯半晌，不是覺著日子不夠吉，便是覺著時間倉促，難以在婚期前走完所有流程。

還有的考慮深遠，都想到了西北邊陲正值政權交替，一個不好生起動亂，那定北王殿下會否前往平亂？若前往平亂，是得在此之前成婚，還是得等平亂回京再行成婚？

諸多思量在前，欽天監只得重擬吉日，禮部也是各尋祖制，一點點敲定著聖上金口御言的最高規格。

雖暫未定下日程，可禮部那邊的意思，走完這些個結親禮序，怎麼著也得明年了。

得此消息，明檀只覺，婚期未免太過長遠！

於明檀而言，這婚期確實還很長遠。

可於明楚沈畫而言，卻有些緊張。

時下高門女子笄禮過後，留上一年兩載不算稀奇，然在此之前，基本都已有中意的夫婿人選。

明楚與沈畫早至議親之齡，一個先前在邊地無人可供相看，一個圖著侯府教養的名聲還有哥哥升遷，此前都未著意選夫。

現下明檀這後頭的妹妹被賜了婚，兩人原本就該提上議程的婚事變得著緊起來。裴氏素來注重聲名，甭管心底在不在意，反正明面上，還是對二人婚事表現得十分盡心的。

她成日帶著兩人出門，參加各種賞花品茶、長輩壽宴，將京中門第相當又正是成家之齡的人家都探了個遍。

沈畫在這些個相當門戶裡極受歡迎，她出身弱了些，但也是家中嫡女，模樣好，教養好，胞兄又十分爭氣，晉升之路可圖可期，近些時日，上門提親者眾。

至於明楚，回回出門都拉著張臉，本就只是個庶女，在沈畫對比之下，行止實無可誇之處。

但她到底是靖安侯府的正經小姐，還有陪戍邊關，受靖安侯寵愛這宗好處，再加之模樣十分齊整，也有不少圖著靖安侯府之勢上門提親的。

只不過明楚心氣高，對這些個上門提親的哪哪兒都看不上。

「榮平伯府二房公子，為娘瞧著尚可。榮平伯府二房只有他一根獨苗，那將來便是要頂門戶的，且今科薄取了三分功名，無需靠祖宗蔭蔽，想來有幾分才學。」柳姨娘溫聲分說道。

「可什麼可，不過就是個沒落伯府，人家大房在那兒頂著呢，老伯爺過世這爵位就和二房沒有半分干係，有什麼門戶可供他頂的，且考了兩科也不過是二甲開外，又算有什麼才學。」

「妳嫌榮平伯府門第低了？」柳姨娘想了想，又道：「那奉春侯府六公子呢？六公子——」

「一個庶子，我再嫁給他那不就是庶到一塊去了！都是什麼人家，憑他們也配！」

柳姨娘：「……」

她放下手中名帖，默了半晌，忽而靜道：「楚楚，妳若是要同明檀比，那是無論如何也比不上了。聖上親賜的定北王府，不是一般女兒家能攀上的。」

「我知道，不過就因為她是嫡女我是庶女，可我哪點比她差了！」明楚心中有數，但仍是不甘，語氣忿忿。

她至今仍沉浸在當初外任陽西路時，自己是帥司掌上明珠的無限風光之中。

儘管那日在平國公府，沈畫的那番話已讓她從自滿情緒裡稍稍脫離出些，近些時日有所收斂。然心中認定之理，又豈是一朝一夕就能改變。

柳姨娘聞言沉默。

過了半晌，她才道：「妳自然不比明檀差，總歸，都是娘的不是。」說到此處，她黯然了些，「都是娘的不是，才讓妳嫁不上明檀那樣的好人家，甚至連一個遠房表親相看的人家都比不上。」

「娘，」明楚急喊，「我不是這個意思，不是怪您！」

柳姨娘仍垂著眼，不作聲。

「明檀那賤人倒也罷了，我如何連沈畫那賤人都比不上，娘您胡說什麼呢！」明楚壓根就沒將沈畫放在眼裡，更不懂她娘為何說她連沈畫都比不上。

柳姨娘輕聲道：「妳可知，國子監李司業家的二公子，向風荷院那位提親了？」

明楚疑惑：「李司業？」

「司業雖不過六品，協祭酒之能，可李家是清貴之家，他家大公子娶的是翰林學士周家——也就是明檀交好的那位周家小姐的親姐姐。」

「我朝翰林學士素來為儲相之職，有其幫襯，再加上如今在任的這位國子監祭酒年事已高，將要告老，李司業升遷自是指日可待。」

「且聽聞二公子本人勤敏好學，斯文儒雅，人品十分貴重。風荷院那位對這門婚事頗為滿意，夫人不日，便要安排他們相看一番了。」

這樣說來，的確還算是不錯的人家，比空有名頭並無實職的榮平伯府和奉春候府要強上不少。

可憑什麼這樣的人家要向沈畫那賤人提親，不過就是慣會裝些柔弱有禮的模樣討家中長輩歡心罷了！

自回府那日結仇，明楚在府中就沒少碰沈畫的軟釘子，現下聽到沈畫滿意，便愈發覺得不能讓她如願。

柳姨娘又適時補了一句：「妳若是能尋得李司業這樣的人家，為娘也就心安了。」有明檀的定北王府在前，明楚對什麼六品司業之家沒多看得上，但她自覺配個這樣的人家是綽綽有餘的。當然，最要緊的是，她不能讓沈畫的婚事這般順遂。

思及這兩日裴氏確實說過，如果提親的人家裡有中意的，可為兩人安排相看一番，明楚不知想到什麼，忽而計上心頭。

見明楚敷衍了句「娘您不必憂心」便匆匆往院外快走，柳姨娘靜了靜，慢條斯理地端起茶盞，抿了一口。

旁邊伺候的婆子輕嘆口氣，緩聲道：「為著三小姐打算婚事，您也是用心良苦了。」

「我不為她打算，又有誰會真正為她打算。」柳姨娘淡淡撇著茶沫，望了遠處的垂花門一眼。

其實那些榮平伯府、奉春侯府她打聽過了，都是花架子，明楚看不上，她亦看不上。

可明楚被她嬌著寵著養大，如今太過好高騖遠，一心想和明檀比。這大顯朝找不出第二家定北王府，找出了，人家也絕無可能娶其為妻。

她必須讓明楚認清這事實，在此之上，再讓明楚心甘情願地，爭一門能力範圍之內的上佳婚事。

沈畫那邊中意的李司業家她覺著十分不錯，前景可期，家中也都是些軟和人，能容得下明楚這嬌蠻性子。

至於如何爭，她自有幾分成算，只是最要緊的是，明楚需得自個兒願意。

今日若不激上一激，明楚又怎會願意呢。

立了夏，日頭愈發毒辣。一大清早，靖安侯府各院便忙忙碌碌，為著出行一事打點起來。

今日裴氏欲攜府中三位姑娘去大相國寺進香，明面上是進香，暗地裡卻是為明楚沈畫安排與說親男方相看。

原本裴氏只為沈畫安排與李司業家二公子相看，誰知那日明楚忽然跑來說，自己覺著奉春侯府六公子不錯，不若一併安排相看，裴氏想著也好，便一同邀了約。

明檀原本是不願去的，她們相她們的親，她都是定了親的人了，湊什麼熱鬧。

可誰成想昨夜臨睡前，沈畫突然托丫鬟過來傳信，說她哥去京畿大營值夜前，無意中透露了句，明日定北王殿下會去大相國寺。

明檀一聽，整個人都精神了，從床上坐了起來，立即著人去告訴裴氏，自個兒明日也要去大相國寺進香，還連夜遣人去昌國公府和周府傳信，邀白敏敏與周靜婉一同前往。

做完這些，她坐回妝奩前，細細敷了養顏玉露，挑了大半個時辰的衣裳頭面。

以至於次日出門之前，明楚狐疑地打量著她，心想：莫不是明檀這賤人見不得她和沈畫好，刻意打扮一番，想讓那兩家的夫人公子眼裡只能看見她？定了親的人竟如此招搖，簡直就是不知羞恥！

大相國寺不比靈渺寺幽僻冷清，占地極廣，香火極盛，香客往來，日日絡繹不絕，所以京中各府女眷在此偶遇，實在是尋常不過。

這不，在寺外，靖安侯府一行便與白敏敏、周靜婉相遇。

明檀與她二人交好，今日本沒她什麼事，自是順理成章地和她們一塊結伴了。

一道往寺裡走，待到岔路口與裴氏她們分開，明檀才小聲問：「婉婉，琴可帶來了？」

「小小姐吩咐，豈敢不從。」周靜婉輕聲揶揄著明檀，朝身後丫鬟示意。

丫鬟福了一禮，忙去外頭馬車上取琴。

明檀極擅琴藝，收藏不少好琴，可今日同家中幾人一道出府，委實不便帶出，只好昨夜傳話給周靜婉托她帶上一把。

三人一路行往寺中後山休歇之地。

若無急事，有些身分的人家，來大相國寺進香都會留用午齋，歇歇腳，到後山賞賞景。

明檀雖不知她那未來夫君來寺裡頭辦什麼要緊之事，又要到什麼時辰才會來，但料想也脫不開後山之地，若是有緣，說不定能碰上一面。

尋得一處花亭，三人喝了盞清茶，說笑會兒。待丫頭取琴過來，明檀素手焚香，彈奏一曲。

周靜婉是風雅之人，於琴藝頗有幾分見解，聽罷，她莞爾一笑，別有深意道：「阿檀琴藝愈發精進，今日這曲，是有備而來了。」

白敏敏對此無甚研究，但明檀方才彈的這曲不是什麼偏冷之曲，她少說也聽過十來八遍了，是極熟悉的。

聽周靜婉誇了一番，她心裡頭有些困惑，是這樣嗎？

原本她不打算說，省得說錯了被兩人嘲笑，可她實在是憋不住，欲言又止半晌，還是問了出口：「為什麼我聽著最末一段，好像錯了個音？」

明檀與周靜婉對視一眼，托著腮，勾著指，示意白敏敏靠近。

待白敏敏靠近，她有幾分神祕地，一字一句道：「妳懂什麼，這便叫做，曲有誤，江郎顧！」

不遠處，舒景然和章懷玉皆是恍然大悟；原本聽到發睏的陸停也醒了瞌睡；聞得此言的江郎，倒真是應言，顧了一眼。

有風拂過，後山竹林被吹得簌簌作響，間或有陣陣松濤作和。

明檀話落，亭中三人靜默一瞬，忽而對視，笑作一團，風吹揚著笑聲，滿是少女嬌脆。

「妳可真不害臊！也不知道先前是誰一口一個『莽夫』地喊著，如今見人長得俊，半分矜持都不要了，上趕著來偶遇便罷，還『曲有誤江郎顧』呢，虧妳想得出來！」白敏敏損她。四下無人，又有丫鬟在附近守著，明檀倒不怕承認：「正所謂『窈窕淑女君子好逑』，那豐神俊朗的君子，淑女如何就不能心悅了？」

「婉婉，妳瞧她這德性！說人俊朗就說人俊朗，平白夾著話誇自個兒是什麼淑女，不害臊！」

明檀下巴微抬，索性便要坐實了這不害臊。她雙手覆於琴上，和著松竹之聲，又奏了曲〈暮春竹語〉。

她彈琴時向來專注用心，既師承名家，技巧高超自不必說，難得的是不為技巧所困，琴音流暢，靈動含情。只在尾段，她故技重施，又故意撥錯個音。

一曲畢，明檀甚為滿意，嘀嘀咕咕地和周靜婉討論著還有哪些應景之曲，方才那般錯撥會否太過刻意。

然她不曉，她的那位江郎甚為給面子，早在她錯音時，已再顧了一眼。

江緒一行今日來大相國寺，其實是來探望在寺中修行的了悟法師。

了悟乃前朝大儒，淳興年間曾官拜宰輔，位極人臣。時年講學，桃李滿天下，也是江緒幾人的老師。於先帝葬皇陵後，了悟便遁入空門，不問世事，只每年生辰相見外客。

今日便是他的生辰，幾人特來見他。不想見完方出，便於後山聞此琴音。

聽罷，幾人本想靜靜離開，不作打擾。誰曾想章懷玉剛邁出步子，踩上半截枯枝，枝節已脆，輕輕一踩便踩得斷碎。

「誰！」綠萼下意識喊了聲。

四人：「……」

白敏敏與周靜婉帶來的丫鬟提著裙擺忙往前尋，護衛隨即跟上。

章懷玉尷尬地頓在原地，下意識看向江緒。

還是舒景然先反應過來，遠遠拱手，抱歉道：「某與好友方經後山，聞琴音嫋嫋，便駐足聆樂片刻，本不欲打擾幾位小姐雅興，不料還是驚動，實乃某之罪過。」

幾個丫頭頓住了，咦，這不是……舒二公子嗎？她們陪自家小姐去看打馬遊街時遠遠瞧過的。公子如玉，豐神俊朗，真真是過目難忘。

明檀三人聞聲，從亭中走了出來。

見為首行禮的是舒景然，白敏敏的眼睛瞬間亮了。

「舒二公子！」

白敏敏步子快，周靜婉略慢一些，跟在後頭，極為規矩地見了禮。明檀本也要同她一起見禮，可當她掃到舒二身側，著一身松青錦紋常服，眼如點漆的男子時，整個人僵住了。

白敏敏未有所覺，有些興奮地和舒景然套著近乎：「舒二公子今日也是同好友一道前來燒香？」

她看了看其他幾人，猜道：「久聞舒二公子與章世子、陸殿帥交好，想來這位便是平國公府的章世子，這位便是陸殿帥吧？那這位是——」

白敏敏認出章懷玉和陸停時，舒景然含著淺笑在一旁微微點頭，可當她疑惑地看向江緒時，舒景然頓了頓，不甚自然地輕咳了聲。

舒景然不介紹，章懷玉便也事不關己地站在一旁，搖著摺扇，一臉看好戲的表情。陸停本就漠不關心更無意參與，執劍之手負於身後，只是目光不經意間在周靜婉身上停了幾息。

明檀拉了拉白敏敏讓她不要再問，可白敏敏沒會意，還有些莫名，回過頭又對著江緒好一頓誇。

明檀聽得耳朵都燒起來了，心裡邊忐忑想著：他怎麼會和舒二他們一起，什麼時候來的，方才那些話他該不會聽到了吧？

轉瞬不自覺地比著：許久不見，她這未來夫君今日穿著這身松青常服，立於後山青翠竹林間，凜意稍減，更添了些如山朗朗、松風入水的清雋之意，好像又俊朗了幾分呢。

白敏敏見誇了半晌都無人向她介紹，且這人自個兒也不介紹，終於覺出不對來。

四下寂靜。

和著沙沙竹聲，江緒沉眸，終於開口：「某，江緒。」

白敏敏：「……」

周靜婉：「……」

兩人唰唰看向明檀！

明檀已在白敏敏誇得天花亂墜的短暫時間裡調整好心情，並打定主意，不管方才的話有沒有被他們聽到，都要裝傻充愣當做無事發生。

她作出一副從未見過江緒的樣子，茫然驚怔半刻，極快回過神，溫婉端方地福了一禮：「阿檀見過定北王殿下，殿下萬福金安。」

章懷玉憋笑憋得快要瘋了，舒景然也忍得有些辛苦。

兩人心想：這位明家小小姐委實不是尋常女子，演技超群鎮定自若，他日入定北王府，對上江緒這塊冷石，想來時時不缺好戲。

其實先前在平國公府，忽聞聖上賜婚，舒景然比明檀更為驚訝。

詩會中途散場，他便尋去了京畿大營，問江緒為何會有如此旨意。

江緒當時在寫奏疏，眼都沒抬便堵了他一句：「難道不是你說，本王來娶，未嘗不可。」

舒景然語塞，心中本就因此感到不安，靜了半晌才道：「我只是覺得，你若非真心想娶，便不要誤了人家小姐一生。且你若是因我之言才臨起此意，豈不是我的罪過？」

先前便罷，可詩會一見，他覺得明家四小姐是位極有趣的女子，若淪為朝堂暗爭之間一枚隨時可棄的棋子，不免有些可惜。

「何謂真心？」江緒聲音淡淡，直切要害，「你不願娶，本王也不娶，你覺得她又會有什麼樣的一生。」

舒景然想說些什麼，可話到嘴邊，又咽了回去。

承恩侯府倒臺後，玉貴妃被囚冷宮任人欺凌，昔日張揚到能在金殿之上對江緒直言傾慕的顧九柔，被懦弱兄長主動送進死對頭的府中以求自保。

這些世家女子是養在深宅裡的嬌花，生於高門，便命不由人，榮損俱與家族脫不開干係。

繁盛時，她們花團錦簇鮮豔奪目，可若無鼎盛權勢滋養，她們連偏安一隅都做不到，只會被暴雨摧折踐踏，零落成泥。

江緒又道：「真心價值幾何？她於本王有恩，本王保她一生無虞便是。」

「等等，有恩？」

舒景然從悵惘中回過神。

江緒卻下了逐客令：「來人，送客。」

當日江緒說到「有恩」便命人送他出營，他極為好奇，可始終沒能從江緒口中問出前因後果。

不過江緒既承諾保其一生無虞，那嫁入定北王府，也許還真是這位明家小小姐最好的歸宿。

且今日所見，這位明家小小姐似乎對未來夫君極為中意——

想到此處，舒景然忍不住笑了下，和章懷玉一般，戲謔地望向江緒。

明檀行禮後便一直屈膝未起，江緒默了半晌，才道：「不必多禮。」

明檀緩緩站直，依舊垂首，還特地露出半截白皙細膩的脖頸，連對著江緒的角度，也力求最顯完美。

白敏敏和周靜婉哪還有什麼不明白的，默默退了小半步，不敢打擾小小姐開屏。

可章懷玉這死沒眼力見的，憋笑憋得不夠敬業便罷，還忍不住插嘴說了句：「以後都是一家人，當然不必多禮！」

聞言，明檀的眼睫又低了低，脖頸染上一片緋紅。

正當明檀想著，該如何同她這未來夫君順理成章多說幾句之時，不遠處傳來明楚趾高氣昂的熟悉嗓聲：「表姐，我倒真是小瞧妳了，果真是會咬人的狗不叫啊。」

「會咬人的狗叫不叫我不知道，瘋犬亂吠倒時時入耳。」沈畫的聲音一如既往十分柔婉，還透著些慢條斯理的從容。

「妳！」

兩人往後山這邊走，聲音愈發近了，先前還有些細微斷續，現下卻很清晰。

「別以為妳如願與李司業家的二公子相看了，這樁婚事就必定能成，李司業不過是個六品官，妳到底在得意什麼勁？以後見了明檀不照樣要行叩拜大禮！」

「給王妃行禮自是應當的，就怕有些人連行禮的機會都沒有。」

「誰稀罕這機會！」明楚氣笑了，「不過表姐妳也真是能伸能屈啊，聽說我未回京之前，妳們倆相處得勢同水火的，怎麼，眼見人家要當王妃了，就想巴巴兒湊上去獻殷勤了？」

「別以為我不知道，為了討好明檀，又是從妳哥那套消息，又是帶她去京畿大營偷看王爺的，妳哥都不知道吧？妳對妳哥也真是下得了狠心呢，為了榮華富貴妳什麼事做不出來？」

明檀：「……」

因著事出突然，又太過驚愕，明檀腦子空白了一瞬間。她第一時間忘了阻止，再作反應已是不及。

雖然沈畫沒認，還拿謹言慎行勿要胡亂攀扯之類的大道理堵了回去，但也不知道明楚那張嘴怎麼就那麼能說，沈畫堵一句，她能回十句。

且半分不懂兩人事兩人畢的道理，言語間時刻不忘拉扯上明檀，三兩下就把明檀說成一個人前人後兩副面孔，矯揉造作成天在外招搖的狐狸精。

「……妳以為妳這麼做小伏低她就真拿正眼看妳啊，瞧她今天打扮得那花枝招展的，她又用不著相看，來寺裡頭捯飭給誰看呢？還不就是想吸引妳我相看人家的注意，不想妳我婚事順遂罷了。」

後山很靜，襯得明楚的聲音愈發清晰、聒噪。

明檀腦中嗡嗡作響，自覺今日精心營造的才貌俱佳嫻靜知禮形象，正在未來夫君面前寸寸崩塌。

更要命的是，她那顆平日甚為靈光的小腦袋瓜，此刻竟是連半分挽回形象的主意都想不到。

還是聽到明楚提到奉昭郡主，她才想起那日對付奉昭所用的一招——三十六計，暈為上策！

「阿、阿檀？」

「阿檀妳沒事吧？」

見明檀的身子忽然晃了晃，掩額作暈眩狀，白敏敏和周靜婉忙扶住她。

想著周靜婉身子骨弱，明檀心一橫，腦袋一偏，歪在白敏敏身上，而後死死閉上了眼，打定主意裝暈。

江緒：「……」

章懷玉、舒景然，以及宛若隱身的陸停不約而同抽了抽唇角。

白敏敏驚疑不定，一時不知明檀這是裝暈還是真暈。畢竟像明檀這麼好面子的人，當著未婚夫婿的面被自個兒庶姐揭短，直接氣厥過去也不是沒有可能。

不遠處，聽到這番動靜，明楚那張說個不停的小嘴總算歇了下來。

她快步上前，見前頭亂作一團，明檀歪在白敏敏身上雙眸緊閉，周靜婉及一眾丫鬟在旁邊「阿檀」、「小姐」地焦急喚著，若不是附近站著四名頗為鎮定的陌生男子，她還以為是老天有眼讓這小狐狸精當場猝死了呢。

她樂了，下意識便道：「又裝暈呢。」

裝暈中的明檀：「……」

明楚欲上前看好戲，那名穿松青錦紋長衣的男子忽然開口：「追影。」

一道暗色身影不知從何閃身而出，垂首恭立。

男子又道：「請大夫過來，暑熱之症。」

「什麼暑熱之症，她這啊，分明就是裝暈。」明楚的語氣倒沒先前那麼張揚了，她上下打量著眼前這名穿松青錦紋長衣的男子，雙手背在身後，眼中驚豔之意不掩，「不知閣下是哪位，又為何在此？」

還在裝暈的明檀聽出明楚語氣中的興味，差點直直從白敏敏懷中坐了起來。

失策了。這些日子忙於賜婚一事，沒顧得上收拾明楚這個蠢貨。這個蠢貨也是過得太安逸了些，竟敢看上她！的！男！人！

好在她的男人沒有應聲。

蠢貨又繼續道：「我四妹妹這毛病其實不必勞煩閣下，且她是訂了婚的女子，閣下出手，於其名聲怕是有損，我瞧著——」

明楚說到一半，不知為何，頸間一麻，忽然失聲。

她學過點三腳貓功夫，知道這是被人點了啞穴，一時捂住脖子驚疑地環顧四周，又望了眼眼前男子。不，不可能，她壓根沒有看到這人出手！

不遠處章懷玉見了這幕，搖著摺扇頗為感慨，今日有此待遇的，終於不是他了。

明檀閉著眼，不知道發生了什麼，只知明楚這蠢貨話沒說完，四下忽陷安靜，她有心瞇條縫偷覷，可暈倒的方向不大對。

還是周靜婉觀察仔細，附在她耳邊輕聲說了句：「好像是被妳的未來夫君點了啞穴。」

啞穴？

明檀聞言，下意識捏了下白敏敏的手。

可她閉著眼沒注意，錯捏成丫鬟的手，丫鬟下意識驚喜道：「四小姐好像動了！」

「……」

我沒有。

江緒瞥了她一眼，眼尾往後掃向舒景然。

舒景然忙從看好戲的狀態中回過神來，掩唇輕咳，上前周全道：「既然四小姐受了暑熱，不若去廂房稍事休息，也好等一等大夫。」

周靜婉點頭：「有勞殿下，有勞舒二公子。」

舒景然：「如此，我們也不多打擾了。晌午天熱，若無事，幾位小姐可待日暮再行下山。」

話畢，他們一行很快離開。畢竟若再多留，未來的定北王妃怕是尷尬得再也不願轉醒了。

沒了看戲的人，又沒了明楚的聒噪，這場鬧劇很快迎來收場。明檀緩緩作出轉醒的模樣，從白敏敏身上坐起。

她望著一行人消失的背影，發了會兒怔。半晌，她忽然站了起來，一言不發地回了廂房。

白敏敏和周靜婉見她不大對，忙跟了進去，誰知門一關，明檀就圍著桌子瘋狂轉悠。來回轉了會兒，她坐下，給自己倒了盞茶，一飲而盡，緊接著十分安詳地躺平在榻上，雙手交疊於小腹。

「讓我靜靜。」

白敏敏：「……」

周靜婉：「……」

明檀嘴上說著靜靜，腦中卻一刻不停揣測著未來夫君對她的印象以及會不會回府就收到一旨退婚書。

可聖上金口玉言，必不可能出爾反爾。

對，就是這樣。

既無可能出爾反爾，那留得婚事在就不怕沒柴燒。等成了婚，她夫君一定會發現她是一位貞靜賢淑才貌雙全的絕佳妻子。

可，還是好！丟！人！嗚嗚嗚嗚嗚！

明檀雙手掩面，在榻上翻滾。

她甚至不敢再回想方才的畫面，因為略一回想，窒息之感便不由上湧。

而另一邊，明楚的啞穴時限已到，方才聽周靜婉說「有勞殿下」，她便滿肚子疑惑，等能說話了，拘來個丫鬟一問才知，原來那穿松青錦紋長衣的俊美男人便是明檀的未婚夫婿，定北王殿下！

明楚怔了一瞬，妒意如潮上湧，淹沒了本就不多的理智，她抽出軟鞭反手往樹上重重甩了一道。與此同時，忽然改變了原本打定的主意。

因著明檀半刻不想在大相國寺多待，用了午齋，一行人便預備折返靖安侯府。晌午天熱，大路無甚蔭蔽，車夫向裴氏提議，不若繞小路而行，人少僻靜，十分清幽。

裴氏想著帶了護衛，又青天白日的，不會有什麼危險，遂應聲答應。

來時明檀與裴氏一車，明楚與沈畫一車，可回程明楚卻非要和明檀裴氏擠同輛馬車，擺明了就是不願與沈畫同坐。

她不願與沈畫同坐，沈畫也沒多願與她同坐，裴氏心下知曉，怕是先前相看，這兩人因些小動作正鬧僵著。最後便成了裴氏與明楚一車，沈畫與明檀一車。

在馬車上，沈畫同明檀略講了相看之事——

前頭裴氏替沈畫和明楚安排相看，原是各自安排在放生池邊與祈福樹下，如此便可藉著給池中錦鯉餵食，往樹上拋許願紅繩的機會，光明正大地停留半晌，與男方相看敘話。

柳姨娘在裴氏身邊安了人，早知有此安排，便暗中做了手腳，將兩人帶去相看的地方掉了個個兒。

誰知沈畫早已探得一二，乾脆將計就計。一路跟著引路的婆子去放生池邊見奉春侯府六公子，順便先人一步，遣丫頭去告知李司業家的二公子，相見之地已換。

明楚去祈福樹下撲了個空，後知後覺反應過來，再趕到放生池邊時，兩位公子已被沈畫吸引。

兩位公子雖守著禮不敢逾矩，但各展話頭與沈畫相聊，儼然已見爭風吃醋之意，明楚見狀，自然是氣得要命！

聽了這番因由曲折，明檀的心情倒是好轉了些。

晌午暑氣四溢，好在小路有樹蔭蔽日，風從林中吹來，有幾許清涼。

明檀和沈畫正說著話，馬車外頭忽然傳來驚呼之聲，兩人一頓，撩簾往外望，卻見青天白日竟於林中衝出一群五大三粗的匪徒！

「大膽！你們可知這是哪家的車馬？還要不要命了！」前頭護衛揚著劍鞘喊話道。

匪徒之首抬著下巴，揚了揚手中的刀：「咱們兄弟，只要財，不要命！識趣的都把金銀珠寶給老子交出來！」

靖安侯府的護衛也不是吃素的，什麼亂七八糟的玩意兒都能上來搶東西，他們還護哪門子衛。

打前陣的兩個護衛對了個眼神，不再多言提劍往前衝，後頭的護衛分成兩撥，一撥往前，一撥護在馬車附近，頃刻便廝打開來。

可打著打著護衛發現有些不對，這些匪徒一招一式極有章法，不像是提了刀便往上衝的莽匪，十分難纏。

意思意思過了過招，匪徒之首便比了個手勢，很快，一波匪徒忽然集結向沈畫與明檀所坐的那輛馬車。

這輛馬車周圍的護衛一時難以招架，一柄長刀割開車簾，沈畫與明檀嚇懵了。

然割了簾子的匪徒也有些懵，不是說只擄那位不會功夫的便好，可這倆個姑娘柔柔弱弱的傻坐在裡頭，毫無反抗之力，都不像會功夫的樣子。

他望了身後一眼，無同伴能騰出空幫他辨認。

這兩姑娘齊唰唰地拔了支簪子齊喊：「別過來！」

匪徒：「……」

這倆小姑娘以為自己挺凶呢。

靖安侯府的護衛實在勇猛，情勢緊急拖延不得，匪徒也不管了，挑了個長得更好看的，想著若不是頂頂絕色，那人也不必花上這筆重金，冒這麼大的風險了。他覺著自己的想法十分合理，便一把將明檀提溜了出來。

明檀臉色蒼白，渾身發顫，被提溜出馬車後，舉著簪子要往那人身上扎。

哪想下一息，她就被匪徒扔上了馬，那一簪子下去，直接把馬扎得發狂，前蹄抬起，往上揚，嘶鳴著！

廝打正是焦灼，情勢之變來得突然。

眼瞧著明檀將被發狂的馬摔落在地，千鈞一髮之際，忽而有根習武之人纏於臂上的束帶凌厲而來，直繞其腰，旋即收緊。

一陣天旋地轉，明檀感覺鼻尖盈來極為淺淡的檀木香，眼尾瞥見一抹松青色身影。

下一秒，她便被那根束帶纏拉著往前，落入有些陌生的懷抱。

她下意識攀住什麼，低著頭，只見自腰間鬆開的那根束帶繡有極為繁複，又略有些熟悉的花紋，用的是玄銀絲線，兩指寬——

電光火石間，她忽然想起什麼。

上元夜，落水，束帶。

明檀驚魂未定，好半晌，她咽了咽口水，抬眼對上那雙有些冷淡的眸子，小聲問了句：「夫、夫君，是、是你？」

這聲「夫君」極輕極細，明檀喊出口後便覺著不對，懵了會兒，她紅著臉，不好意思地捏住耳垂，慌慌張張埋下腦袋。

以江緒的身手，本是不用兵器這些匪徒都近不了身，可聽到那聲「夫君」時，他停了半瞬。

就這半瞬，一名匪徒拿著從護衛手中搶來的劍直直刺過來。

劍身映著晌午灼灼烈日，反射出極為刺眼的白光。

江緒未動，眼都沒抬，可劍尖離他不過寸遠距離時，竟被迫停住了——

他兩指並住薄薄劍身，明明看著並未發力，執劍的匪徒卻是使出了吃奶的勁兒往前推刺，劍身小幅抖擺著，突地一折，長劍催斷，江緒推掌，匪徒還沒近身便被震得飛出丈遠，後仰著摔落在地，摔起揚塵！

江緒的隨行暗衛都是一等一的高手。入場解決這些匪徒，加起來還沒用到半盞茶的功夫，彷彿秋風掃落葉，俐落且無情。

江緒掃了留下的活口一眼，吩咐：「帶下去。」

兩名暗衛拱手領命，提溜著人，迅速消失。另有幾名暗衛無需吩咐，開始清理屍首。

情勢變化太快，眾人還沒從驚嚇中回過神，裴氏也受了不小的驚，面色發白，由丫頭扶著，顫顫地從馬車上下來，一手捂著心口。

可當她下了馬車，看到明檀還被江緒摟在懷中，眼前又花了一下，差點沒能站穩。

我的個天爺！這是在幹什麼？

明檀可是被賜了婚的姑娘啊！

「多、多謝閣下出手相救，小女——」

聽到裴氏的聲音，明檀驚得回神，慌忙從江緒懷中退了出來。然束帶雖已半鬆，卻還在腰間纏繞著，她臉紅得聯手指尖都在發燙，解半天沒解開，還越弄越亂。

江緒垂眸，掃了她長而顫的眼睫一眼，將束帶的袖上那端扯了下來。長長的束帶全落到明檀身上，她輕捏著後退半步，垂首福了一禮，輕聲道：「多謝殿下救命之恩。」

殿下？

裴氏忽地定了定神。

早先在大相國寺，她陪著奉春侯府和李司業府上的兩位夫人相聊，進香解簽，聽下頭的丫頭回稟了聲，四小姐一行在後山遇上了定北王殿下……難不成眼前這位，便是他們大顯朝聲名赫赫的戰神，定北王殿下？

她望向明檀。

明檀會意，輕輕點了下頭。

裴氏忙行大禮：「妾身裴氏見過王爺，王爺萬福金安，多謝王爺救命之恩。」

「夫人多禮了。」江緒略略欠身。

是定北王殿下。

這可真是不幸中的萬幸！

裴氏原本提著的心落回原處，不知想到什麼，彎起唇角，小心翼翼地斟酌試探道：「今日這匪徒來得甚為蹊蹺，又頗為凶猛，若無王爺出手，小女恐怕是凶多吉少。閨中女子聲名最為緊要，真是多虧了王爺——」

江緒聽懂了，正眼望向裴氏，緩聲道：「夫人放心，此事不會驚動府衙，帶下去的活口，本王會交到靖安侯手中。」

裴氏笑：「多謝王爺體恤。」

出門進香遭劫，於三位閨閣女子來說總歸不算什麼好事，若再流出定北王殿下出手相救，靖安侯府四小姐還未過門，便與王爺摟摟抱抱、拉拉扯扯的豔聞，難免會有人背地裡對明檀非議指點。

且她對此事已隱有所感，若查到最後，發現是自家生出的醜事，那鬧到府衙，靖安侯府便與昔日的令國公府無異，都是笑話。

待明檀退回來，裴氏握住明檀的手，愛憐道：「阿檀受驚了，放心，母親一定會將今日之事原原本本查清楚，替妳討一個明白。」

這話顯然是說給江緒聽的。

明檀是未過門的定北王妃，今兒當著定北王殿下的面出了這麼大的岔子，她這是在表態：即便最後查出乃自家生出的醜事，也絕不會因想要遮掩而輕饒了。

江緒其實並不在意靖安侯府如何處理家事，只是點了點頭表示，自己還有要事在身，需先走一步，會讓暗衛護送他們的車馬回府。

仍在馬車上的明楚眼神憤恨懊惱，還閃過了一絲自個兒都未曾察覺的不安驚慌。

回了府，裴氏平靜吩咐道：「大家受驚了，都先回自個兒院子歇歇。張媽媽，妳去廚房說一聲，待會兒給幾位小姐送碗安神湯。」

張媽媽福身應是。

明檀三人由婢女伺候著，回了自己院子。

今兒這半日跌宕起伏，明檀確實乏了，她重新梳洗過，又用了安神湯，攥著那根束帶在貴妃榻上倚了一會兒，不知不覺便睡著了。

明檀睡得著，可有人這會兒連眼皮子都不敢闔，生怕一閉眼，就再無睜眼之日。

「妳為什麼要換馬車？這不是明擺著告訴別人妳有問題嗎！」

柳姨娘說話一向輕聲細語，可這會兒聽了明楚和隨行婢女所言，氣血上湧，又慌又急，說話的聲量不自覺大了起來。

明楚根本沒意識到事情有多嚴重，還倔強著不應聲。

柳姨娘閉了閉眼，扶著額坐下，一時想不通自己為何會生出明楚這種蠢貨！

她是白氏在時便入了府的姨娘，白氏走後，裴氏續弦，她在裴氏入府根基不穩之時，不動聲色往蘭馨院安插了人。

她安插人手其實沒想做什麼，不過是以備不時之需。後來見裴氏沒有對付她們這些姨娘的意思，便一直恭順，與其井水不犯河水。一直到這次為明楚謀劃婚事，她才不得已動用。

她這番動用，早已做好被裴氏發現的準備。只是她料想此事並不損裴氏利益，裴氏大約不會為了沈畫，破壞與她之間多年的平衡。

也是因著這一緣由，她才敢鋌而走險，遣人裝作匪徒，攔路截下沈畫，損她名聲。依她所謀，明楚本該與李司業府上的二公子順利相看。明楚相貌不差，願意好好說話的時候，比一般女子活潑喜人，即便最後知道相錯了人，李府二公子也會對明楚留有幾分印象才是。

有了這幾分印象，再加上沈畫被擄半日失了名聲，推進李府二公子與明楚的婚事，自是要順遂許多。

可誰能想到明楚竟蠢得在第一步就遭了沈畫算計，其後更是自作主張換馬車，將明檀拉下了水！

若明楚與沈畫一車，沈畫被擄，而明楚會武，逃過一劫便無人懷疑，也不會得罪明檀與裴氏。

到時只損一個寄居在此的遠方表親，裴氏哪會往深裡查，不僅不會查，還會為著明檀的名聲匆匆將此事掩過。

可現下全毀了。

她冒了這麼大風險為她這好女兒周全的婚事，全被女兒的愚蠢毀得一乾二淨！

明檀醒時，已是日暮。

綠萼見她醒了，忙上前興奮道：「小姐，倚雲院那兩位出事了！」

倚雲院是柳姨娘的院子。

柳姨娘和明楚出事了？

明檀隱隱猜到什麼，從床上坐起，聲音還有些沒睡醒的懶啞，卻也帶著興味：「梳妝，咱們去湊湊熱鬧。」

坐到妝奩前，明檀對著銅鏡左瞧瞧右瞧瞧，又改了主意：「算了，便是這般素淨蒼白些才好。」

她挑了件素淨的衣裳，帶著綠萼素心，往蘭馨院去了。

此刻的蘭馨院花廳，明亭遠與裴氏正坐在上首，柳姨娘跪坐在地上哭得梨花帶雨，而明楚倔強站著，也紅了眼眶。

裴氏管理內院多年，本就有幾分手段。平日有些事隨手翻篇，那是她不想追究，可今兒這樁她想追究，不過一個下午，事情便查得清清楚楚。

匪徒何人指派，從何而來，安在蘭馨院的眼線是哪幾個，又做了什麼事，全擺在明亭遠眼前，一清二楚。甚至連明亭遠身邊，都揪出了柳姨娘安插的釘子。

至於柳姨娘為何有如此多的私房錢尋人辦事，在陽西路是否藉著侯爺的名頭收受賄賂，裴氏只擺出查到的帳冊，並未深究。

明亭遠初聞此事，自是震怒！

然柳姨娘被拘來後，半分狡辯也無，只是梨花帶雨地哭，將所有的錯攬到自己身上，侯爺和夫人如何對她都行，但明楚怎麼說都是侯府血脈，年紀又小，望侯爺與夫人可以從輕處罰。

明楚也是全盤認下，只不過她另作了一番倔強不肯流淚的姿態。站著誅心控訴了一番，說什麼自回京後父親待她便不如從前，又回憶起從前在陽西路時，父親帶她騎馬，帶她去山林間摘果子，還帶她去軍營看士兵演武……言語間頗有幾分物是人非之傷感。

兩人上來這麼一通，明亭遠倒有些拿不準了。

到底朝夕相處過五載，他對兩人確實有些感情，且她們娘倆兒不過是為尋門更好的婚事，本意不是要傷害明檀，如今種種，沒造成什麼不可挽回的後果。他思忖半晌，想著將兩人罰去庵堂靜思己過一段時間，也差不多了。

就在明亭遠與裴氏商議之時，明檀踏進蘭馨院，且巧，沈畫也正好從風荷院趕了過來。

明檀正要和沈畫說話，忽然想起什麼，下意識脫口輕聲道：「壞了！」

綠萼懵了懵：「小姐，怎麼了？」

沈畫了然，朝身後婢女示意了眼。

婢女忙往前，遞上一方素帕。

「想來四妹妹出門匆忙，是忘帶帕子了。」沈畫掩唇輕聲道：「蒜汁味道略重，椒水味道輕些。」

明檀拿著帕子湊近聞了聞。

很好，不愧是她昔日的對手。

裴氏這邊正和明亭遠說著，僅是去庵堂思過怕有不妥，明檀和沈畫恰好趕著時辰，一道進了屋。

兩人先是不約而同地望向跪著的柳姨娘還有紅了眼眶的明楚，眼中滿是疑惑，隨即暫且壓住疑惑，周全見了禮。

明檀：「給父親、母親請安。」

沈畫：「給侯爺、夫人請安。」

待見完禮，明檀忍不住問：「三姐姐和姨娘這是……」

花廳內靜了瞬，裴氏輕咳一聲，將事情原委細細分說了番。

聽完，沈畫以帕掩唇，驚懼不已，明檀面上滿是不敢置信。兩人不停追問著事由細節，越聽就越是搖搖欲墜。

過了半晌，明檀似是消化了這事，眼中忽有淚珠直直滾落下來，聲音不由自主發著顫：「三姐姐、姨娘，我是有哪點對不住妳們，妳們竟要這般害我！」

沈畫亦是邊落淚，邊輕聲接道：「阿畫自知與侯府只是遠親，三妹妹說得沒錯，寄人籬下，本該老實安分些。可三妹妹對我不滿，合該直言才是，為何想要毀了阿畫的清白？」

明檀：「當日在平國公府，三姐姐便想當眾道出上元夜我被設計落水一事，三姐姐不喜歡我便罷，幾次三番於名節一道動手，我看三姐姐不只是想毀了我與表姐的清白，是想要一併毀了靖安侯府！」

那時明檀因著突被賜婚，難以接受，沒工夫拿這事去找裴氏與明亭遠說理，裴氏與明亭遠自不知曉。

此刻知曉了，兩人俱是震驚：「還有這種事？」

明檀點點頭：「當時幸好有表姐幫著阿檀，才堪堪周全過去。」

沈畫也心有餘悸：「那會兒三妹妹之言著實驚人，落水之事都不知三妹妹是從何聽說的。」

從何聽說的，那還用想，必然是柳姨娘。明亭遠凌厲地望向柳姨娘！

他一直視柳氏為貼心人，在她處歇息時從不設防。明檀落水一事，他確實和柳氏說過，令國公府的行徑太過下作，他氣不過，那日白天沒罵夠，夜裡又在柳氏處暢快罵了一通。

當時柳氏一臉擔憂地讓他別氣壞了身子，還替他出謀劃策，說此事有損明檀名節，萬不可外傳。

結果她所謂的不可外傳，就是回過頭便說與明楚！明楚是她女兒，什麼性子她最清楚。說了也罷，竟還不加約束，任由明楚在大庭廣眾之下毀明檀的名節！

他雖不是內宅婦人，但極為清楚名節於女子如何重要。若說今日之事本意是在沈畫不在明檀，那當眾想揭落水一事又怎麼說？這顯然不是一時想差了，而是曉得有多厲害，才幾次三番地拿名節作筏子！

沈畫適時補了句：「幸好那日是周全過去了，不然宮中來傳賜婚旨意，後果恐怕是不堪設想。」

對，還有緊接而來的賜婚聖旨。

明亭遠光是想想那有可能出現的場面，都覺得心驚肉跳。

眼見罪狀擺得差不多了，接著便是感情牌了。

明檀的眼淚滴落鼻尖，停留半瞬後吧嗒吧嗒往下掉：「其實爹爹去陽西路的這五年，阿檀時常想，若是能像三姐姐那樣，時刻陪伴在爹爹身邊，該有多好。」

「爹爹不在京城，大哥也去了龐山上任，京中只留母親與阿檀二人，阿檀努力學規矩，不敢言行有失，不敢行將踏錯半步，就是怕給爹爹抹黑，給靖安侯府抹黑……」

明亭遠聞言，有些不敢再對上明檀的目光。

他心中本就對明檀有愧，現下想想，明楚覺得回京之後與從前在陽西路的日子大為不同，故而心中委屈，那明檀呢？

明檀這五年在上京孤零零的，裴氏再賢再慈，終究不是她的生身母親。她卻從未有過怨尤，更未因嫉因恨做出傷害別人的事情，還時時刻刻為侯府的名聲著想。

可對明楚而言，侯府的名聲是什麼？怕是根本不值一提！

裴氏見狀，輕聲補了句：「阿玉那孩子，前兩日去了城外辦事，想來也該要回了。

最要緊的是，定北王殿下那邊……」

對，還有沈玉和定北王殿下。

沈玉若知曉柳姨娘和明楚想換了他妹妹的親事，而事情敗露的結果不過是去庵堂思過，即便願意甘休，心中也定有疙瘩。

沈玉這孩子前途可期，留他們兄妹寄居本是結善緣，可不是給自己結上一門仇家的。更別提，定北王那邊還等著交代。

方才確實是他思慮不周。

明楚快氣瘋了，她爹明顯已經打算輕拿輕放，明檀和沈畫這兩個小賤人進來哭訴一番，竟哭得她爹又要改主意了！她想都不想便抽出腰間軟鞭，朝著明檀臉上打去，心想著打爛這賤人的臉才好！

明檀早就留意著明楚，怕她突然發瘋，有抽鞭之勢時她便往旁側躲了躲，還不忘向明亭遠求救：「爹爹！」

明亭遠眼疾手快，一個箭步衝上來護著明檀，挨了火辣辣的一鞭不說，心中怒火也被這一鞭抽得更旺。

他一把繳了明楚那根鞭子，狠狠搧了她一耳光。

「平日妳驕縱任性，我都不說妳什麼，可小小年紀就對姐姐、妹妹如此狠毒，我明亭遠怎麼會養出妳這種女兒！」

明楚被吼懵了。明亭遠平日極好說話，便是責問也多不過擺出個嚴肅模樣。她捂著臉，委屈又震驚。

明亭遠見她死不悔改的樣子就火冒三丈，柳姨娘見他動真格也慌了神，忙跪直抱住他的大腿苦苦哀求：「都是妾身的錯，都是妾身的錯，楚楚她——」

「當然是妳的錯！妳以為自己清清白白嗎！」明亭遠怒火中燒，一腳踢開柳姨娘，「枉我以為妳是個老實安分不爭不搶的！暗地裡一樁樁一件件，哪是老實本分之人做得出來的，還把妳女兒教成這副德行！」

他本就火大，又被哭得心煩，拂袖背手，粗聲發話道：「來人，將三小姐和柳氏拖下去，各打二十大板！打完將三小姐關進祠堂，只許送飯送水，沒本侯命令，誰也不許放她出來！柳氏也拖下去，關進柴房！」

二十大板要不了命也落不著殘，但至少得疼上十天半個月起不來身，何況打完也不讓好生歇著。

明楚喊叫不服，柳姨娘哭著掙扎。裴氏坐在上首，淡淡掃了個眼風，便有婆子上前用帕子堵住兩人的嘴，將人帶了下去。

待屋子裡清淨了，明亭遠才坐回上首，道：「明楚這性子已經被柳氏教壞了，兩人必不能再待在一處！」

裴氏點頭：「侯爺說的是。」

明亭遠重新思忖了片刻：「還得托夫人替明楚尋戶人家，先前那些不作數，往低了找，不要在京裡，不然還不知道她這嫁過去得惹出什麼事端！總之，嫁人之前，就讓她待在祠堂裡好好反省反省，不要再放出來了！」

「是。」裴氏順從地應了一聲。

「至於柳氏，」明亭遠頓了頓，想來便覺心煩，他一揮手，「內宅之事本該由夫人來管，夫人說如何處置就如何處置便是，不要讓這毒婦再出現在本侯面前了！」

這話裴氏倒是不應，她溫聲問：「柳氏畢竟與其他姨娘不同，妾身若按府裡規矩發落了她，過些時候，侯爺若想起她，又責怪妾身發落得過重，可如何是好？」

「此等毒婦本侯還想起她做什麼？妳發落便是！」

「柳姨娘乃家生子，後成通房，再抬姨娘，是奴籍。按府中規矩，該是拿著賣身契找人牙子捆了往外發賣才是。」

明亭遠聞言，不吭聲了。

裴氏又道：「柳氏之錯，實難容恕。不過她為侯府生有一女，又服侍侯爺多年，沒有功勞也有苦勞——」

她頓了頓：「想來在柴房關上數日，柳氏必當有反省之意，且明楚婚事，又有妾身幫著相看，柳氏實在是沒什麼可操心的了，依妾身的意思，不若將其送入庵堂，往後吃齋念佛，也好贖己之過。二哥二嫂在眉安上任，眉安乃鐘靈毓秀極有佛性之地，佛寺庵堂眾多，妾身瞧著送去那邊便是極好，若有什麼事，二哥二嫂也能照應幾分。」

雖然都是送去庵堂，但這意思可完全不同。明亭遠先前是想讓兩人去思過，思完了便回來，裴氏卻是要讓柳氏直接出家，長伴青燈古佛。

明亭遠稍想片刻，便應聲說好，想著雖是遠遠打發了，卻也不比發賣為奴後果淒慘，且他二哥二嫂亦是和善之人，不說對一個因罪入庵的妾室能有多照拂，但也不至於讓她待沒幾天就丟了性命。

下首明檀和沈畫卻明白，這庵堂的日子怕是不好過了。

柳氏平日呼僕喚婢，不需自己操勞半分。落髮入庵，什麼事情都需自個兒來做，又是眉安那般山高水遠之地，她也賣不上可憐求不了憐惜，日子一久，她父親自是再難想起，即便想起，亦再難將人接回。

處置了明楚與柳姨娘，明亭遠這才騰出話頭，寬慰起明檀與沈畫二人。

明檀和沈畫當然善解人意，敘話半晌，都是勸他別氣壞了身子云云，明亭遠心中大感熨帖，近至晚膳時分，他著人在蘭馨院擺了膳。

從蘭馨院出來時，天色已重。

明檀與沈晝一道往東花園的方向走著，閒敘了幾句，忽有晚風至，明檀停了扇，話鋒一轉，輕聲問道：「有件事，我有些不明白，昨夜表姐告知我定北王殿下也會去大相國寺，當真只是為我通風報信嗎？」

沈晝倒是坦然：「當然不是，我本是防著三妹妹後招，想著四妹妹與我一道前往，說不準能幫上我什麼。至於後頭我與三妹妹說話，確實未想會被王爺聽到，回程車馬一事更是不知。我雖有私心，但並想過要害四妹妹，四妹妹可信？」

明檀望著她，點了點頭：「表姐這般說，我便信。」

從前兩人別苗頭，都是閨閣女子手段，從未真正傷到什麼，如今沈晝更是沒有故意拉她下水的理由。兩人打著扇，說笑著，走進花香深處。

這幾日明楚與柳姨娘事畢，府中清淨了不少。明檀思春之心復萌，成日盯著定北王殿下的那根束帶瞎琢磨。

她本是想著洗淨熨燙，送還王府，並附上謝信。可又覺得這般主動，怕是不免讓定北王殿下想起明楚那日所言之事。

而且就送回根束帶，哪能顯出她的貼心呢……再送些別的，不好不好，哪有姑娘家隨隨便便往外送東西的，忒不矜持了，若被人得知，她可真是不要活了。

這麼琢磨了幾日，明檀沒想出什麼既不多送東西，又能讓她未來夫君感受到她極為貼心的好法子。

直到某日翻雜書時，她發現上頭記載了新奇的製香方子，說是這香味道清冽，有驅蟲辟邪之效。

時序入夏，蚊蟲漸多，驅蟲辟邪倒是有用。

且物歸原主的同時染個香，既落不著私相授受的把柄，又能顯出她的賢慧妥帖，好極了！

明檀來了精神，當下便在照水院裡頭和小丫頭們一道忙活起來。

其實明檀做事還是思慮得極為周全的，她先是將方子拿給大夫看了，大夫說，這幾味香料藥材配在一起，確有驅蟲之效。待香製出來後，她又拿給大夫看了一遭，大夫說應是確有效用，她才幫自己的衣裳浸了此香。

此香味道的確清冽特別，她接連兩日穿著浸了香料的衣裳去園中蚊蟲多的地方，蚊蟲都不近她身。

她安心了，親自將束帶浸了此香，又挑了半晌錦盒，將束帶熨燙好，規整疊入盒中，遣人送去定北王府。

她遣人送去定北王府時，風正吹動窗邊雜書，一直往後吹了數頁，才見上頭寫著：「前載七味香方，皆有同一難症，入香數日後，馨香消，異味漸盛。」

江緒並非鋪張之人，明檀將束帶送回，下頭人驗了，並無問題，他就收下了。至於福叔帶話的什麼驅蟲辟邪之效，他並未當一回事。

江緒平日多著黑衣，用黑色束帶。過了數日，他難得換上一身淺色長衣，去京畿大營與將領們相談要事。

談著談著，他便隱隱聞到一股異味，離他近的將領也感覺自己聞到了香中帶臭的味道，但他想著，不上戰場時，王爺素來潔淨。與他一室，連軍中漢子們最常有的汗臭味都沒聞見過，想來應是自己嗅錯了，便忍著沒出聲。

可不多時，那股異味漸重。

江緒稍稍一停，望了臂上束帶一眼，隨即一圈圈將其解開。

不解還好，一解開，那股香中帶臭的味道便愈發濃烈，解到最後，營中將領皆是下意識地掩鼻避開半丈。

江緒：「……」

驅蟲辟邪。

所以，他是那個要讓人避開的邪？

當明檀意識到自己送的束帶可能不妥之時，江緒綁著那根香中帶臭的束帶在京畿大營臭開一片將領的事情，已經過去好幾日了。

明檀在夏日穿衣裳，幾乎沒重樣過，浸了香料的那幾件衣裳，她穿過發現確然可以驅蟲後，便沒有再穿。放著過了好些時日，待某日綠萼打開箱籠整理才發現，整箱衣物都已香中帶臭！

明檀懵了，查了好半天才知曉，該驅蟲香料中某兩味香起衝，會在香味散盡後產生異味。

她心有惴惴，暗自祈禱起她的未來夫君可千萬別用，若當日送去時，他覺得舊了的東西無需再收，直接扔了便是最好！

可沈晝卻將她的祈禱澈底打碎——

某日兩人在院子裡一道繡香囊時，沈晝一邊繡著，一邊不時看她，頗有欲言又止的意思。

明檀見了便問：「表姐，可是有事要說？」

沈畫遲疑片刻，斟酌道：「昨兒傍晚，我去給我哥送晚膳，我哥說，這幾日軍中在傳定北王殿下……」

明檀一聽「定北王殿下」，耳朵就豎起來了。

「傳定北王殿下不喜沐浴，身上發臭……還有的傳，定北王殿下對氣味的喜好，甚是獨特。」沈畫說得十分委婉。

「……」

明檀懵了半瞬，忽然明白什麼。

完了。

她的未來夫君該不會以為自己對他不滿故意整他吧？

前有不甚矜持潛入軍營偷偷相看，後有歸還束帶浸香辟邪弄巧成拙，明明暑熱難擋，明檀心底卻像是捲過一陣冷風，涼颼颼的。

明檀倒是想要好生解釋，向她未來夫君傳達一聲歉意，可她一個姑娘家，沒有平白無故上門找人分說的道理，且沒過幾日，沈畫便告之，定北王殿下去北面巡兵了，這趟巡兵，怕是要到年關才會回京。

得知這消息，明檀鬱悶了好些日子。本來她還想著，端陽節顯江的龍舟賽上，達官貴人多會到場，許能遠遠得見她那未來夫君一眼，到時若能創造機會，短短與他說上幾句解釋一番也是好的。現在可好，澈底沒機會了。

不過值得慶幸的是，她的未來夫君並沒有因此要與她退婚，反而禮部遣人來府，說婚期已經擇定，待禮程走完，約明年春日便可成婚。

蔫了數日，明檀總算是精神了！

婚期定下後，禮程便有條不紊地走了起來。

宮裡給她這未來定北王妃的賞賜一撥接著一撥，上門來量體裁衣，為其準備吉服的來了整整五趟，章皇后也遣下了教習嬤嬤來教她皇室規矩。

學規矩這件事，明檀向來拿手，費不上什麼神，不過她沒因拿手自以為是地懈怠，反是處處虛心，給教習嬤嬤留足了體面尊重。

章皇后得知此事，甚為滿意。想當初在通往雍園中途的暖閣，她一眼便相中了明檀，如今她更是覺著自己眼光極好。

一邊同嬤嬤學著規矩禮儀，明檀一邊為期半載的婚事精心捯飭。

其實用膳定食保持窈窕體態，悉心養護保持渾身上下的肌膚細膩潤澤……這些事情往日她也做著，只不過如今她對自己更為嚴苛了些。畢竟她現下這般，是為了成為最美的新嫁娘，一舉扭轉未來夫君對自個兒的看法，不容有失。

明檀日日忙活，其他人也沒閒著。

她身邊都是待字閨中近嫁之齡的姑娘，家中都在忙著張羅定親事宜，這段時日，上京城裡結親之喜接連不斷。

沈畫對先前相看的李司業家二公子很是滿意，這位李二公子家世好，又沒好到她完全攀不上。且其父官聲不錯，升遷指日可待。最為要緊的是，先前於大相國寺相看之時，沈畫窺其人品頗為端正，有上進之心。

於是這樁親事沈畫點了頭，又由著裴氏張羅，算是順利定了下來。

因著並非皇婚，兩家禮程走得快上許多。李家也很看重沈畫，不省半分娶婦之儀，聘禮頗豐。

除了沈畫這樁親事，裴氏還低調定下了明楚的親事。

裴氏替明楚定下的人家是宣威將軍府馮家行三的郎君，宣威將軍乃從五品武散官，官階不高，其府邸也不在京中，完全符合明亭遠當初所提要求。

明亭遠和馮將軍打過交道，他對這位馮將軍的印象很好，而且他打聽了一下，馮家幾位郎君都很不錯。

意欲定親的這位馮三郎更是頗有其父風範，年紀輕輕便在禾州兵營中當上了把總，所以裴氏拿著這樁婚給他看時，他沒多加思量，便滿意拍板，一口定下。

明亭遠是男人，能關注到對方家中父兄的品行已是極為不易，哪還能關注到別的。然明檀、沈畫稍加打聽便知，明楚在馮家待著，怕是掀不起什麼風浪了。

馮家老太太治家極嚴，還極潑。馮家上一輩恩怨裡頭就鬧過分家之事，尋常人家都是家醜不可外揚，使勁遮著瞞著，可馮老太太不一樣，家中有醜事，她不遮掩便罷，愣是擊鼓鳴冤鬧到了衙門，非要討個說法，當年那通鬧騰在禾州極為出名。

且明楚嫁過去，便平白多出兩位出自武將之家的嫂嫂，這兩位嫂嫂可是正兒八經的將門虎女，於武一道，怕是比明楚只會甩軟鞭的花架子要強上不少。

如此一來，明楚斷沒有仗著出身靖安侯府，氣焰囂張，在婆家動手使粗的本事了。

明楚在祠堂初初得知婚事之時，也是狠鬧過一陣的，哭鬧摔打，絕食相脅，可這些在裴氏跟前都不夠看。

裴氏從前是懶得管她，如今要管，自然能將她收拾得服服帖帖。

明楚剛鬧絕食，裴氏便以「三小姐醉心於道辟穀不食」為由斷了她的飯食。待明楚撐不下去服了軟，她又拿捏著祖宗家法、孝悌道義使了不少磨人手段。沒過多少時日，祠堂那邊便安生下來了，府中也沒再聽明楚嚷嚷什麼死也不嫁。

靖安侯府的這兩樁親事總的來說還算順遂，然昌國公府的親事卻不大順。

昌國公夫婦早先便為白敏敏預選了人家，雖未明面過禮定下，但兩家都是心知肚明的。

可哪裡曉得，人家在這議親的節骨眼上，竟一聲不吭地搭上了肅郡王府，與肅郡王府上的清瑤縣主定了親！

白敬元氣得不輕，在府裡頭發了好大一通脾氣。

白敏敏這回倒安生得很，不哭不鬧也不生氣，反正嘛，她也沒有很想嫁人，那戶人家是她父母中意，她自個兒並沒有多大感覺。好在先前沒過禮，她這邊要再相看其他人家，隨時都可操持。

周靜婉已至適婚之齡，然周氏一族以詩書傳家，名士宰輔輩出，周家的姑娘名聲是一等一的好，根本就不愁嫁。

媒婆把周家門檻都踏破了，她父親、母親也沒給誰准話，說還不急，他們家靜婉年紀小，慢慢相看便是。

只是周靜婉自個兒無意中得知，提親之人裡，竟有那位令人聞風喪膽的殿前副都指揮使陸停，一時嚇得不輕，好幾日沒能安枕，就盼著她父親、母親趕緊將這位陸殿帥遣來的冰人給回了。

「陸殿帥？」明檀訝然，「陸殿帥為何向妳提親？你們相識？」

周靜婉搖頭，輕聲道：「不識，我也不知為何提親。」

白敏敏想了想，支著下巴揶揄：「我瞧著啊，陸殿帥定是那日在大相國寺，對妳一見傾心！」

「胡唚什麼！」周靜婉經不得虧，滿臉羞惱。

「我哪裡胡唚了，可不就見了那麼一面，不是一見傾心還能是什麼。」白敏敏不饒她，「陸殿帥哪裡不好，人家可是殿前副都指揮使，如今都指揮使乃掛職虛設，殿前司就是陸殿帥說了算，殿前司啊，年紀輕輕便如此位高權重，將來還得了！」

白敏敏越說越是來勁：「陸殿帥雖說惡名在外，但那日在大相國寺瞧著，也沒傳聞中那般嚇人，說起手段狠戾殺人如麻，定北王殿下不是更甚？」

「可咱們都親眼見了定北王殿下，還聽他說了話。冷是冷了些，但俊美如斯，也很是有禮，所以可見，這些個傳聞不能作準！」

明檀捧臉，極為認同地點了點頭。

白敏敏：「再說了，陸殿帥同定北王殿下還有舒二公子交好，定北王殿下妳信不過，舒二公子人品之貴重可是京中聞名，妳總該信得過吧？」

「……」方才還一臉認同的明檀駁道：「我未來夫君怎麼就信不過了？」

明檀這還未過門就胳膊肘往外拐的毛病，白敏敏覺著是極難改了。

婚期愈近，明檀隱約流露出的恨嫁之意就愈發掩藏不住。

平日在外倒還矜矜持持，私下敘話時，她卻常將「待成婚後」如何如何這種羞人的話掛在嘴邊，偶爾還捧臉嘆氣，碎碎念上一聲：「竟還未至年關！」白敏敏和周靜婉都覺著沒眼看。

日子不緊不慢地過著，明檀原先盼著能與未來夫君敘面的端陽節早已熱熱鬧鬧過去，轉眼又至七夕。

七夕乞巧之節，女兒家們向來看重。勳貴人家年年都會在庭院之中搭起彩樓，以供自家姑娘呈巧焚香，虔誠祈願。

外頭也熱鬧得緊，近七夕之日，上京城裡車馬喧闐，街上鋪子琳琅，比尋常多出不少奇巧之物。

因著備嫁甚少出門的明檀，亦是在這一日踏出了靖安侯府。

大顯朝的習俗，姑娘家們多會在七夕這日互贈些小玩意兒，明檀待在家中備嫁，泰半時間無所事事，便早早給平日交好的京中貴女準備了自個兒繡的香囊、手帕等物。

其實明檀於女紅一道不甚熱衷，穿針引線的，頗費功夫不說，還頗傷眼睛。

不過雖不熱衷，但為著成為京中貴女翹楚，她的女紅針線早已練到了十分拿得出手的境地。

出自她手的物件用料講究，繡樣新奇，便是繡工不如精於此道的姑娘家出挑，拿在手裡頭也是頗為精緻可愛的，且香囊之中，她還放了小巧首飾、胭脂水粉、精細木雕等各種小玩意兒。

白敏敏收到香囊和一把造得十分精巧的孔明鎖，孔明鎖是明檀那位在龐山上任的大哥托人帶回來的。

龐山是小地方，但地近往來要塞，商客極多，新奇東西也多，每隔一段時日，她大哥都不忘往京裡頭捎些好物件。

周靜婉除了香囊，另收到柄小團扇。扇面用的上等綾絹，上頭繡有與她十分合襯的含苞山茶，還仿著她的字跡，繡了兩行她自個兒做過的山茶詩，柄端穿孔，繞有極通透的流蘇玉墜。

周靜婉愛不釋手，當即便換了扇。

明檀這回間得準備了如此用心的物件，白敏敏同周靜婉難得地不好意思起來，她倆準備的，拿出來委實不夠看了。

白敏敏玩著孔明鎖，聽明檀又在碎碎念著近日容色是否有瑩潤幾分，待嫁過去後，未來夫君可會喜歡這般模樣——

她不知想到什麼，忽然放下孔明鎖，神祕兮兮地朝明檀招了招手，略帶興奮地壓低聲音道：「今兒夜裡，別玉樓可熱鬧，想不想去看看熱鬧？」

一聽別玉樓，明檀與周靜婉不約而同瞪直了眼。

明檀：「妳莫不是失心瘋了，好好的去那兒做什麼？」

周靜婉以扇掩唇：「妳素來玩心重，可別玉樓的熱鬧哪是姑娘家該去湊的，快別說了。」

「阿檀，我可是為妳著想，我二哥同別玉樓的水盈姑娘有幾分交情。水盈姑娘的大名想來妳定然聽過，妳不就是想讓妳未來夫君喜歡妳嘛，我瞧著妳這張小臉蛋也不必再折騰了，非要折騰，不如在別的地方下下功夫。」

別玉樓是上京第一花樓。能做成上京第一，那它背後的力量必然極為強大，且必然有些特別之處。

雖是花樓，但別玉樓裡的姑娘多是賣藝不賣身的清倌，個個容色上佳不說，還極有才情，京中的達官貴人甚愛追捧，成不了入幕之賓都樂得為其一擲千金。

水盈姑娘便是個中翹楚。

聽聞這位水盈姑娘原本出身官家，因抄家入罪，沒入奴籍才流落煙花之地。其容貌昳麗，身段窈窕，琴棋書畫樣樣精通，最重要的是，拜倒在她石榴裙下的男子數不勝數。

其實真貪床笫之歡的，也不會執著於別玉樓，京中的溫柔鄉不少，哪處去不得。來別玉樓的貴人們，多是為了風雅噱頭。

然這位水盈姑娘不僅引著風流名士品茗煮茶傳詩相和，更是讓京中多家公子為其爭得頭破血流，真真兒是差點鬧出過人命的。

她既如此引人，想必確然有些獨到之處。

說回白敏敏的提議——

大家閨秀去花樓看熱鬧，乍聽之下，實乃逾矩，但凡事總有例外，起碼別玉樓這熱鬧，京中就有不少閨秀私下湊過。

每歲七夕，別玉樓都會聲勢浩大地閉門謝客過乞巧。雖不迎客入樓，但會在外頭另搭乞巧樓，擺宴。

樓裡的姑娘們對月穿針、鎖蛛結網，焚香叩拜，將尋常女子乞巧節都在做的事，做出另一番風雅趣味來給大傢伙兒瞧。當然還會有新鮮編排的歌舞助興，月下起舞，作足詩意姿態。

因著這緣由，每至七夕，來別玉樓外仰美人風姿的人群擠得滿滿當當，頗為壯觀，而若想近距離觀賞美人情態，還得有些門路才能定到雅間。

京中閨秀都是個頂個的閒，雖不是什麼正經地兒，但如此熱鬧新奇，偷偷去瞧的還真有不少。

白敏敏歷數了一番她知道去瞧過熱鬧的閨秀：「……這麼多人都去過，咱們去看看怎麼了，況且又不是真正進到他們花樓，只是在乞巧樓棚看看那位水盈姑娘到底是何風姿如此引人，且咱們坐雅間裡，隔著屏風，無人會發現的。」

「妳這是讓我去向那位水盈姑娘學如何勾著夫君？」明檀遲疑問道。

白敏敏：「……」

領略得稍微直白了些。

她委婉道：「我的意思是，可以觀摩一下她為何引人，也可以觀摩下她是如何與男子相處。」

這一說辭，明檀稍稍能接受些。

她們這些姑娘家本就少見外男，見著了也難說上兩句話，遑論相處。高門大婦從來只教導如何執掌中饋，如何讓夫君敬重，倒無從得知如何與夫君相處，如何才能與夫君培養出感情。

嗯……明檀竟然被說服了。

只是在外頭看看熱鬧而已。

明檀是被說服了，有些意動，可周靜婉是死活都不願去的，且她身子骨弱，白敏敏便沒拉著她一道折騰。

七夕入夜，上京城裡華燈簇簇，人潮湧動。

位於顯江北岸的別玉樓外，新搭的乞巧樓棚擺滿了奇巧物件，別玉樓的姑娘們手執團扇，言笑晏晏，行走間飄逸嫋嫋，瞧著都覺得，會帶起陣陣香風。

明檀和白敏敏戴著帷帽，遠著人群低調下轎，繞向乞巧樓棚的後處，由著小廝引進樓中雅間。

「哪位是水盈姑娘？」明檀悄聲問。

她話音剛落，就見一位娉娉嫋嫋的美人團扇遮面，緩步沿階而上，她每一步都邁得矜持而風情萬種。那種風情，於一眾姑娘間格外顯眼。

想來，這便是傳聞中的水盈姑娘了。光是這般嬌而不俗的情態，確實就足以引人。

水盈出現，便有不少人自雅間屏風後出，上前與其熱絡，帶著白敏敏和明檀前來的白家二表哥也是一樣，迫不及待地起身而出。

白家二表哥與水盈確實相熟，水盈也賣他面子，始終柔柔地笑著聽他說話。

「……我妹子，還有我表妹今兒特地為瞻妳風采，隨我一道前來的。」白家二表哥笑道。

表妹？

水盈稍頓。

做她們這行的，對京城達官貴人的家眷關係瞭若指掌，這位白家二少爺親戚可多，表妹應也有好幾位，然在京城的，可不就只有那位……水盈忽然笑了。

她這一笑，今夜皎月都失了色，白家二表哥看呆了一瞬。

水盈輕聲慢語道：「小姐們年紀小，還是天真心性，正是率真活潑。」她淺笑，「如此，奴家少不得要為二位小姐添杯果酒，多謝抬舉才是。」

白敏敏和明檀坐在屏風後，正在竊竊私語，小聲分說著這位水盈姑娘的情態，哪成想這位水盈姑娘忽然著人上了壺酒，親自繞到臨時以屏風相隔的雅間為她倆添酒了！

兩人連摘下的帷帽都沒來得及戴，滿臉驚愕，心想：我哥（二表哥）到底和這位水盈姑娘說了什麼？

而水盈看到明檀半張正臉時，更是確認了之前對其身分的猜測——主上被賜婚，他們這些下頭的人總不能連未來主母都不認識，明家四小姐的畫像，早早就傳到大家手中。

現下一看，人倒是比畫還要美上三分。

至於備嫁的姑娘跑來花樓看熱鬧為的是什麼，水盈不必猜就知曉得一清二楚。大戶人家的宗婦明面自持端莊，但心底很清楚，光是端莊還不夠討夫君喜歡，怕自家姑娘嫁過去之後吃下頭妾室的虧，這些年私下請她教出閣姑娘情事的人家也有不少。

只是沒想到，他們這位未來主母與眾不同，是自個兒上門悄悄觀摩來了。

其實先前，水盈還覺著這樁婚事甚為無趣。

那位明家四小姐想來與京裡其他個大家閨秀並無差別，端莊嫺靜，同時守禮至近乎刻板。

他們主上已經足夠沉悶冷淡，再來一個規矩無聊的主母，也不必指望有生之年，他們主上能有什麼柔情似水的一面了。

不過現下嘛，水盈倒覺著這門婚事有點兒意思。

她笑意盈盈，給明檀和白敏敏二人斟了杯果酒，說了幾句客套話。

明檀和白敏敏接是接了，卻遲遲未有要喝的跡象。

水盈會意笑道：「這酒很是清甜，特地為女兒家準備的，二位小姐盡可嚐上一嚐。」她自斟了一杯，掩袖飲盡。

初初謀面，無怨無仇，水盈姑娘不至於在酒中下毒，見她喝了，明檀也略沾了沾杯。

水盈面上笑意愈甚：「奴家還要獻舞，就不叨擾二位小姐了，只盼奴家一舞，能得二位小姐展顏。」

她柔柔福禮，往外退。

可退至中途，她似是忽然想起什麼，又抬頭，上前略略傾身，附在明檀耳邊輕聲說道：「其實奴家知曉，小姐今日是為何而來。從前，京中也有不少夫人來尋奴家討教此道。小姐若是有意，不妨賞一曲舞，待奴家舞畢，隨奴家一道去樓裡頭小坐片刻。」

「奴家今日只舞一曲，小坐完，外頭熱鬧未散場，小姐盡可放心。若不放心，讓白二公子在外間守著便是。且奴家不過是見小姐面善，想與小姐結個善緣，奴家平日會客，是五十金一個時辰，小姐也予奴家五十金便是了。」

明檀：「……」

五十金一個時辰。

別玉樓的頭牌姑娘著實是有些身價。

當然，五十金不是什麼要緊的。

待水盈款款離開，明檀終於回過神，和白敏敏咬耳朵道：「她……她竟說知曉今日我是為何而來，她是如何知曉的？」

白敏敏也有些愕然，索性一把將她那看美人看呆了的二哥拽著落了座，惡狠狠問道：「方才你和那水盈姑娘說了什麼？」

白二很是無辜：「什麼？我沒說妳倆的名字，我又不傻，只說了是我妹妹和表妹罷了！」

明檀：「……」

那不就等於說了，他在京中的表妹可不就只有她一個！

不過她倒是有些佩服起這位水盈姑娘了，能如此迅速地從隻言片語間判斷出她的身分，又能從她的身分推斷出她今日來此的目的，那必然是對京中各世家之間盤根錯節的關係瞭解得爛熟於心了。

能在京中攬和風流，還能做到不沾事兒，真真是長袖善舞，十分厲害。所以知她目的，便順勢主動拋枝想結個善緣，倒也沒什麼不好理解。

明檀支著下巴猶豫，蔥管似的手指搭在桌上輕輕敲著。

她這邊思忖著，外頭的熱鬧已開場。水盈領著一眾舞姬緩緩登場，合著鼓樂，跳起了編排已久的新舞。

這舞柔美不缺，還頗有力度，領頭的水盈柔軟窈窕，身上有種不流於俗的嬌媚之意，起舞時，一行一進都能引得看客目光不由自主地隨之而動。

明檀原先還猶豫，可一眨不眨地看完水盈這支舞，她心中忽然下定了決心。

外頭乞巧樓的熱鬧仍在繼續，燈火輝映於江水之上，波光粼粼。無人注意，有兩位姑娘戴著帷帽自雅間悄然離開，隨著小廝繞到別玉樓的後門，進了樓。

明檀與白敏敏從未進過花樓，但從前乘車路過煙花柳巷，花樓姑娘穿著清涼在外頭攬客，遠遠瞧著，裡頭都是大紅大綠的，未近都覺著脂粉味撲鼻嗆人。

可別玉樓裡頭瞧著實在是沒半點想像中的花樓模樣，迴廊天井布置得極為清雅，頗具詩意。雖也描金弄玉，但看著並不會讓人覺得俗不可耐，反而有些清貴雅致的意韻。

今夜樓裡閉門謝客，清淨得很。一路隨著小廝上至三樓，都沒怎麼見到人影。

及至招待貴客的雅間，三人落座。

白敏敏她二哥是樓裡常客，沒覺著有哪兒不對，可到底是花樓，明檀與白敏敏有些如坐針氈，好在沒坐一會兒，水盈就換了身衣，笑盈盈地飄然進屋了。

「叫白二公子與二位小姐好等，正經是奴家的罪過，還請白二公子與二位小姐原諒則個。」

「無妨，無妨。」白家二哥擺了擺手。

先前小廝引他們三人進樓，只說是水盈姑娘請他們挪個好地方，繼續品樂賞舞，白家二哥不知內情，以為是自個兒面子大，很是得意。

水盈自罰三杯賠了罪，又為他們奏了琴曲，在臨窗榻旁，與他們邊看外頭歌舞邊說笑會兒，見時辰差不多了，她向明檀遞了個眼神，率先找了個要去拿琵琶的理由，悄然退出。

明檀和白敏敏對視了眼，忽然下定決心般，也起了身：「我去更衣。」

白家二哥一時沒反應過來：「好端端的更什麼衣。」

「二哥你是不是傻！」

白敏敏剜了他一眼。

「噢，噢！去吧，讓外頭下人帶妳去。」

都怪平日白敏敏太粗放了些，他一時竟沒反應過來，他檀表妹如個廁都說得這般委婉。

屋外有小廝候著，見明檀出來，忙引著她去了水盈閨房。

水盈已在閨房裡頭等候，見明檀來，她莞爾道：「四小姐，快坐。」

明檀邊打量著水盈的閨房，邊緩緩落座，她還沒說話，水盈便開門見山道：「四小姐，奴家便直說了。別玉樓雖是說著賣藝不賣身，但花樓麼，什麼規矩都是商量著來的。男人什麼都管得住，可褲腰帶，是無論如何也管不住的。」

「……」

明檀懵了，她都聽到了什麼？

她……她來可不是聽這些的！

見明檀小臉一瞬漲紅，水盈不好意思地掩唇笑道：「奴家稍稍說得直接了些，污言穢語的，髒了小姐耳朵了。不過小姐往後雖是金尊玉貴的正經夫人，但要得夫君喜歡，這上頭的事兒，也是得知曉一二的。」

她意有所指地望了床榻一眼。

明檀仍在發懵。

她今夜的本意，只是來看看這位水盈姑娘到底為何引人，以後私下與夫君相處時，能學學如何找話頭，如何展示展示自己。可被蠱惑著進了樓裡便罷，聽這位水盈姑娘的意思，要攏住夫君的心，最要緊的其實是……

水盈起身，從箱籠裡頭翻出本綢布青面冊子遞給明檀。

明檀接過，遲疑地翻了一頁，下一息便像是接了燙手山芋般馬上扔開，差點沒直接暈厥過去。

水盈沒少見這場面，從前她去教那些富貴人家的小姐時，那些小姐們的反應也是這般，彷彿多看一眼便能羞憤而死。

她撿回，耐著性子循循道：「小姐都快出閣了，這些東西奴家不給小姐看，家中夫人也定是要在出閣前給小姐看的。可夫人顧著面子，不好細教，尋常避火圖也斷沒有這般詳細。這夫妻之事呢，若是不懂其間美妙，就會十分難捱——」她頓了頓，「想來奴在此處，四小姐看得不自在，奴去喚些點心來。」

說罷，水盈便起了身，悄悄退出，闔上了門。

而與此同時，別玉樓的另一雅間中，江緒突地放下酒杯，掃了前來回稟之人，眸光凌厲一眼：「再說一遍。」

回話之人頓了瞬，背上有些冒冷汗：「水盈姑娘說，王……靖安侯府四小姐在她閨房之中，其他的水盈姑娘沒說了。」

「明家四小姐到別玉樓來了？」舒景然聲音裡滿是意外，酒杯差點沒端穩，「她來這兒做什麼？」

回話之人一問三不知。

江緒也不知在想什麼，舒景然還沒說下一句，便見他起了身。

閨房寂靜，只有淺淺的翻書聲。

明檀初初覺得，此等穢圖簡直就是不堪入目羞煞人眼！水盈出去後，她也沒碰半分。

可凡是有禁忌感的東西就越是惑人，她的手指緩緩地、一寸一寸地接近……先是好奇想看一頁，可不知不覺地，她便往後翻了好些頁，一手翻著，一手還捂著臉，給發熱的臉降著溫。

江緒推門而入時，她還以為是水盈，慌忙闔上書頁，喝了口茶，想要平復下心緒。

可待看清來人，她僵住了！

她一定是出現幻覺了。

她的未來夫君怎會在這？

不可能，絕對不可能！

可江緒緩步走至近前，打量著她，復而垂眸，想抽出她手中的春宮圖冊。

她這才反應過來，死死按住，下意識脫口而出道：「不許看！」

江緒望向她：「妳，對本王說不許？」

他的聲音好聽得如同敲金砌玉，可說出的話卻讓明檀打了個激靈。

明檀腦子一團亂，心臟像要飛出來般，說話不免有些磕絆：「我不是這個意思，殿……殿下怎麼會在這，不是巡兵——」

發現自己說漏了，她立馬閉嘴。

江緒沒興趣揭她這短，順著話頭答了聲：「提前回京。」

明檀雖處在混亂之中，但還是知道，自個兒最要緊的是應該解釋一下為什麼會在這。可江緒似乎對她為什麼會在這並不感興趣，隨手從她手中抽出春宮圖冊，不過翻了兩頁，便將其扔開了。

「小姐不需要看這些，這裡也不是小姐該來的地方。」他聲音極淡，「本王派人送妳回府。」

「……」

明檀想哭了！意欲解釋，可不知道從哪兒開始才好。

見江緒轉身欲走，她慌得上前攔住了他：「我不是殿下想的那樣，我……」

她情急，往日那些個男女大防的規矩全忘了個一乾二淨，不自覺地拉住江緒的衣擺，仰著腦袋望他，眼淚急得在眼眶打轉：「殿下是不是覺得我恬不知恥，覺得我……」

江緒看著她撲扇的眼睫上沾了淚珠，忽地打斷道：「小姐很好，本王並未如此作想。」

回府一路，靜悄悄的。七夕彎月淺淺一輪，靜謐如水。明檀戴著帷帽，隔著丈遠距離，跟在江緒身後。

起先江緒說的是派人送她回府，不知怎的，出了別玉樓，竟成了他親自送。雖說是送，但更像引路。兩人守禮，離得遠，且除了半途，江緒發現明檀跟不上步子，稍稍停了片刻，其餘時候他都沒有回頭，更沒多說半句。

明檀一路忍著沒吭聲，走至靖安侯府後門時，她覺得自個兒腿都快斷了，腳底更是火辣辣生疼，這才忍不住，在心底輕罵了聲「莽夫！」

畢竟誰也想不到，堂堂定北王殿下，送人居然靠走！

別說馬車了，連匹馬都沒有，從別玉樓走回靖安侯府，好幾里呢，她今兒算是一氣兒走完了尋常好幾個月才能走到的路。

「多謝殿下相送。」站在門口，明檀忍著腿疼遠遠福了一禮，細聲謝道。

江緒略點了點頭，就要離開。

明檀忍不住喊：「殿下……」

「何事？」江緒頓步。

明檀本是還想解釋下今夜誤會，可實是難以啟齒，話到嘴邊又變成了：「無事……上元之時，也是殿下出手相救，遣人送我至侯府後門，阿檀想起，心中甚是感激。」

因著這句，江緒抬了抬眼，多問了幾個字：「小姐如何知曉，上元之夜是我出手？」

明檀：「……」

上次在林中，她問：「夫君，是你？」

他沒聽到？

江緒自然聽到了，可當時他以為，這位四小姐只是在驚訝他突然出現而已。

明檀卻暗自鬆了口氣，心想著：沒聽到好，沒聽到好。畢竟那聲「夫君」的丟人程度，不亞於今日看避火圖冊了。

她忙解釋：「因為王爺上次在林中出手相救時，也是用束帶。雖然顏色不一樣，但用料織法，還有上頭的暗紋都是一樣的，若我沒猜錯的話，用的是蘇州近兩年新進貢的織霧錦。至於暗紋，上元夜那根用的是玄金絲線，上回林中那根是玄銀絲線，用的繡法有散錯針、刻鱗針、冰紋針……織霧錦十分難得，每歲進貢也不過十來匹，尋常都是御貢，宮裡頭賞過爹爹一匹，故而阿檀見過。」

江緒稍頓。

他都不知，一根束帶如此講究。

明家小姐對此，倒是研究頗深。

明檀發覺自個兒說得稍多了些，且說起這束帶，她還坑過她未來夫君一把。

想到這，她的耳根燒得更厲害了些。今兒這樁還沒解釋呢，竟又扯出上一樁，她實在是無顏面對她這未來夫君了，忙垂睫匆忙道：「總之，多謝殿下出手相救，也多謝殿下今夜相送。阿檀就先進去了，殿下回府也多留心。」

從後門一路回院，明檀面上火燒火燎般的熱度都未降下，直讓素心取了涼水帕子捂臉才稍稍冷靜些。

梳洗上榻，明檀裹著冰絲錦被翻來覆去著，一整晚都未睡著。

要死了真是要死了！

她明明是端莊嫺靜的大家閨秀，為何會一而再再而三地在她未來夫君面前丟臉！這般形象，委實是不用活了！嫁過去後便賢良淑德地為他納上幾房小妾，自請避居少礙他眼的為好！且他說的「小姐很好，本王並未如此作想」，定然是不想讓她太過難堪，其實心裡頭已經覺著她是個恬不知恥半分不懂矜持的姑娘了！

她揪著被角捂臉，一邊為自己的愚笨懊惱，一邊不忘感嘆她的未來夫君為何如此善良。

外頭守夜的小丫頭是新來的，明檀整晚一驚一乍，她不知該如何是好，三更時硬著頭皮去請了素心。

素心披衣而來，恰好聽到明檀嚶了兩聲，便輕敲著門，擔憂地問了句：「小姐？是奴婢，您怎麼了？」

「沒怎麼，妳們都去歇著吧。」

明檀從錦被裡冒出頭來，悶悶地應道。

明檀嘴上說著「沒怎麼」，可自七夕過後，整個人瞧著就蔫了下來，也不像之前那般，日日興致高漲地折騰些有的沒的。折騰也無用，反正她覺著，這形象一而再再而三地跌，約莫是怎麼都挽不回了。

七夕過後有中元、中秋、重陽，還有冬至、萬壽、除夕。大日子一個接一個，可明檀都沒怎麼出門，只這期間，沈畫與明楚相繼出嫁，她作為妹妹不得不露露面。

明楚嫁至禾州，三日無法歸寧，便是一朝遠嫁眼不見為淨。

沈畫自靖安侯府發嫁，就嫁在京中，歸寧自然也是歸靖安侯府。瞧著沈畫歸寧之時氣色上佳，夫君也甚為體貼，明檀又憂愁了幾分。

沈畫看出她不對勁，可一問，明檀也不知從何說起，總不能說還未過門自個兒就已在未婚夫君面前丟盡了顏面，乾脆便不說了。

秋去冬來，爆竹聲響，辭舊迎新，明檀先前日夜祈盼的婚期愈發近了。

婚期愈近，靖安侯府就愈熱鬧。

開春，禮部代定北王府下聘放大定。前來唱名的內侍有六名，從早唱到晚，嗓子都唱啞了，南鵲街外圍觀百姓換了一撥又一撥，瞧著聘禮如流水般抬進靖安侯府。

這些年京裡不是沒有親王娶妃、皇女下嫁，可也沒見哪家有這般陣仗。

待到日暮下聘唱畢，為首的內侍才擦著汗啞著嗓子，恭敬遞上禮單，堆笑道：「侯爺、夫人，這聘禮單子分了兩份，一份是有司依親王妃儀制下定，另一份是定北王府著添的，足足有一百二十八抬呢，可見王爺對王妃、對侯府，極為看重。」

明亭遠捋了捋短須，滿面紅光，裴氏也是一臉掩不住的笑意，忙讓下人上茶，又親自給內侍塞著辛苦跑上這趟的喜金：「中貴人辛苦了。」

這份聘禮單子確實極厚，拿在手上頗有分量，他們先前也想著，定北王府約莫會在親王妃儀制上著添個四十八抬、六十八抬，哪能想到這不聲不響便是一百二十八抬！確實是給足了明檀臉面，也給足了他們靖安侯府臉面。

本朝公主出降，嫁妝依定例是一百八十八抬。他們原本琢磨著替明檀準備個一百二十八抬出嫁，就算是極為風光了，可定北王府下聘如此捨本，那他們靖安侯府不將嫁妝添至一百六十八抬都說不過去呀。

府中上下喜氣洋洋，聘禮擺足了正院後罩房，明檀去看了趟，心中也是有些歡喜的。看樣子，她在她未來夫君心目中的形象約莫還有得救。

只是歡喜過後，明檀再次陷入煩憂。

這兩日白敏敏過來找她，兩人聊起七夕去別玉樓一事，她忽地想起件先前她沒想過的事——

那日她去別玉樓，是不對。那他定北王殿下去就對嗎？他為何會在？且那日閉門謝客，他竟還在樓中，定然是樓裡貴客中的貴客了，還能連門都不敲就進了水盈閨房，想必是與其極為熟稔！

細想起來，那日水盈主動想結善緣，莫非就是知曉她乃未來的定北王妃，想讓她過門後准其入府？明檀越想，心裡頭越是拔涼拔涼的。她明家阿檀眼光竟劣至如斯？又瞧上個皮相好的尋花問柳之徒？

離婚期不足半月，親王妃的喜服禮冠已送至靖安侯府，明檀仍是一副打不起精神的樣子，明亭遠與裴氏再如何歡喜也覺出些不對來了。

某日用午膳時，見明檀那小鳥胃又是什麼都只沾一點便說飽了，裴氏與明亭遠對視一眼，斟酌著問出了前晚兩人討論半宿的問題：「阿檀，妳可是對這樁婚事，有何不滿？」

「女兒並無不滿。」

明亭遠也擱了筷，沉吟半晌道：「阿檀，妳盡可說心裡話，若是不想嫁，如今下了聘，為父便是拼著丟官棄爵……」

「……女兒沒有不想嫁，爹爹用不著丟官棄爵。」

她心裡頭確實極為猶豫。她對定北王殿下是頗有好感的，可那樁他與水盈的疑惑橫在心裡頭，怎麼也過不去。

只是再怎麼過不去，聖上賜婚哪是說不嫁便不嫁的，你倒是願意丟官棄爵，可聖上怕是要你闔府都人頭落地。

明亭遠聽她這麼說，安了心，後半截話沒再往下說，他本是想說「如今下了聘，為父便是拼著丟官棄爵也解不了這樁婚事」來著。

明檀誤會，以為她爹要為她違抗聖意，心裡頭還挺感動。心想若她真是錯看了定北王殿下，為著侯府，她心一橫嫁過去，也算是全了家族情誼了。

她這一感動，飯也多用了半碗，還一個勁兒地給明亭遠添菜。明亭遠樂呵呵地接了，只不過略心虛地摸了摸鼻子。

三月初八，宜婚娶，上上吉。正是欽天監與禮部為定北王殿下擇選的成親吉日。這段時日，江緒北上處理軍務，三月初七，婚前一夜，才自青州回京。

定北王府在福叔的打理之下，早已張燈結綵，滿府鋪紅。

他下馬入府，福叔那顆懸著的心總算落定。福叔先前還想著，他們家王爺為了軍務，怕是還真幹得出誤了自個兒大婚的事兒。

舒景然知他今晚回府，特地前來等他，還溫了壺酒，江緒卻冷淡推道：「不必，本王還要去趟大理寺獄。」

舒景然失笑：「明日你便成婚，今晚還要去審犯人？」

「成婚而已，與審犯何干。」江緒輕描淡寫。

舒景然十分不能理解：「你既婚娶，至少也該給足夫人尊重，難道你明日便要雙眼發青在府侯親？或者，你洞房之時也要擺著這張冷臉，或是將新夫人撂在一邊先補個眠？」

江緒無動於衷。

舒景然又道：「我也是這兩日才得知，明家四小姐近些時日，因著你那回出現在別玉樓，似是誤會了你與水盈姑娘有什麼私情，很是煩惱。你上回不是去找了明家四小姐麼，你竟連為何出現在別玉樓都未解釋？她既於你有恩，你想娶她好好對她，別玉樓之事也無不可說之處吧？且審犯這些瑣事，倒也比不得明日成親重要，我瞧著你今晚還是好生歇歇為好。」

舒景然上回在別玉樓，意外與白敏敏相撞，而前幾日平國公府辦蹴鞠宴，他又與白敏敏相遇。白敏敏旁敲側擊著問他，上回他與定北王殿下去別玉樓，到底所謂何事，他便猜出三分緣由。

江緒聽了，不知在想什麼，沒什麼表情。

過了半晌，他忽往外走，舒景然在後頭喊他，他也沒理。

舒景然搖了搖頭，以為這廝是油鹽不進，真去大理寺獄審犯人了。

入夜，靖安侯府仍是紅彤彤的一片，就連燈籠都蒙著淺淺紅暈，端的是一派大婚喜意。明檀遲遲未睡，趴在窗邊，茫然地看著月光。

她明日就要嫁人了，那人會是她的良人嗎？先前她是有些確定的，可如今，卻不那麼確定了。

她覺得有些累，闔眼想休息會兒，可鼻尖忽而盈來一陣淺淡檀木香。她遲鈍睜眼，先是看見一塊玉佩，而後往上緩緩抬著眼睫——

「……」

一定是出現幻覺了。

她下意識揉了揉眼。

「小姐沒看錯，是本王。」男人站在窗前，垂眸看她，「冒昧前來，是想告訴小姐，別玉樓是定北王府暗哨之樓。本王與水盈，是上下屬的關係，並無私情。明日，本王會親來靖安侯府迎親，小姐可以好生休息了。」

男人的聲音不高不低，長身玉立，站在窗前，竟與如水月色別樣合襯。

第六章　出閣

大顯朝，皇子親王迎親都是由還未成婚的宗室代迎。定北王府這樁，早已定好由宗室裡方過冠禮的瑞郡王代迎。

可誰想，就在明檀一早被拉起來梳妝，照水院裡夫人小姐三姑六婆正圍著她說熱鬧話時，外頭一個婆子滿臉喜色地進屋報信道：「不得了了！姑爺到府前親迎了！」

昨夜明檀沒怎麼休息，再加上天還未亮便從錦被裡被挖出來折騰，一直昏昏欲睡。聽到這話，她像是聞見陣熟悉的檀木香，忽然清醒了不少。

竟是……真的，昨夜他是真的來過。

昨夜江緒來去十分突然，解釋完，不過一恍神的功夫，便消失在夜色之中，以至於明檀趴在窗邊恍惚懷疑，方才是不是自己困結於心，自我寬慰出了幻覺。

定北王殿下怎會深夜潛入姑娘院中？且，他幾時說過這麼多話？

大半夜的，她忍不住，披著衣跑到外頭仔細查看了番，妄圖尋找她那未來夫君漏夜前來的證據。

當然，她是什麼都沒找著的，不然也不會明知次日出嫁，還被心頭疑惑擾得一晚都沒怎麼睡好了。

現下因著外頭婆子這聲通傳，照水院內室愈發熱鬧起來：

「打小我便說，咱家四姑娘是個有福氣的，這不，姑爺都上門親迎來了！」

「除了前些年獻郡王親迎，宗室成婚，可沒見誰家有這般體面的。」

「獻郡王和郡王妃情分畢竟不同，打小便在一塊處著的青梅竹馬，滿京城的誰不知道獻郡王對郡王妃情根深種。」

「所以說啊，咱家四姑娘有福氣。就那聘禮，喲呵，定北王府就是定北王府，到底與尋常顯貴不同！」

明檀聽著，心裡頭的喜意和甜蜜悄然蔓延開來，她的夫君真的親自來迎娶她了。

她原本一直擔憂著全福夫人給她開臉時定會疼得好似在毀她姿容，可這會兒細線自面上絞過，疼是疼的，倒也沒想像中那麼難以忍受了。

親王妃的禮裙極為雍容繁複，大紅描金的纏枝牡丹、並蒂雙蓮，還有雙鳳鴛鴦都繡得栩栩如生。衣裙層層疊疊，腰間環佩叮噹，繡花鞋履精緻入微，鳳冠更是重若千斤，上頭點綴的寶石明珠熠熠奪目，華麗得讓人移不開眼。

打扮完後，明檀起身都有些費勁，須得有人扶著，才能小心翼翼走動。

姑娘這廂出閣先得拜別高堂哭嫁，可靖安侯府這二位高堂喜不自勝的，裴氏好歹還弄了些椒水薰薰眼，明亭遠笑顏逐開，半滴眼淚都擠不出來。

明檀也哭不出來，她臉上的妝面可是整整折騰了一早上，如若真哭兩下，哭掉這妝，補起來又是一番功夫。

於是正廳內只聽明檀和裴氏勉強假嚶了幾聲，明亭遠在一旁交代些有的沒的，最後還頗迫不及待地說道：「總之，定北王府和靖安侯府也沒隔多遠，想回就回便是了。」

靖安侯府裡頭熱鬧，外頭更是熱鬧。

及至靖安侯府正門的迎親隊伍，比春闈揭榜打馬遊街那日還要壯觀三分。

名動上京的舒二公子、國舅爺平國公府章世子，還有殿前副都指揮使陸停陸殿帥，這些平日難能一見的人物全都聚齊活了，遑論後頭還有一眾宗室一眾將領。

當然，這其中最為引人注目的，還是一身大紅吉服，高坐於馬上的大顯戰神，定北王殿下。

戰神其名威震大顯，可見過他真容的可以說是寥寥無幾。今日一見，眾人竟有種驚為天人之感。

劍眉星目，墨髮紅衣。

勒著韁繩，漫不經心又帶些睥睨。

若說舒二公子是「有匪君子，如切如磋，如琢如磨」，那定北王殿下大約就是「郎豔獨絕，世無其二[7]」了。

因著定北王殿下殺名在外，他下馬入府，眾人皆是下意識退開半丈，有些甚至忍不住想要下跪。

一開始大傢伙兒都被鎮住了，四下寂靜得很，自然沒人敢鬨鬧要利是，還是白敏敏膽子大不怕死，從明檀閨房趕過來，便吆喝著要殿下做催妝詞，討利是錢，她嫂子拉都沒拉住，魂都嚇沒了半邊。

可定北王殿下倒是出乎意料地好說話，像是早有準備般，當場便點了點頭，依言做了首催妝詞，迎親隊伍中還有人給白敏敏塞金花生當作利是。

有了白敏敏起頭，靖安侯府這邊的小輩躍躍欲試，氣氛逐漸熱鬧起來。年紀稍長些的不敢鬧定北王殿下，就逮著舒二、章懷玉起鬨。

明檀由明亭遠扶著姍姍現身時，江緒的催妝詞已經做到第四首。

大家先前都以為，這些催妝詩詞是早有準備，他既能邀來以詩詞見長的舒二，讓人幫

7「郎豔獨絕，世無其二。」《白石郎曲》郭茂倩。

忙備兩首也不在話下，然有人起鬨過頭，竟指定起了催妝詞的詞牌。

這話剛說出口，旁邊有人便覺著壞了！正要轉移話題，不料定北王殿下欣然點頭，略思忖半刻，便依其詞譜又做了一首，還做得十分不賴。

眾人驚嘆，定北王殿下一介武將，竟有如此文采？這催妝詩詞，還真是他做的？文韜武略，俊美如斯，位高權重，得此郎君，這靖安侯府四小姐也真真兒是有享福的命！看著明檀上轎時，眾人心中莫不如是作想。

隨著一聲尖細的「起轎——」響徹南鵲街，定北王府的迎親隊伍吹吹打打啟程了。一路彩紅鋪地，鼓樂齊鳴，禮炮震天作響，前頭新郎親友高頭大馬，迎著新娘的八抬大轎穩步往前。後頭靖安侯府的一百六十八抬嫁妝相隨，從南鵲街繞御街而行，一路至定北王府所在的昌玉街，滿目紅妝，綿延不絕。

後來人說，成康年間，再無逾此排場的婚嫁之禮。

相較於靖安侯府熱鬧非凡，定北王府雖也鋪紅掛彩，但莫名顯得冷清不少。一來定北王府規制遠高於靖安侯府，府中略顯空曠，二來江緒親眷不多，直系幾乎全無。

明檀嫁進來是超品親王妃，先要行一道冊禮。冊禮過後，又及至喜堂行大婚之禮，好在上無公婆，倒也輕鬆。

明檀被壓在鳳冠之下，一路繁瑣而來，腦袋背脊麻木生疼，三拜結束，她腿軟得有些站不起了，還是她夫君扶了一把，才讓她不至於在眾人面前失態。

三拜過後便是送入洞房。

新人牽巾，明檀只能看見腳尖方寸之地，大半還被繁複禮裙遮掩，她規矩握住紅綢一端，由著江緒在前頭緩步領著，小心邁入新房。

尋常人家的新房那是有人來鬧的，可定北王府無甚親眷，也無人敢鬧，便十分清淨，只有全福嬤嬤在裡頭說了通吉利話。

江緒接過沉甸甸的喜秤，輕輕挑開蓋頭——

噗通、噗通……明檀的小心臟跳動得委實有些厲害，正當她猶豫著是否該抬眼與夫君對視之時，便聽夫君淡聲吩咐道：「將王妃的婢女喚來。」

明檀疑惑抬頭。

江緒正好靜靜地望著她：「鳳冠太重，不若卸下。讓她們伺候妳，本王先出去應酬了。」

他竟知鳳冠重。

明檀與他對視著，下意識有些歡欣。

待江緒離開，素心與綠萼進來，明檀忙招呼兩人幫忙，替她取下這沉甸甸的鳳冠，捏了捏發僵的脖頸，又重新梳洗了番，換上另套大紅寢衣。

明檀這邊忙活了一番，總算可以稍事休息，江緒在外頭的應酬卻才剛剛開始。

一眾軍中將領好友下屬平日不敢逾矩，可今兒總算是逮著機會光明正大地給他灌酒了。

新婚大喜，江緒沒有不喝之理，來者不拒，皆是一飲而盡。

這場宴飲一直持續到入夜。不少成了家的軍將借著酒意，對他們這定北王殿下傳授夫妻相處之道。

舒景然章懷玉雖沒成婚，但喝了些酒，道理說起來也是一套一套，比平日囉嗦不少。

舒景然：「既已成婚，這洞房花燭之夜萬不可對夫人過於冷淡，你仔細想想，你們夫妻同榻而眠，姑娘家又害羞，你總不能和平時一樣半個字都不說！」

「就是，多說幾個字又不會死人！」章懷玉附和。

「欸欸欸，晦氣！大喜日子說那個字做什麼。啟之，你聽我的，聽我的準沒錯。」

舒景然掩唇打了個酒嗝，聲音明顯帶著醉意，「你就找些夫人喜歡的話題，可千萬別提什麼打仗用兵，就比如，你可以說些……詩詞歌賦，你也不是不懂。」

「對，你總得主動說些什麼，不好一上來就直入主題，得有些鋪墊，鋪墊你懂吧？」

說到「直入主題」時，章懷玉揶揄地看他，頗有調侃之意。

江緒沒什麼情緒地掃了他倆一眼，也不知道聽沒聽進去，轉頭和陸停碰了碰，又飲一杯。

亥末，夜深人靜。

早早入了洞房的明檀，終於等來了一身酒氣的自家夫君。她這會兒清醒得很，因著早已歇息了番，還用了些糕點，已經養足精神，無聊到想翻裴氏出門前塞給她的避火圖冊。

幸好沒翻。

見江緒進來，她在床沿，正襟危坐起來。

江緒雖一身酒氣，但意識顯然還清醒，他走至桌邊站定，負手望向明檀，低低地喚了聲：「過來。」

「……」

明檀老實起身，也走至桌邊。

她比江緒矮了大半個頭，放下繁複髮髻後，頭頂堪及江緒下頜。

兩人站得近，濃重酒氣混合著淺淡的檀木香，薰得明檀臉紅心跳，有些手足無措。

她接過江緒斟好遞來的合巹酒，不自覺有些抖，挽手交杯後，因著身量，她踮起腳，那酒杯還離她好遠，根本搆不著！

然江緒垂眸望著她，忽而傾身，遷就她的身量，低頭飲了那杯。

江緒飲完，明檀也飲了。

她有些暈乎乎的，明明不是辛辣濃烈的酒，可咽下去卻讓她覺得，自個兒好像醉了。她面上泛起紅暈，倒不知是合卺酒喝的，還是因為別的。

屋內紅燭熠熠，兩人半晌無聲，明檀緊張想著，按之前在別玉樓看過的避火圖冊，酒也喝了，是不是該寬衣就寢了？

她垂著眸，小手悄悄伸了過去。

江緒這身大紅吉服十分繁複，裡裡外外不知有多少層，明檀解了好一會兒，額上起了層薄汗，手解得哆嗦，才勉強解開外衣環釦。

見她還要硬著頭皮繼續解，江緒不知怎的，想起了舒景然和章懷玉的話——不能沉默，不能讓姑娘家尷尬，記得找話題。於是在長久靜寂過後，他忽然生硬地問了聲：「妳擅琴？」

明檀一頓，遲疑地點了點頭。

他又道：「聽聞前兩年的金菊宴上，妳彈了首自己譜的曲子。」

明檀又點了點頭：「夫君想聽？」

江緒沒想好怎麼應聲，而明檀已經想到，竟連她曾在金菊宴上自譜自彈都打聽到了，她這夫君難道是當初在大相國寺就被她的琴音迷住了？

這麼一想，明檀歡欣之餘，緊張更甚。她退開半步，佯作端莊地福了福身，試探道：「那……妾身不才，獻……獻醜了？」

糟糕。

甫一說完，她就想起當初上元宮宴顧九柔說要獻醜，她這夫君可是讓人趕緊別獻了。他一句話就毀了整場宮宴，她的洞房花燭夜該不會也要毀在這句話上吧？

江緒原本並未多想，可明檀說完莫名變了神色，他這才憶起，去年的上元宮宴，自己彷彿對那位承恩侯府要獻醜的小姐說過什麼，且正是因為「他說過什麼」，他這位夫人，當初才對他偏見頗深，還在聽雨樓與好友編排，說他是狂悖粗俗、沒有禮數的莽夫。

明檀小心翼翼地抬眸偷瞥，不巧，正好撞進江緒難得染了情緒的眸中，他沉吟片刻，忽道：「不醜，本王只覺，吾妻甚美。」

——這也是舒景然和章懷玉教的，誇她。

明檀懵了。

方才，夫君誇她好看是嗎？

未及反應，她忽然感覺自個兒被打橫抱起。待回過神來，人已經躺在榻上。她怎麼解都解不開的繁複紅衣在紅燭熄滅前一件件落了地。

明檀的小心臟不爭氣地噗通噗通跳動起來，她雙手規矩交疊在小腹，能感覺身側躺下一個身形高大的人，有縈繞不散的淡淡酒氣、檀香。

但，並沒有如避火圖冊所畫的進一步動作。

明檀平復緊張，小腦袋忍不住偏了偏，看向躺在她身側的男人，聲音也小小的：「夫君？」

「嗯。」

還沒睡著。

那他不打算做些什麼嗎？

當然，這話明檀不好意思問出口，只能在心底想想。睜眼靜了半晌，她的手不安分地在被子裡一寸寸挪向江緒，心想著，不做什麼，牽小手總可以的吧。

她最先碰觸到時，那隻大掌沒什麼反應，還涼涼的。待她握住，輕輕捏了下，那隻大掌才遲鈍地反包住她的小爪子，放在身側。

明檀不自覺翹起唇角。

屋外月光如水，隱約可見燈籠蒙映的紅暈，明檀睡不著，忽而輕聲問：「夫君，陛下賜婚，你可是自願？」

江緒閉眼「嗯」了聲。

「那去歲的上元宮宴，陛下與娘娘有為你擇選王妃之意，當時你有打算娶別家姑娘嗎？」

「未曾。」他根本就沒想娶妻。

明檀見他有所回應，似是受了鼓舞，便想著更進一步，一點點一點點地碎碎念著，將之前在他面前鬧的那些誤會都解釋清楚。

明檀小嘴叭叭地小聲解釋，頗有幾分要把新婚夜過成陳情夜的意思，江緒卻是聽到耐心將要耗盡。

好半晌，明檀解釋完，心是安了，可仍是無甚睡意。

於是她又好奇地問：「對了，京中都知，舒二公子、陸殿帥還有平國公世子相熟，夫君你為何也與他們相熟？以前竟從未聽過。那你與舒二公子……唔唔唔！」

身側之人終是被她磨盡了耐心，猝不及防地覆了上來，堵住她還欲繼續的問話。

她身上薄薄兩層的大紅寢衣輕輕一拉，便自腰間散開，方才握住她手的那隻粗糙大掌覆上她嬌嫩的肌膚。

江緒眸色沉沉，欲念浮動。

許是他殺名在外，旁人都道他無欲無情，倒忘了他其實不過二十出頭，正是血氣方剛。

他既娶了妻，不管緣何，就沒想過不碰，只是顧念著來日方長，也不急在一時。不想，他不急在一時，他這夫人倒是很急。

屋外守夜的素心與綠萼大半晚上都沒聽到動靜，心底本是有些拔涼拔涼的，早聞夫婿若是不喜，新婚之夜有可能不圓房的。

可正是昏昏欲睡之際，屋內忽然傳來粗重的並未刻意壓低的喘息聲，還有她家小姐的嗚咽嚶嚀。那嗚咽嚶嚀聲斷續又嬌弱，素心和綠萼都是雲英未嫁的姑娘家，聽得委實有些臉紅心跳。

這動靜一鬧，便是半晚沒歇。

到三更，裡頭要了回水。

素心領著小丫頭進去，光是裡頭的靡靡之味，就羞得人沒眼往床榻上瞧。

素心眼觀鼻鼻觀心，眼角餘光瞥見他們家姑爺扯了錦被，裹住他們家小姐，將人打橫抱去淨室。

不過半個時辰，裡頭又要了回水，素心再領丫頭進去時才知，原是先前浴間的水自浴桶內潑灑出來，灑了滿地。

不用多想，她們也曉得發生了什麼，心想著：姑爺瞧著面冷，可這事也真是沒節制了些。直近四更，這洞房花燭的動靜才算是澈底歇了下來。

結束後，明檀羞得縮在被子裡，沒臉面對江緒，壓根不敢再牽什麼小手，恨不得兩人分蓋兩床被子，挨都不要挨到才好！還有，避火圖冊都是假的！真做那檔子事的時候根本想不起什麼，全由她夫君在做！

寂寂至五更，江緒起了身。

他看了縮成一團還在熟睡的明檀一眼，眸色凝了凝，隨手將被角往下壓實了些。

依制，今日是要進宮謝恩的，又是好一通煩瑣。

明檀醒時，想起此事，渾身的痠疼愈發明顯，她羞紅著臉，邊看婆子收走落紅元帕，邊揪住被角細聲細氣地問：「殿下呢，今日不是要進宮謝恩嗎？」

「殿下顧念小姐，已向宮裡遞了話，說是明日再去也不遲。」綠萼伶俐答著，眉眼間神采飛揚，很是為自家小姐受夫君愛重高興。

素心也十分歡喜，接過綠萼話頭又道：「殿下天還沒亮便去外頭練武了，特地吩咐不用喚醒小姐，待小姐醒了再一道用早膳。」

婆子在一旁打趣：「二位姑娘怎的還喚小姐，該喚王妃了！」

素心與綠萼對視一眼，抿唇笑著福身道：「是，奴婢給王妃請安。」

明檀又鬧了個大紅臉，往上拉了拉被角，半是矜持半是迫不及待地吩咐了聲：「那快給我梳洗，上早膳，殿下練武，定要餓了。」

素心綠萼又齊齊應是。

婚前一日，素心綠萼與靖安侯府的婆子們一道來王府鋪帳，便順道熟悉了下王府的膳房。

王府管事的福叔對王府新主人的到來十分歡迎，半分沒有攬權的意思，早早發了話，王妃那邊要什麼便緊著什麼，膳房自然對她們言聽計從。

沒一會兒，綠萼便替明檀梳了個漂亮髮髻，衣裳也挑了件精細繁複的，畢竟新婚，不應太過素雅，僅秀眉輕掃了兩筆，看著略有些淡。

江緒進屋時，素心那邊一早便吩咐下去的早膳正如流水般上了桌。

他站在明間門口，看著一列入屋的婢女，停了一瞬。

軟玉粥、金乳酥、蟹粉珍珠包、白玉丸、糖酪青梨……這頓早膳竟有足足十道。

明檀見他，粉面羞紅，眼睫撲搧。她起身規矩福禮，細細輕輕道：「夫君練武定是累了，快用早膳吧。」

江緒顯然還沒習慣府中突然冒出個嬌軟貌美的小王妃，默了會兒才點頭落座。

他這一落座，四五個丫鬟端著一堆東西挨個兒湧上來，又是請他淨手又是請他擦面的。

他雖出身皇家，知禮懂禮，出身一應俱是尊貴無比的皇太孫規格，但自父親過世後，他也沒再在乎過這些繁瑣禮儀，且刀口舔血，容不得他精細講究。

江緒不喜鋪張，可念著他這位小王妃方入府，平日金貴慣了，倒沒多說什麼，耐著性子淨手擦面，開始用膳。

江緒用膳時，明檀斯斯文文地小口舀著粥，還時不時偷覷他。

見江緒碗中粥沒了，便忙示意丫頭著添。見江緒似乎想吃軟酥，便忙夾了一塊給他。

江緒用了半晌，才想起禮尚往來，也夾了塊點心給明檀。

明檀喜不自勝，見江緒用得差不多了，她放下瓷勺，忽而矜持地問了聲：「夫君，你看妾身今日的妝，可還好？」

江緒抬眼。

「……」

她不說，他倒看不出上了妝。

見他的王妃還等著他說出個一二三四，他想了想，依據昨夜舒景然和章懷玉所說的「誇她」原則，回了聲：「甚好。」

可明檀對這回答不是特別滿意：「夫君，你再仔細瞧瞧。」

江緒：「……」

明檀湊近了些，提醒：「眉毛？」

江緒福至心靈：「略淡了些。」

他話音方落，綠萼咪咪地捧著眉黛到了跟前：「殿下不若為王妃描眉？」

明檀不好意思道：「不知夫君可方便？阿檀自個兒今日畫著總覺不妥，夫君覺得配今兒的妝容衣裳，是畫水彎眉好，還是遠山眉好？」

江緒從端屜中拿起眉黛打量半晌，抬眼忽問：「此物如何用？什麼是水彎眉，什麼又是遠山眉，有何不同？」

江緒提問時神情認真，不似敷衍。

明檀語塞片刻，下意識便解釋：「呃，螺黛……沾水即可，至於水彎眉和遠山眉，大相國寺那日，阿檀畫的是水彎眉。前夜在侯府，畫的便是遠山眉。」

她看了看江緒的神色。

很好，從她夫君沒什麼表情但隱有一絲不解的俊美面龐中可以看出，他並未注意前夜在侯府與那日在大相國寺，她的眉到底有何不同。

明檀先前想過，她夫君性子冷，可能不願為她描眉，但萬萬沒想到，她夫君是正兒八經地不會描。

要知道時下京中公子狎妓風流，描眉點翠的詩詞頻有傳頌，就連她爹也是略通此道的。

明檀肅著小臉沉思會兒，不願放棄，還想指點一二，然江緒忽而擺出一副「不就是畫眉，本王能無師自通」的模樣，頗為鎮靜地執起螺黛，沾水，然後——

往她眉上粗粗地橫了一道。

那粗粗的一道，橫得甚有筆鋒。明檀望著銅鏡，怔住了。

他、他以為自己在畫什麼？在畫凜凜松竹還是在畫京師布防圖？不過是描個眉，大可不必如此氣勢凜然。

見男人還有意禍害另一邊，明檀回神，忙捂住額頭，騰出隻手擋了擋：「夫……夫君，阿檀還是自己來吧，夫君是領兵打仗的將帥之才，怎好勞煩夫君為此等小事蹉跎，阿、阿檀自行描眉即可！」

「……」

江緒停了動作。

要畫的是她，不要畫的也是她。

娶個千金小姐，果然諸事煩瑣。

他放下螺黛，未再多做糾纏：「本王去軍營。」

看著江緒起身往外走，明檀捂著被摧殘一半的眉毛，忍不住在心底輕罵了聲：「莽夫！」

這是明檀嫁入定北王府的第一日，原要進宮謝恩參拜，因著江緒遞話推遲，入府第一日倒莫名清閒了下來。

驟然離開住了十幾年的靖安侯府，明檀自然有些不慣。屋內擺放陳設，院中樹木花草，沾著新婚喜意，但也都是陌生的模樣。

用完早膳在院中轉悠了圈，她總覺著不甚真實，好似自個兒只是這府中小住過客，並不歸屬於此。

不過還沒等她捋清心裡頭那點說不清道不明的空落悵惘，王府大管事福叔便領著府中各處的管事過來見她了。

「老奴宋來福，給王妃請安。」

明檀聽素心綠萼說起過這宋大管事。宋大管事曾是東宮中人，敏琮太子過世後，便一直不離不棄地照顧小主子，也就是他們家王爺，府裡上下尊他敬他，都喊他一聲「福叔」。

明檀忙上前扶了把：「福叔快請起，萬不可行如此大禮。」

福叔被她一扶，倒也沒倔著非要行跪拜之禮，笑得眼睛都瞇成一條縫，不由嘆道：「老奴盼星星盼月亮，可算是將王妃盼進府了！」

「這定北王府占了整條昌玉街，大是大得嚇人，可殿下簡樸，又不常在京城，真沒什麼人氣兒。這不，老奴守了十幾年，總盼著咱們殿下娶位王妃，這才正經有個女主人不是！」

明檀垂眸，抿唇淺笑。

她生得極美，且不是富有攻擊性的豔麗之美，明眸皓齒，楚楚動人，讓人望之便易心生好感。福叔本就對錯金閣的大主顧心懷感恩，這會兒見著真人，更是覺著自個兒眼光獨到，他們這位王妃娘娘瞧著就是個面善的！於是愈發熱情起來。

不一會兒，福叔便從迎接新王妃預備的修繕翻新展望到了還未降生的小主人，還將庫房鑰匙什麼的一股腦兒地全給明檀送來了——美名其曰，王妃既已入府，以後就該由王妃執掌中饋。

其實新婦入府，不管有多名正言順，想要從上一任掌權者那兒拿到管家權很不容易。上有婆母的新媳婦子，熬個七八數十年都沒能獨立掌家的很是常見。上頭沒有婆母，想讓府中原本的管事服服帖帖，也不是件輕鬆事。

明檀原本還以為有得番磨，倒沒想人家直接送上門來，且表現出對她這新王妃打心底裡的喜歡。這樣一來，明檀倒不是那麼想管了。

「福叔是府中老人，又將王府打理得井井有條，我初來乍到，對王府不甚熟悉，還得多倚仗福叔才是。」

福叔忙道：「王妃快別這麼說！有用得著老奴的地方，那是老奴的榮幸，老奴萬死不辭。不過這王府，本該交由王妃打理，若有什麼不清楚的，老奴慢慢幫著您一起理清楚就是了。」

都說到這份上了，明檀不接倒也不是。

她從未短缺過衣什，對掌家理帳這些看得淡。但她知曉後宅主母不能不精於此道，所以做姑娘時跟著裴氏認真學過。

接過帳冊翻了翻，明檀頓住。

早從下聘就可看出定北王府財大氣粗，可這財大氣粗的程度，似乎比她想像中還要誇張幾分。

「……錦繡坊、錯金閣，都是王府產業？」

福叔就等著她問，忙「欸」了聲，繪聲繪色將她從前與錦繡坊錯金閣的緣分說了遍。

明檀想起什麼：「所以先前，錯金閣送我的那套東珠頭面，是福叔您吩咐下頭人做的。」

福叔不敢邀功，自謙道：「主要還是經殿下首肯。」

明檀稍怔，點點頭，垂眸繼續看帳，唇角止不住往上彎。

不過小半天功夫，明檀就與福叔熟了。江緒素來不講究，能湊合的都讓繼續湊合，福叔守著大把銀子沒地兒花，也是挺難受的。這不，來了個能花的，福叔覺著自個兒總算是盼來了知音。

「這兩棵樹很是高大，可以在這兒做架鞦韆，從前侯府的樹沒有這般高大的，做出的鞦韆有些低。」

「府中花園似乎略小了些，可向西再挪個五丈，園中花草我還未見過，待我去瞧瞧，再看是否要多請些能工巧匠前來打理。」

「殿下練武怎麼可以只有這一小塊地方呢，東苑這邊可以改建成小型演武場，離府中兵庫也近，這邊建靶場，殿下好友入府，也可一同比試。」明檀在王府輿圖上比劃著，「還有這兒，荒草一片，不若休整一番，做出個蹴鞠場地來，平國公府比咱們王府小多了，人家府中便有蹴鞠場馬球場呢。」

「對了，時序近夏，西面蓮池空置的這座閣樓，做涼房如何？四周布竹排，引水上屋簷……侯府便有這麼座小涼房，只景致不美，若能在蓮池邊造上一座，想來入夏十分愜意！」明檀想來覺著十分舒適，眼裡亮晶晶地望向福叔。

福叔連連點頭：「好！好！」

他忙沾了沾墨，在冊子上記下這筆。

王府這邊，明檀與福叔正商量著如何花銀子。另一邊，回軍營練完兵的江緒難得空閒了下來。

其實這些年在他帶兵征伐之下，北地蠻夷已然收斂許多，若非冬日少糧人心浮動，甚少再生出事端。且大婚之前，他二度北上巡兵，順便處理東州一戰的遺患，今年之內，想來都會太平了。

他看了份邸報，沈玉忽而撩簾入帳，回稟公事。

待到稟完，沈玉踟躕片刻，忍不住問了聲：「殿下昨日大婚，今日軍中未有要事，為何不在府中相陪王妃？」

江緒抬眼：「這是本王的家務事。」

沈玉梗著脖子道：「王……王妃好歹也算屬下表妹，屬下關心一二，想來並不為過。」

江緒放下邸報，指骨扣在案上輕敲，忽道：「王妃累了，在府中休息，你還有何疑問？」

累了？怎麼就累了？

昨日大婚他也去喝了喜酒，新娘子前前後後都有人扶著抱著，壓根沒走幾步路，倒也不至於說累吧。

他愣頭青似的木了半晌，依令出帳。

可出帳好一會兒，他還有些懵頭懵腦的，沒明白王爺這般敷衍，是否是不喜檀表妹的意思。

直到聽見手下幾個兵湊堆兒說起前些時日在倚紅院的風流事，他恍惚間好像明白了什麼。

「那媚兒姑娘一把小嗓子真是不錯，哥哥長哥哥短的，叫得人都酥了！得勁兒！」

「我瞧著胭脂姑娘才好，那小腰，嘿嘿嘿，第二天一早嬌滴滴地和我說累斷了呢！」

沈玉渾噩著給自己倒了杯水，竟有些不敢想像檀表妹和王爺在一處時，哥哥長哥哥短，還嬌滴滴地說累斷了腰是什麼情景。

也不知是否是因為沈玉跑來說了通他大婚第一日沒在府中相陪王妃，方及夕食，江緒便回了定北王府。

他回府時，府中上下僕從往來，手裡不是搬著花盆便是捧著描金盒子。

他冷眼看了會兒，並未多言，一路走往新進了位小王妃的啟安堂。

相比於外頭，啟安堂內更是熱鬧得緊，在啟安堂門口，他遇見剛好打算離開的福叔。福叔見了他，滿面紅光，竹筒倒豆子般，喜滋滋地將今兒商定的王府改造事宜分說了番，期間夾雜著「王妃真有想法」、「王妃真是個妙人」、「王妃說得都對」之類的誇讚溢美。

「……」

如此鋪張。

江緒默了瞬，抬步走入屋內。

屋內，明檀正一邊翻著書冊，一邊伸著手，讓小丫頭替她染丹蔻。

見江緒進屋，明檀眼裡亮了一瞬，忙起了身，主動湊近江緒，將柔若無骨的小手舉至他的眼前：「夫君，你回來了，好看嗎？」

她離得近，身上有淺淡馨香，江緒莫名想起昨夜，一時竟有些心猿意馬。

他的喉結不甚明顯地滾動片刻，本欲開口的鋪張之詞，到了嘴邊便成了——

「好看。」

得了這聲誇讚，明檀笑得眉眼彎彎，極有興致地拉著江緒在屋內轉悠，一處處地仔細介紹起來。

江緒這才發現，不過半日，啟安堂內依著他這位小王妃的喜好，已然大變了樣。

待介紹完，明檀才想起這裡原先是她夫君一人居住的地方。她小心翼翼問了聲：「阿檀擅作主張布置了屋子，夫君可有不喜，可有不適？」

是挺不適的，可明檀拉著他輕晃撒嬌，手軟軟的，還不安分地在他掌心搔動。他不擅，也從未如此應對女子，說出的話便聲聲違心：「無妨，妳喜歡便好。」

明檀聞言，笑容擴了幾分，終於安心。

然她的安心不是白來，在夜裡也要以另外的形式補償回去。

晚上折騰了兩回，明檀香汗淋漓，累到快要散架，她軟趴趴地窩在江緒懷中，腦中迷迷糊糊想著：習武之人體力實非尋常，她夫君話雖不多，入夜卻如此熱情，難不成夫妻之間日日都需如此？那委實太辛苦了些。

事實上，明檀對辛苦的認知還有些偏差。因入宮謝恩已經推遲一日，不能再推，江緒收斂了不少。若要盡興，她怕是沒法穿著親王妃品級的禮服好生撐過一日了。

次日從江緒懷中醒來，明檀渾身痠疼著，她揉了揉眼，想要換個姿勢平躺，卻發現箍在腰間的手收得很緊。

她沒法兒大幅度動作，好在可以仰頭近距離觀賞到夫君俊美無儔的面龐。

不得不承認，她的夫君生得真是一等一的俊朗！從前京中女子都說，舒二公子玉樹臨風一表人才，她瞧著，舒二公子確然是俊的，可比起她家夫君，好像略顯溫潤了些，少了幾分沙場男兒的凜然氣概。

她伸出根手指，碰了下江緒的臉，見他沒反應，又偷偷加了根手指，並在一塊捏了捏，還往上撥了撥他的眼睫。

江緒睡眠極淺，早就醒了。正當他準備拉下明檀那隻作亂的手時，明檀忽然往上蹭了蹭，在他下巴上輕輕地親了一口，小腦袋往他脖頸間蹭，十分依賴地環住他的腰。

她的唇溫溫涼涼，像過篩蒸出的甜酪，細膩柔軟。江緒稍頓，一時竟不知該不該轉醒。

在榻上躺到辰初，兩人一道被婢女喚醒。整裝梳洗了番，巳正時分，兩人坐上王府平日一年都難得用上一回的馬車，一道入宮了。

入了宮門，兩人分走兩道，江緒去御書房見成康帝，明檀則是被內侍領著，去壽康宮拜見太后。

思及當初太后也想為她賜婚，明檀心中自有幾分怕被為難的忐忑。不過她這幾分忐忑並未掛在臉上，與江緒分別後，便拿出了親王妃該有的端莊派頭，目不斜視，從容有度。

當今太后與當今聖上並非親生母子。聖上乃先帝元后所出，而壽康宮宿太后乃先帝繼后，自個兒還有兩個親生兒子。

往事雖不可追，但稍微用腦子想想都知道，有出自兩位皇后的三個嫡子，皇位之易定然不是表面可見的和平承繼。再加上先帝元后早逝，元后母家遠不敵繼后母家樹大根深。想來，若非聖上出生之時便正位東宮，早早培養了堅定嫡長的東宮一派勢力，當年在與宿太后的抗衡之中，怕是很難討到好處。而宿太后在爭位落敗後，還能安居壽康宮，無人敢輕慢相待，也定然不是什麼只願長伴青燈古佛的善茬兒。

思及此處時，明檀已被領到壽康宮門口。

有老嬤嬤出來與內侍交接，引明檀入內：「定北王妃，請。」

明檀點點頭，暗自深吸口氣。

素聞太后近年一心向佛，壽康宮內倒有幾分向佛之人的樸素古意，一路往裡，沒見著什麼奢侈排場，也沒見著什麼金銀玉器，只繚繞著經久不散的淡淡香火氣息，讓人聞之不由心定。

「臣妾參見太后娘娘，參見皇后娘娘，願太后娘娘、皇后娘娘鳳體康健，萬福金安。」

一路而來嬤嬤都未提醒，皇后娘娘竟也在此。

好在明檀眼尖，餘光瞥見上首端坐的幾位女子中，除手握念珠一看便知是太后的婦人外，還有一位年輕女子身著深紅牡丹描金鳳紋錦裙，頭戴九鳳朝陽簪。

此等裝扮，除皇后外，不作他想。

「起，賜座。」

宿太后的聲音十分溫和，聽來頗覺親切，不過現下明檀可不敢覺得這位太后娘娘有多親切。

她又不是傻子，如果不是太后示意，引路嬤嬤又怎會不提醒殿中除太后娘娘外還有他人。尤其是皇后，方才若不是她眼尖，落了皇后的禮，難保皇后心中不快。

「太后娘娘您瞧，臣妾說的，可有半分差池？」章皇后笑意盈盈，「定北王妃端方有禮，最是賢淑貞靜不過。」

太后慈祥地點了點頭，滿臉愛憐道：「是個好的，哀家瞧著，和緒兒極為相配。」

她話音甫落，便有立在身側的嬤嬤上前，給明檀送上紫檀木盒所盛的見面之禮。

明檀起身，垂首接了，恭謹福禮，謝太后恩。

殿中坐有五女，除太后、皇后之外，從敘話中，明檀猜出了著蝶戲百花六幅裙的，是太后么女，溫惠長公主；著淡青繡蘭花紋樣宮裙的，是玉貴妃被發配冷宮後，如今宮中最為受寵的蘭妃娘娘；另有位年輕明麗的姑娘——

「嘁，無聊。」

明檀還未猜出這位姑娘的身分，便見這位姑娘上下打量著她，忽地輕嗤了聲。

「念慈，不得無禮！」溋惠長公主出言斥責。

太后掃了一眼，溋聲打太極道：「念慈便是這個性子，想什麼便說什麼，妳也不必過於苛責。緒兒這王妃是好的，哪裡會同她一個小姑娘計較。」

明檀：「……」

她也是個小姑娘呢。

蘭妃許是知道這不是她該開口的場合，垂眸撇弄著茶蓋，安安靜靜的，不怎麼出聲。倒是皇后接過話茬，給明檀介紹了翟念慈。

翟念慈是溋惠長公主的女兒，也就是宿太后的外孫女，很得宿太后喜愛，宿太后還給了她「永樂縣主」的封號。既如此，她見人就懟也不是沒有底氣了。

明檀不打算和這種三五年都見不上一面的人多做計較，但她不打算計較，永樂縣主卻不知是犯了什麼毛病，盯著她懟個不停。

一會兒說「這些年京中貴女難道都如王妃一般？真是好生無趣」，一會兒又說「王妃瞧著便是半分不懂沙場廝殺，與定北王殿下怎會有話題可聊」。

明檀含笑聽了半晌，忽而反問了句：「臣妾這些年在京中，甚少聽聞永樂縣主之名，想來縣主從前並不久居京城？」

翟念慈懶懶的，根本不答她的話，還是皇后接道：「念慈隨父北征，確實是甚少回京。」

哦，懂了，家世顯赫版明楚。

隨父北征……她夫君可不就是定北之王，這位永樂縣主許是在隨父北征的這些年，與她夫君有幾分淵源也說不定。且這位永樂縣主話裡話外的意思都是在說，她這種嬌生慣養的閨閣小姐配不上定北王殿下，那這不就等於在說，自己很配得上？

搞清楚敵意癥結，明檀也就不怕對症下藥了。

她斯斯文文地品了口茶，溫婉笑道：「縣主不讓鬚眉、英姿颯爽，真是讓臣妾好生佩服，不過京中閨秀素來都是以太后娘娘和皇后娘娘為典範，學著如何端莊賢淑，學著如何克己復禮，學著如何馭下，如何持家，以穩夫家後方，倒也算不得無趣。」

「且殿下平日在軍營之中，有的是將領與他談論軍務，回到府中，想來更需要的是一方清淨之地，做妻子的，能噓寒問暖多送碗湯，說會兒家常閒話，想來更能讓殿下心感熨帖。」

「……」

翟念慈哽了哽，半晌沒說出反駁之言。

這定北王妃不就是在指著她鼻子說她沒教養不守禮呢嗎？偏生她還不能駁什麼，畢竟人家都搬出太后與皇后擋在前頭。

更讓她心梗的是，定北王妃話裡話外都在說，定北王殿下並不想和自己的妻子聊什麼調兵遣將，回家有的是閨房之樂，妳少自以為是多管閒事。

不過短短幾句交鋒，殿中幾人便知，雖是相近年歲，可翟念慈於口舌之上，完全無法與這位定北王妃相爭。

為著不讓殿中氣氛太過尷尬，皇后主動擔起了鬆緩氣氛之責，拉著她能壓得住的蘭妃一道扯開話題，沒再給翟念慈強行與明檀掰扯的機會。

而另一邊，御書房內，成康帝拿著批好的摺子敲了敲桌，饒有興致地問了聲：「新婚如何？娶了王妃，你總算是成家了。」

江緒負手，不以為意地應道：「不如何，不過有些煩瑣。」

「……」

「誰問你煩不煩瑣了？」

江緒用一種「那陛下是在問什麼」的眼神靜靜望著他。

成康帝有些無言。

罷了，左不過是他自個兒想留一留明亭遠，權宜成下的婚，且就他那性子，指望他成個婚就突然開竅，也不知道是在為難誰。

成康帝想了想，又道：「聽聞你這王妃，在京中閨秀裡素有幾分名聲，怎麼說也是正兒八經娶回家的媳婦兒，面子上不可薄待了。」

江緒「嗯」了聲。

昨日她那番折騰便花了五千兩，他也沒說什麼，想來不算薄待。不過依她設想修葺王府還得再花上近十萬兩，太過鋪張，回去之後還是得責令一二。

成康帝不知江緒在想什麼，見他沒當回事似的，以為他不怎麼想提新婦，便轉了話頭，說起了近日朝堂之事。

時近日中，成康帝與江緒一道出了御書房。江緒不願在宮中留膳，成康帝也沒強留，江緒便徑直去了壽康宮接他的小王妃。

江緒行至壽康宮時，明檀跟在皇后等人後頭，正從殿內出來。

明檀和翟念慈走在一塊兒，不知在說什麼，忽地身形不穩閃了閃，似乎在臺階上撇了下腳，緊接著便是秀眉微蹙，輕嘶出聲。

江緒遠遠見了，想都沒想，便上前將她攔腰抱起，而後回頭，大步流星離開。

翟念慈：「……」

其實明檀也沒想到，她家夫君竟會這般直接地上前抱她。

從壽康宮出來，翟念慈不依不饒地跟著，糾纏些嘲諷之言，明檀煩不勝煩，剛巧，她遠遠瞥見她家夫君正往這邊走來，忽而心生一計。

她打斷翟念慈，輕聲道：「縣主對男子似乎知之甚少，既如此，縣主不如好好瞧瞧，殿下喜歡的到底是哪種女子。」隨即做出副崴腳模樣，頓步皺眉輕嘶一條龍。

依照明檀所想，她家夫君大約會先給皇后行禮，再上前問她傷情，她便可以順著話頭，可憐巴巴地含包淚，隱忍說聲「無礙」，再咬唇強調「是妾身自己不小心崴了一下」，這招祭出，不說博得夫君多少憐惜，讓夫君親密攙她離開是決計不成問題的。

可如今她家夫君這般舉動，已然超出預期，明檀一時怔得忘記要朝翟念慈溫溫柔柔地笑上一笑了。

這可是在宮中！

遙想去年上元宮宴，她打起十二萬分的精神，半步都不敢行將踏錯。如今卻被她夫君抱著在大內橫行，這、這未免也太張揚了些。

「夫……夫君，你不進去向太后娘娘請安嗎？還有皇后娘娘……夫君似乎未行禮，這樣是否於理不合？」明檀摟著江緒的脖頸，小心翼翼問道。

「無妨，」江緒沒當回事，「太后為難妳了？」

明檀搖搖頭：「並未為難到我。」

這話倒是說得極有意思。

沒為難到，那還是為難了。

江緒沒應聲。

走了一段，明檀又問：「對了，夫君與永樂縣主相熟嗎？永樂縣主很是英姿颯爽，還曾隨父北征，聽她所言，似乎與夫君還有些淵源呢。」

「不熟。」江緒垂眸，淡淡看了她一眼。

明檀像被看穿心思般，小聲「噢」了下，乖巧地沒再追問。

其實江緒所言「不熟」不是敷衍，他對永樂縣主的印象，全部來自太后還有她那位還算驍勇善戰的父親。

至於這位永樂縣主傾慕於他，曾喬裝入營，為他隨父北征，還曾私下哭鬧要當定北王妃的事，他都不知曉，也不必知曉。他的王妃可以是任何人，但絕不可能是宿太后至親。

走至曄陽門，江緒忽問：「腳傷如何？」

明檀搖頭：「輕輕崴了一下，無礙的。」

江緒頓步。

明檀反應過來，立馬摟緊他的脖頸，輕聲撒嬌道：「但還是有一點點痛，不能自己走路呢。」

「……」

煩瑣。

他抬步繼續往外走。

明檀忍不住往上彎了彎唇角，既是張揚了，若不張揚到底，被御史參上幾本摺子可不冤枉得很？

明檀倒是很有自知之明，知道如此招搖免不得要在御史言官那兒記上一筆。次日早朝，議完要事，便有言官出列，參定北王殿下於大內言行無狀，自巡兵歸京以來從未上朝議事，有懶庸之嫌。

人家參上一參，其實不過是例行公事，完成月課，沒指望能參出什麼懲戒。畢竟定北王殿下只要在京城，也沒幾日是言行有狀目中有人的。

可新晉的岳丈大人不幹了。

明亭遠出列便道：「臣以為，王爺新婚燕爾，見王妃受傷心急維護乃人之常情，何談言行無狀？且御史所舉懶庸之嫌也是荒謬至極，文臣武將本是各司其職，王爺上陣殺敵之時，也沒見參楊御史未曾為國效力，只會在朝堂上一張嘴叭叭叭地盯著人家家事有懶庸之嫌！」

昌國公白敬元也出列附和：「臣以為靖安侯所言極是，定北王若稱得上懶庸，那這朝堂之上怕沒有幾個勤勉忠君之輩了，就算有，也定然不是只會盯著雞毛蒜皮小事斤斤計較的楊御史之流！」

楊御史：「……」

成康帝：「……」

朝堂上靜了瞬，竟無人出面圓場。

因為事實就是，定北王殿下在宮中如此行徑，確然目中無人了些。可定北王殿下素來如此，宮宴都攪散了還怕這遭？何況昌國公和靖安侯說得也沒錯，新婚燕爾的，陛下都不介意，你還平白上奏尋人晦氣，大可不必。

至於上朝議事，當年定北王殿下不是沒上過，可人一上來，要麼沉默而立不發一言，要麼就直接嘲諷太后，那還是別上的好。

半晌無人接話，鑾殿寂靜，最後成康帝不得不輕咳了兩聲，自個兒圓場道：「愛卿不必爭執，定北王年紀輕，剛成家，這……愛妻心切也是有的。」

他頓了頓，總覺著自個兒這話說得奇怪，但說都說了，只好繼續道：「且定北王一心為國，為大顯立下的赫赫戰功有目共睹，不上朝議事，是經朕特許，無需苛責。」

說完，他望了右相一眼。

右相會意，忙出列稟事，岔開話題，將這一遭輕輕翻過。

成康帝說起閒事沒怎麼思量，不知他這金口玉言的「愛妻心切」一出，自下朝起便往外傳開了來。

近日朝中無甚要事，大臣們很樂意八卦一番，回到自個兒府中，還不忘與自家夫人閒話。於是定北王殿下「愛妻心切」這一傳聞，不過半天功夫，就傳得滿京勳貴皆知了。

外嫁女三朝回門，明亭遠在朝堂怒駁楊御史的同時，江緒剛好練完武回啟安堂，預備陪明檀一道回靖安侯府。

江緒慣常一身黑，可明檀自個兒邊梳著妝，邊從銅鏡裡拿眼瞧他，話裡話外都在說，去歲在大相國寺，他穿的那身松青便服很是好看。

「那身衣服破了。」

「那夫君就沒有其他不是黑色的衣裳了嗎？」明檀就不信了，起身親自翻了翻箱籠，找出身月白長衫在江緒身上比了比，「這身如何？阿檀瞧著好像不錯。」

江緒不喜月白。

可不等他開口，明檀期待地望向他道：「阿檀也有一身月白錦裙，今日回門，夫君與阿檀穿一樣的顏色好不好？」

「……」江緒移開視線，「隨妳。」

於是夫婦二人就這麼穿著身顏色一致的月白錦衣，帶著福叔準備的幾車歸寧禮回靖安侯府了。

兩人回府時，明亭遠已下朝，並將成康帝所說的「愛妻心切」無限發散了番，發散得那叫一個滿面紅光與有榮焉，裴氏聽得將信將疑，總覺著自家侯爺所說的「愛妻心切」與迎親那日見到的定北王殿下無甚關聯。

王妃回門不算小事，雖未大肆操辦，但靖安侯府還是將京中的同宗親戚都請了一圈兒，操辦了場家宴。

沈畫與白敏敏自然也來了。

男人有男人的場合，女人也有女人的私房話，應付了番前來寒暄的三姑六婆，明檀尋著空隙與沈畫、白敏敏一道回了照水院。

其實不過幾日沒回，照水院內陳設依舊，可明檀莫名覺著，在照水院十幾年的閨閣時光已與她相距甚遠，越往後，會越來越遠。

「怎麼樣怎麼樣？新婚這幾日，殿下待妳還算不錯吧？我今兒同我爹一道過來便聽說，妳家殿下昨兒在宮裡抱妳，被楊御史參了一本，然後我爹和妳爹在朝堂上就懟了那楊御史一通。總之聽起來，你們家殿下好像很是心悅於妳呢。」白敏敏興奮地問道。

明檀捧著臉，頗有幾分嬌羞地點了點頭：「殿下待我很好，應是……有幾分心悅的吧？」

她一直是循規蹈矩的大家閨秀。除了跟著白敏敏看過幾個話本子，連外男都沒見過幾個，不懂什麼叫做喜歡，什麼叫做心悅。可她夫君長得好看，她願與她夫君共度一生，那她應是心悅她夫君的。而她夫君也誇她好看，待她很好，應也是心悅於她？

明檀對自己的邏輯頗為認可，想完還自顧自地點頭肯定了番，

沈畫輕輕打著扇，笑著附和：「瞧四妹妹這般容光煥發、眼波含春，就知道殿下待四妹妹定然是極好的。」

白敏敏還未出嫁，沒聽懂沈畫那聲「容光煥發、眼波含春」的意思，還傻不嚨咚地好奇追問：「定北王殿下待妳很好，那妳與定北王殿下，可有圓房？」

沈畫那番別有深意的打趣已然臊得明檀紅了耳根，白敏敏還蠢得追問，她更是臊得脖頸都紅了。

「到底圓沒圓？」白敏敏不依不饒。

「圓了圓了圓了！」明檀不堪其擾。

白敏敏眼睛發光：「真圓了？」

明檀不想理她。

「那定北王殿下……如何？」白敏敏對著手指，一臉八卦。

這下輪到明檀不懂了：「什麼如何？」

「就——」白敏敏撓著頭，不知該如何委婉形容，她也是近日好奇心盛，尋來的新鮮話本裡頭都說什麼，新嫁娘都會和好友聊起床幃之事，所以就學著問上一問。

明檀沒聽明白，倒是看她的神情看明白了，於是想都沒想便拿扇子打了過去，直瞪她：「妳個未出閣的姑娘，知不知羞的？」

「反正沒妳不知羞。」

白敏敏極擅翻舊帳，歷數了番她未出閣時偷進軍營、偷看避火圖之類的荒唐事。總之話題繞來繞去，白敏敏與沈畫都不饒她，最終又繞回了床幃之事。

明檀雙手托腮，不好意思地捏著耳垂，回憶了會兒，羞答答道：「殿下應是，挺厲害的？一夜要了兩回水，很是辛苦。」

其實她也沒有經驗對比，不知道什麼厲害什麼不厲害，只是憑著直覺罷了。

白敏敏疑惑：「要兩回水厲害嗎？我看的話本都要七回呢。」

明檀：「……」

是這樣嗎？那照白敏敏的意思，她夫君還不太行？可要七回水人不都得泡禿皮了？

方走至閨房門口，意欲喚明檀出去用膳的江緒頓了頓腳步。

明檀總覺著，今兒回門後，她夫君看她的眼神有些奇怪。到底哪裡奇怪，她也說不上來，眼神交匯時，好像要比平日多停上一兩息，她也沒太放在心上。

家宴膳畢，白敏敏與沈晝要歸家。

近些時日，白敏敏她娘還有她大嫂拘她拘得緊，畢竟是相看人家的大姑娘了，讓人知道見天兒在外瘋跑，終歸於名聲無益。

沈晝則是要回去見幾個掌櫃。自入李府，婆婆便讓她協理中饋，她雖慣愛吟詩作對，但也不是不通庶務，府中上下打理得井井有條，如今在李府已頗具威望。

她們走後，明檀又去蘭馨院與裴氏敘了會兒話。

裴氏還拿沈晝作例子：「……她是個有福的，如今在李司業府，過得也算是如魚得水，郎君上進，夫妻和睦，妯娌也好相處，她家那位大嫂，不就是妳要好的周家小姐的姐姐麼？性情模樣都沒得說。還有最要緊的是公婆開明，不拿捏人，這才一入府就能協理中饋呢，妳也多學著點。」

明檀點了點頭，沉吟片刻又道：「母親，道理我懂，可我沒什麼妯娌公婆，大婚第一日，王府管事就將帳冊鑰匙全送來給我了。」

「府中無人為難於妳？」

明檀想了想，搖頭。

這般情形屬實少見，裴氏想了想：「既交予妳，便是信妳，妳更應該好好打理王府產業才是。」

明檀「嗯」了聲。

見四下無人，裴氏咳了聲，壓低聲音問了句：「府中可有姨娘、通房？」

定北王府不似其他門戶，能在婚前打聽一二，也不似其他門戶，婚前出了醃臢事還可不嫁，於此道上，裴氏一直頗為擔憂。

明檀想都沒想便否道：「沒有。」可忽然她又頓了頓，語氣猶疑起來，「應是沒有的吧？我入府三日，未聽說府中還有其他女人。」

「殿下三日都歇在妳屋裡？」

明檀紅臉「嗯」了聲，矜持道：「我住的，好像就是夫君一直在住的院子，他的衣物都在屋內。」

兩人竟是同住？裴氏稍感意外。

不過如此一來，今兒侯爺回來說的「愛妻心切」倒顯得有那麼幾分可信了。

裴氏心中寬慰不少，握住明檀的手，語重心長道：「王爺如今獨獨愛重於妳，這自是再好不過。可母親也要給妳提個醒，王爺年輕有為，位高權重，此時只有妳，並不代表往後也只有妳。」

「宅院之中，子嗣為重，趁著夫妻情濃又無旁人打攪，早早兒生養，穩住妳的王妃之位才是正經。只要妳執掌中饋，膝下有嫡出子女，那往後在王府，誰也越不過妳去。」

裴氏說得很是在理，也都是時下婦人心中所想。可明檀一想到以後還會有其他女人同她夫君耳鬢廝磨生兒育女，心裡頭就莫名地有些不舒服。

「母親知道，現在說這些，妳不愛聽，可凡事都得看長遠些，臨了才不至於黯自心傷。」

「女兒知道了。」明檀咬唇，點了點頭。

「還不下車？」

日暮時分，馬車停在定北王府門前，江緒站在車外，掃了還端坐車內莫名發呆的明檀一眼。

早上出門之時，他這位小王妃纏著他問東問西，精神十足，回府一路，卻是半聲不吭心不在焉，也不知是不是在想她好友所說的話本「要水」一事。

江緒本想當夜便驗證一番要七回水是什麼感受，可宮中有事，宮門下了鑰還傳口諭召他，他回府換了身衣，便入宮了。

新婚四日，忽然獨守空房，明檀竟有些不習慣。

半夜急雨，電閃雷鳴，她裹著錦被翻來覆去，一想到往後府中要進新人，都是花一般的鮮妍顏色，她的夫君要雨露均沾，夜裡要同她們翻雲覆雨，更是莫名地悲從中來，很是有番前路未卜的惶然與傷感。

次日一早，雨收雲霽，窗一推開，便有沾著花草木香的清新之氣撲面而來。

明檀頂著發青的眼圈坐在妝奩前，沒什麼精神。

正當她自我寬慰了番以後的事情以後再說，不必如此杞人憂天之時，外頭忽然進來個小丫頭，腦袋埋得低低的，頗有幾分難以啟齒地傳話道：「王妃，雲姨娘來給您請安了。」

明檀一怔，腦袋似是轟開了般，驚得她半晌沒能回神。

綠萼也是懵的，玉梳停在明檀髮間，都忘了要往下梳。

「妳……妳說什麼？什麼姨娘？」綠萼不可置信地問。

小丫頭小心翼翼答道：「雲姨娘……王妃入府諸事繁瑣，所以姨娘今日才來給王妃請安。」

綠萼：「為何之前從未聽過府中還有姨娘？」

小丫頭搖頭，支支吾吾道：「奴婢不知。」

素心稍微能端得住些，揮退了小丫頭，忙安撫道：「想來是殿下從前在府中慣用的通房，迎正室，抬通房，這在尋常人家是常有的，小姐不必太過掛心。殿下從前未提，大約就是沒將人放在心上的意思。」

「對、對。」見明檀一臉失魂落魄，綠萼反應過來也忙附和，「若是什麼正經角色，殿下不提，福叔總是要提，府中其他下人也是要議論的。既然這些日子都無人提及，那必然無足輕重。這會兒尋來請安，許是要給小姐敬杯妾室茶，可殿下沒回，這茶小姐不愛喝，尋個理由不喝就是了。」

明檀一言不發，不知在想什麼，靜了好半晌，才讓綠萼繼續替她梳妝。

過了大半個時辰，明檀收拾停當，款款出現在啟安堂花廳。她落座上首，眉眼微抬，緩慢地打量著這位如晴天霹靂般不知打哪兒冒出來的新姨娘。

這位雲姨娘，相貌雖不及她，但也不差，清麗之餘，很有些美人風韻。

沒等她消化完內心五味雜陳的情緒，模樣清麗的雲姨娘便俐落拱手，單膝跪地：「奴婢雲旖，參見王妃。」

好像有哪不對。

明檀一時沒想明白，下意識問道：「妳是，雲姨娘？」

「是。」

明檀壓了壓心底的情緒：「起來吧，看座。」

雖刻意壓了壓情緒，然她的目光卻不想再落在這人身上，她自顧自地撥弄著茶杯碗蓋，實在是有些無法違背內心，說出「以後都是姐妹，要同心同德好好伺候王爺，早日為王爺開枝散葉」之類的話。

太難受了，心裡太難受了。

靈渺寺的金身終是白塑了！

她抿了口茶，騰騰熱氣薰得她眼睛疼，眼前蒙起一層霧氣。

雲旖未有所覺，盯著明檀撥弄茶杯碗蓋的纖纖玉手，眼睛一眨也不眨。

綠萼心裡為明檀壓著氣，見她無狀便對她嗔怒道：「姨娘盯著王妃瞧什麼呢，怎的這般不懂規矩！」

雲旖下意識便答：「王妃撥茶蓋的動作很好看，手也很好看，我沒見過這麼好看的手。」

說完，她端起桌邊的茶，模仿著，生硬地撥了撥，然後就將還未舒展沉入茶底的茶葉撥飛了。

「……」

這哪裡來的憨子！

綠萼的白眼差點要翻上天了。

正當花廳沉陷在詭異的寂靜中時，丫頭來稟：王爺回了。

明檀手指屈了屈，可她這會兒難受得不想再看見那個男人，直到眼底沒入一片錦衣衣擺，才垂眼起身，有些敷衍地行了個禮。

江緒並非心細之人，可他的小王妃從頭髮絲到繡鞋上的流蘇都寫滿了「我不高興」，他不至於看不出來。

落座在明檀身側，他掃了雲旖一眼，淡聲介紹道：「這是本王替妳找的護衛，雲旖身手很好，以後本王若不在府中，自有她來保護妳。」

「……」明檀忽地抬眼。

「屬下津雲衛雲旖，奉命保護王妃安危。」她正經行了個禮。

明檀更懵了。

什麼衛？津雲衛？

介紹完，江緒瞥了雲旖一眼，雲旖識趣垂首，躬身後退。

花廳內很快便只剩下明檀與江緒二人。

明檀仍沉浸在大起大落的情緒中，有些回不過神：「雲姨娘是……護衛？那她只是護衛還是？」

「只是護衛。」

「那為何要讓她當姨娘？」

話本裡頭女護衛都是當貼身婢女的。

「本王不喜府中人多。」

說完這句，江緒起身讓人擺膳去了。他一早回來，以為會有口熱粥，可沒想到，他的王妃因為個女護衛，將賢良淑德止步在新婚第四日。

明檀不知他在想什麼，還在琢磨他那句「不喜府中人多」，這一琢磨，便琢磨了大半天，將各種情況都考慮過後，她得出一個比較靠譜的結論：她的夫君應是暫時不想納妾。

王府很難只有一位王妃，雖說一般人不大敢往定北王府塞人，塞了他也大可不收，但總有些不是一般人，譬如宿太后。

說來，那日出宮時，她還在夫君的面前有意無意上了上宿太后的眼藥，暗示宿太后有往府中塞人的意思呢。

如今她夫君這安排，倒有幾分「與其等著人塞，還不如自個兒先下手為強」的意思，如此一來，拒絕那些個送上門的美人就能有個「府中已有姨娘」的由頭。

晚上安置，明檀於床笫之間向江緒求證這一想法，也得到了肯定的回應，她一時欣喜得熱情了不少，儘管辛苦，也配合著承到了半夜。

要完水時，明檀以為可以如前幾日般安寢，便安安心心地閉上了眼。可誰想江緒在身後摟著她摟了沒一會兒，忽而又有了起復的勢頭。很快明檀就不容拒絕地被翻過來。秀眉微蹙，香汗如雨。她嗚咽著，眼淚花兒往外冒，邊拍打，邊斷斷續續控訴。

迷糊間，忽聞江緒在她耳邊沉著聲道：「話本裡不是說要七回水？」

「……」明檀想起什麼，立馬駁道：「可那不……不是我說的，唔！」

「王妃可起了？」

「未起。」

「那這早膳還熱不熱了？」

「留一道粥且煨著吧，看這時辰，還是早些準備午膳才是。」

日升，定北王府的膳房內時不時便有人問「王妃可起」，偏辰時問到巳正，都是未起，下人們心裡頭好一陣嘀咕。

有好事者雙手交疊在身前，下巴微抬，故作高深道：「我瞧你們午膳也不必備了，擎等著備晚膳便是了。」

「為何？王妃出府了？」

好事者還想賣賣關子，可剛好有曉得內情的僕婦提了一簍子水靈菜尖兒進了廚房，迫不及待地長舌道：「你們還不知道？昨兒夜裡啟安堂叫了好幾回水呢，嘖嘖，都折騰到快早上了，王妃哪起得來！」

「啊？」

「還有這種事？」

眾人不自覺地聚攏到一塊，豎起了耳朵。

廚房裡頭生養過的粗婦多，慣愛說嘴，潑皮不害臊，論起房裡頭的長短，臉不紅心不跳，還很有幾分來勁兒。

「福貴家的，妳閨女不是在啟安堂當差來著，啟安堂真那麼鬧騰？」

「可不是。別看咱們家王爺成天冷著張臉，那上頭可耗著功夫呢。這王妃才過門幾天哪，見天兒的夜裡頭折騰，滿院子都能聽著，我閨女前兒個在茶水房值夜，說是一晚上都沒睡好，就聽王妃嬌滴滴地哭啊喊了。」

「我也聽說了，尤其昨兒個晚上，可真是叫了足足好幾回水！後邊聽說是王妃狠哭了會兒，鬧了番脾氣，不然還有得折騰。」

「王妃長得和天仙兒似的，又嬌得很，男人見了哪能不愛，我瞧著眼睛都發直呢。還有那皮子和嫩豆腐似的，又白又細，怕是一掐就能出水兒，前兒在園子裡那麼一逛，日頭那麼一照，真真兒是白得晃眼。」

「我也瞧著王妃招人愛得緊，可不就連咱們王爺那樣平日在外頭說得有多神勇的人，都下不來美人榻麼。」

廚房裡頭的僕婦說論得有些臊人，小丫頭片子傍著聽了幾聲，都紅著臉躲開了，可這些個僕婦說的，其實不算誇大，饒是素心、綠萼這般沒經過人事的姑娘也隱隱覺著，殿下昨夜……似乎折騰得太狠了些。

她們家小姐起先還好，可中途有陣子哭喊得厲害，到後頭也嚶著，約莫是啞得沒力了，聲音低下去不少。

最後那趟素心往裡送水，匆匆一瞥，只見她家小姐髮髻凌亂，裹著被子窩在殿下懷裡，就和兔子急了眼似的，眼睛紅紅，聲音低低啞啞，不知囫圇著說了什麼，說完忽然往人脖頸間狠咬了一口。

素心嚇得雙腿一軟，差點就要跪下為她家小姐求情了。

可殿下眉頭都沒皺一下，低低地應了聲：「好，安置。」

聽著雖然沒什麼情緒，但應著屋內的旖旎氣氛，好像有那麼幾分哄人的意思。

後頭用完水，殿下還要了回藥，屋裡頭紅燭靜了一刻才見滅，待到四下全然寂靜，天邊已露出蒙著昏昧灰白的淺淡亮光。

殿下倒是好精神，一大早半點沒耽擱，起身練劍，回屋還用了早膳，隨後照常出門。只有她們家小姐沉沉睡著，從辰時到巳正，半點兒沒有要醒的意思。

足足睡到晌午，明檀才悠悠轉醒，醒了也有好一會兒雙目無神腦袋空空的，半倚在榻上，倦懶得很，不怎麼想起。

剛巧綠萼捧了一盒小玩意兒進來，福身歡喜道：「小姐，您醒啦。敏小姐遣人送東西來了，說是這兩日新得的奇巧物件，西域那頭來的，您可要現在看看？」

不提還好，一提白敏敏，明檀就火冒三丈。

罪魁禍首！

「不看！」

「……」

綠萼懵了下，手足無措，以為是自個兒做錯了什麼。

明檀氣不過，又道：「把上回白敏敏送我的那塊醜帕子找出來，再拿把剪子給我。」

綠萼一頭霧水，應了聲是，小心翼翼放下那盒玩意兒，忙去翻找了白敏敏先前繡的醜帕子，並著剪子一道送至床邊。

明檀想都沒想便抄起剪子往那醜帕子上狠剪了兩下，然後氣咻咻地吩咐道：「把它塞到那盒子裡頭送回昌國公府，就說我今兒就和她白敏敏斷了這手帕交！」

綠萼：「……」

「阿嚏！」

在昌國公府被逼著學女紅，正在繡鴛鴦的白敏敏忽地打了個大大的噴嚏，她揉了揉鼻子，還在想：莫非是近幾回的相看之中有哪家公子看上她了？

有沒有哪家公子看上白敏敏猶未可知，但近些日子，殿前副都指揮使陸停陸殿帥，是明擺著看上了周家小姐周靜婉。

周靜婉正值適婚之齡，溫婉貌美，極富才情，到周家提親的青年才俊原本極多，可自從陸殿帥也去周家提了回親過後，先前那些才俊都莫名沉寂了下來。

先是有翰林編修逛花樓，被御史參了一本，說是有辱翰林清貴，遭了貶斥。後又有侍郎之子當街縱馬傷了攤販，被告到衙門，賠了筆銀子，自個兒也傷了腿需臥床半年。

這些個事情說小不小說大不大，唯一的關聯便是都曾登周門求親。

大家明悟了其中關節，慢慢地，上周家求親的便越來越少了。

周靜婉的婚事從明檀被賜婚那會兒就開始挑揀，如今明檀都已成婚，女兒再嫡，也得提上日程。

可如今這檔子情形，本來挑花了眼都不急的周母不由得急了起來，周靜婉更是怕得很，日日擔憂著自個兒沒人求娶，最後只能嫁給那位陸殿帥。

四月裡春光正盛，明檀邀周靜婉過府賞花。

她翻修王府，重建花圃，奇花異草方到，便請了周大才女過來，為花圃題字。至於白敏敏，置的閒氣還沒消，她的帖子沒往昌國公府下，倒是白敏敏蹭著周家馬車不請自來了。

周靜婉本就身子弱，近日鬱鬱，更顯消瘦。明檀與白敏敏逼問起，她才難以啟齒般，說起自個兒似被暗下絆子的婚事。

「妳就那般看不上陸殿帥？」白敏敏不解，「我瞧著陸殿帥挺好的。」

「他挺好，妳如何不嫁？」

白敏敏被哽了哽：「他不是向妳求親嗎？與我何干。」她轉頭問明檀，「妳家王爺不是同陸殿帥相熟？不如妳去問問王爺，這陸殿帥究竟是怎麼個意思。」

明檀稍頓。

自從上回在床榻間被鬧得狠了，發了脾氣，她和她夫君沒再正經說上幾句。

一來她夫君軍務繁忙，本就沒幾日著家。著了家也是個悶葫蘆，若不主動挑些話題，他能枯坐桌前看一宿的兵書；二來她及至信期，不能行房，一個只能在床榻間見著點情緒的男人，幾日不行房，瞧著便有些生冷；三來……她也被折騰得有些怕了，不是很願意近他的身。

「想什麼呢。」白敏敏用手晃了晃。

「沒什麼。」明檀若無其事地抿了口茶，「待夫君回來，我問問他。」

白敏敏沒多想，還接著話頭寬慰周靜婉：「陸殿帥這般作為，很是有幾分勢在必得的意思，想來不是一時興起。依我看，妳對他也不必如此抗拒。等阿檀問了王爺，妳瞭解瞭解再作定論也不遲。」

周靜婉意動，欲說還休地看了明檀一眼。

「……」

「包在我身上。」

明檀應得乾脆，可接了這樁差事，心下還是有些苦惱。她月信方過，今兒去問，怎麼覺著有點羊入虎口自找苦吃的感覺呢？

躊躇至江緒回府，聽聞他去了書房，明檀咬了咬牙，還是決定為周靜婉豁出去一回。

她特地換了套嚴實點的錦裳，領口遮到脖頸，端了盞晌午便煨在火上的燕窩粥和一碟玉帶糕去了書房。

「殿下，王妃來了。」

門口有侍衛通傳。

「進。」

江緒的書房寬敞簡樸，入目數列博古架，上頭多是兵書、短兵器。另有沙盤、棋桌、以供休息的窄榻。

明檀掃了一眼便收回目光，走至桌邊，乖巧輕聲道：「聽聞夫君公務繁忙，沒用晚膳，阿檀便親自做了燕窩粥和玉帶糕，夫君快嚐嚐，公務要緊，身體更要緊。」

江緒：「……」

前些時日盡興一回，他這位小王妃便對他鼻子不是鼻子眼睛不是眼睛，好幾日愛答不理。

一會兒說身上不舒服，一會兒說來了癸水，安置時不小心碰到都要踹他兩腳，他索性在書房睡了幾晚。

今日這是，他頓了頓，看向那碗燕窩粥和那疊玉帶糕。

「妳做的？」

明檀點頭，將其做法娓娓道來：「這燕窩粥煨得極細膩，從晌午便用溫火燉著了，煨的時候必須有人守著，隔半個時辰便拿湯匙順著同一方向攪動半刻，如此煨出來的燕窩粥才能入口即化。」

「還有玉帶糕[8]，是糯米碾粉，過篩了三回，細篩過後以水和之，豬油白糖層疊相

---

8 玉帶糕參考《隨園食單》三層玉帶糕作法：「以純糯粉作糕，分作三層：一層粉，一層豬油白糖，夾好蒸之，蒸熟切開。蘇州人法也。」

間，再夾一層核桃粉與花生粉，以增香甜口感，如此做來再上火蒸，蒸的火候極有講究，中途還需開屜換面，不然很難使其晶瑩剔透，口感綿密……」

江緒嚐了口，確實和他平時隨意將就的粥和點心大為不同。

他下意識瞥了明檀的手一眼，她那雙手整潔乾淨，還染著丹蔻，十足的不沾陽春水模樣。

他確認道：「妳親自做的？」

「是啊，」明檀理所當然。

江緒停了瞬，忽而擱下瓷勺：「回去吧，本王還有要事。」

明檀不明所以：「夫君不再用些嗎？阿檀親自……」

「本王不喜歡聽人扯謊，妳先回去。」

「……我如何扯謊了？」

明檀懵了。

「妳說，這是妳親自做的。」江緒抬眼望她，眸光筆直且靜。

明檀對上他的視線，並無絲毫閃躲，還十分地振振有詞：「本就是我親自做的，夫君不信盡可提廚房的人來問！我親自吩咐廚房，用多少料用多少火都交代得仔細，還親自跑了兩趟，人證物證可是俱在！」

江緒默了默，發現兩人對「親自」的理解有了極大偏差。

「妳說的親自做，是親口做？」

「不然呢，難不成讓我自己挽袖子和麵嗎？」

理直氣壯。

江緒：「……」

明檀快要委屈死了，這可是她自個兒琢磨出來的獨家配方，雖瞧著與普通的沒什麼兩樣，可嚐起來口感卻大為不同。臭男人喝了她的粥嚐了她的點心還要污蔑她扯謊！他不配！

想到這，她收拾了碗勺，提著食盒就要走人。

「等等。」

明檀哪聽他的，走至門口便徑直推門。

江緒跟著起了身，拉住她的手腕。他稍稍用了些力，明檀就被拉得往後退了兩步，還不由得回轉撞入他懷中。

不巧，書房明間的大門正好被明檀推開，春夜的風溫溫涼涼，往裡吹送。

舒景然站在外面，正欲通稟的侍衛也是張著口，不知該說什麼。

打擾了。

其實門開的那瞬間，明檀撞在江緒胸膛間，並未瞧見屋外之人。

倒是江緒與舒景然對視一息，彷彿什麼都沒瞧見般，轟然關上了門。

「……」

舒景然稍感迷惑。

前幾日與江啟之碰面時，江啟之還評價過「愛妻心切」這傳聞無聊至極，可今夜看來……他緩緩轉身離開，不知想到什麼，忽然輕笑了聲，步子也輕快些許。

書房內。

江緒鬆手，接過食盒，沉吟道：「是本王誤會了。」

明檀不理，負氣走至博古架前，拿起本看不懂的兵書，裝模作樣翻閱，邊翻她還邊用眼角餘光偷瞥——

算他識相！雖未真心實意道歉，但他還是回到桌案邊，沉默著將她辛苦做的燕窩粥和玉帶糕用完了。

見碗碟乾淨，明檀想起此行目的，倒不好繼續拿喬，於是放下兵書，走回桌前，磨磨蹭蹭收拾起食盒。

她正在心底醞釀說辭，江緒忽地問了聲：「妳不熱？」

四月天裡，已能窺見些微暑意，平日常見她穿輕盈薄衫，今日卻層層疊疊裹得嚴實，連慣常露在外頭的白皙脖頸也遮了大半。

江緒不提就算了，一提起來，明檀還真覺著悶得慌，背上起了層薄汗。可她還是硬著頭皮胡扯了句：「小日子比平日本就冷些。」

「小日子還沒過？」

明檀警覺，下意識捂住領口，岔開話題道：「墨乾了，阿檀替夫君研墨吧。」

江緒本只是順著話頭隨口一問，沒想什麼，倒是明檀莫名緊張，惹得他多瞥了兩眼。

磨墨這事瞧著輕鬆，可真做起來極為費神，沒一會兒，明檀就感覺手心發麻，額角出汗。她小臉紅撲撲的，趁江緒不注意，騰出隻手給自個兒搧了搧風。

待磨開小半截墨錠，她才撿起話頭，斟酌著切入正題：「夫君，妳和陸殿帥是不是甚為熟悉？」

「何事？」

「不知夫君可有聽聞，陸殿帥向翰林學士周家求親一事？」

「聽說了。」

「那夫君知不知道，陸殿帥為何要向周家求親？」

「與本王何干。」

明檀被哽了哽。

「那……那靜婉是我的手帕交，陸殿帥求親，惹得其他人都不敢再登周家門了，靜婉這幾日好生傷神。」她頓了頓，硬補了句，「阿檀掛心好友，也十分傷神。」

江緒這才抬眼：「其他人不登門，與陸停有何干係。自己懦弱無膽，也要怪到別人身上？」

明檀語凝，雖然感覺有哪兒不對，但夫君這話聽起來很有道理的樣子。

她遲疑片刻，又問：「可陸殿帥凶名在外，也不知他是否真心求娶……」

她邊瞧江緒，邊步步試探：「過兩日便是浴佛節，許多人家都會去大相國寺觀禮，夫君不如安排一二，讓靜婉親自見見陸殿帥可好？」

江緒：「……」

他看起來就如此聊聊無事麼。

見他不應聲，明檀拉了拉他的衣袖，極小聲地補了句：「阿檀小日子過了呢，夫君今日不回屋歇息嗎？」

書房靜了一瞬，江緒擱筆：「本王會告知陸停。」

當夜，消停數日的啟安堂又鬧騰了半宿，紅燭搖曳，香帳半掩，明檀坐在江緒身上眼淚巴巴哼哼唧唧時，還不忘心疼她那身被撕壞又被隨意扔在地上的新衣裳。

早知如此，就不穿這身了，這可是蘇州那邊新製出來的瑤花緞呢，整個京城統共也就這麼幾匹。

皇后娘娘將自個兒那兩匹給了她，她做了新衣裳才穿一回，不過就是嚴實難解了些，至於撕壞嗎？莽夫！不行，這匹緞子必須算在靜婉身上！

——《小豆蔻》未完待續——

高寶書版集團
gobooks.com.tw

YE 051
小豆蔻（上卷）
作　　者　不止是顆菜
責任編輯　吳培禎
封面設計　虫羊氏
內頁排版　賴姵均
企　　劃　何嘉雯

發 行 人　朱凱蕾
出　　版　英屬維京群島商高寶國際有限公司台灣分公司
　　　　　Global Group Holdings, Ltd.
地　　址　台北市內湖區洲子街88號3樓
網　　址　gobooks.com.tw
電　　話　(02) 27992788
電　　郵　readers@gobooks.com.tw（讀者服務部）
傳　　真　出版部(02) 27990909　行銷部 (02) 27993088
郵政劃撥　19394552
戶　　名　英屬維京群島商高寶國際有限公司台灣分公司
發　　行　英屬維京群島商高寶國際有限公司台灣分公司
初　　版　2023年8月

本著作物《小豆蔻》，作者：不止是顆菜，由北京晉江原創網絡科技有限公司授權出版。

國家圖書館出版品預行編目(CIP)資料

小豆蔻/不止是顆菜著. -- 初版. -- 臺北市：英屬維京群島商高寶國際有限公司臺灣分公司, 2023.08
冊；　公分. --

ISBN 978-986-506-803-5(上冊：平裝). --
ISBN 978-986-506-804-2(中冊：平裝). --
ISBN 978-986-506-805-9(下冊：平裝). --
ISBN 978-986-506-806-6(全套：平裝)

857.7　　112013360

GOBOOKS
& SITAK
GROUP©